비(非) 유클리드 기하학적으로 믿음직하신——

『수수께끼의 광선님』의 등장에 두 사람의 스마트폰이 번뜩인다!

——『모자이크님』은 오히려 아웃일 테지.

그러나! 『수수께끼의 광선님』은 지상파 방송 가능!

따라서 이 자리는 확정적으로 건전!! 증명종료!!

Q. E. D.

──술주의 무녀의······ 얼굴에서 웃음을 보고 싶다

단지 그뿐인, 너무나도 작은 「마음」으로 자아낸 노래는······ 그래도

♟ 십조맹약

유일신의 자리를 손에 넣은 신 테토가 만든 이 세계의 절대법칙.
지성 있는【십육종족】^{엑시드}에게 일체의 전쟁을 금지한 맹약 —— 이는 곧.

♟ 【제1조】 이 세계의 모든 살상 전쟁 약탈을 금한다.

♟ 【제2조】 다툼은 모두 게임의 승패로 해결한다.

♟ 【제3조】 게임은 상호가 대등하다고 판단한 것을 걸고 치른다.

♟ 【제4조】 '제3조' 에 반하지 않는 한 게임의 내용 및 판돈은 어떤 것이든 좋

♟ 【제5조】 게임 내용은 도전을 받은 쪽에 결정권이 있다.

♟ 【제6조】 '맹약에 맹세코' 치러진 내기는 반드시 준수된다.

♟ 【제7조】 집단 간의 분쟁에서는 전권대리인을 세우기로 한다.

♟ 【제8조】 게임 중의 부정이 발각되면 패배로 간주한다.

♟ 【제9조】 이상을 신의 이름 아래 절대 변하지 않는 규칙으로 삼는다.

♟ 【제10조】 ——모두 사이좋게 플레이하세요.

CONTENTS
09

카미야 유우 지음·일러스트 / 김완 옮김

노 게임 노 라이프

NO GAME NO LIFE

9

표지 · 본문 일러스트
카미야 유우

⏻ Skip Start

    ——갑작스럽지만 지금까지의 줄거리를 말할까 한다.

    좀 뜬금없는 것 아니냐는 불평은, 미안하지만 무시한다.

    매사에는 종종 『정리』라는 것이 필요한 법이므로.

    로딩 때마다 줄거리가 나오는 짜증나는 시스템을 넣고도 'GOTY(올해의 게임)'를 먹을 정도다.

    한 번 정도는 너그러운 마음으로 넘어가주기 바란다. 신경 쓰이는 분은 스킵하시길.

    ——무대는 게임판 위의 세계, 『디스보드』.

    온갖 무력이 『십조맹약』에 의해 금지되고, 모든 것이 게임으로 결판나는 세계.

    그런 세계에 떨어진 것은—— 지구 출신의, 게임 말고는 잘하는 것 하나 없는 남매.

    아니지, 표현이 지나치게 조심스러웠다. 삼가 정정하겠다.

    골방지기, 백수, 커뮤니케이션 장애까지, 폐인도(道)를 매진하는 남매—— 소라와 시로.

    온갖 게임에서 '무패'를 자랑하는 『 ^공 ^백 』—— 둘이서 한 게이머라는 점을 제외하면 사회적으로 쓸모없을 법한 두 사람이 도착한 곳은——『에르키아 왕국』.

마지막 도시만 남을 때까지 궁지에 몰려 멸망 직전이었던 인류종(人類種), 이마니티의 유일한 국가였다.

이러저러해서 일~단 가벼운 기분으로 에르키아의 왕이 된 소라와 시로.

두 사람은 마법도, 초능력도 있는 공식 치트—— 십육종족, 【익시드】를 상대로 게임을 거듭했다.

그러나 애석하게도 사랑이니 우정, 정의 같은 우등생들과는 상성이 나쁜 두 사람은.

그저 오로지—— 기만(야바위)과 부정(속임수), 거짓이며 가식이며 블러프, 권모술수 같은 나쁜 친구들을 데리고.

천익종(天翼種)『플뤼겔』, 수인종(獸人種)『워비스트』, 그리고 해서종(海棲種)『세이렌』과 흡혈종(吸血種)『담피르』를 차례차례 게임으로 꺾고.

마침내 신령종(神靈種)『올드데우스』—— '신'까지 꺾기에 이르렀다.

심지어 그런 것들을 예속시키지도, 지배하지도, 착취하지도 않고.

그저 '산하'에 더함으로써, 『에르키아 왕국』은 『에르키아 연방』으로.

사상 최초의 『다종족 연방국가』로 모습을 바꾸어, 지금도 급속히 확대 중이다.

여기까지 겨우 몇 달.

바지런히 쌓아 온 것들 덕택에, 빈사의 도시국가 에르키아는 세계에서 손꼽히는 대국으로.

그리고 동시에 세계 최대의 위협에 등극하고 말았으나…… 이는 일단 무시하고.

소소한 노력도 모이면 곧 힘일지니. 폐인이라 한들 그들의 공적에 박수를 보내도 벌을 받지는 않으리라.

……그나저나.

'엔트로피 증가의 법칙' —— 아시는 분도 많으리라.

대충 말하자면 만물은 한곳에 머무는 것보다는 균일화로 가려 한다는 법칙이다.

뭐, 어려운 이야기는 아니다. 누구나 경험한 바가 있을 것이다.

이를테면 방을 치우는 것보다, 신기하게도 어지르는 쪽이 편하지 않은가.

마음에 드는 그 아이의 호감도를 올리기는 힘들지만, 미움을 사는 것은 한순간이다.

그리고 게임에서 이기려면 노력이 필요하지만—— 지는 데에는 필요가 없다…….

뭐, 위와 같이.

세상만사는 쌓는 것보다 무너뜨리는 쪽이, 유지하는 것보다는 잃는 쪽이 쉬운 법이다.

──각설하고, 여기까지 스킵한 독자 제형께.

줄거리를 소개한 김에 '스포일러'도 드리고자 한다.

그런 소라와 시로. 두 사람은 엔트로피 증가의 법칙에 따라.

───────────모든 것을 잃었다.

그렇다, 모든 것이다. 왕위도, 전권대리의 자리도── 하나에서 열까지.

이제까지 쌓아 올린 그 모든 것의 붕괴는 전화기 하나가 울렸을 무렵 시작됐다.

통화권 이탈 표시만 떠서, 이세계에서는 울릴 일이 없었던.

아니, 어디가 됐든.

전화를 걸 친구는 존재하지 않기에 울릴 일이 없었던 전화를.

의아하게 여기면서도 받아보니, 울려 퍼진 말은──

『배알을 청하노라, 이마니티의 왕이여. 의지자(意志者)여. 우리는── 엑스마키나일지니.』

■　■　■

──아직 건재하던 무렵의 에르키아 연방, 에르키아 왕국.

수도 중앙에 당당하게 우뚝 솟은 에르키아 성에는 현재──간판이 있다.

첨탑에서 드리운 거대한 간판에는 마찬가지로 당당하게, 이런 말이 적혀 있었다.

──『휴업중』이라고…….

그렇게 휴업 중인 에르키아 성내…… 아니.

석비 위에 붙은 나무판에 따르면, 『*989 프로덕션』.

아무튼 모든 직원에게 휴가가 내려져 한산해진 성내에 울려 퍼지는 것은.

붉은 머리 소녀 스테파니 도라── 통칭 스테프의 발소리와,

"오케이 NG!! 호로, 그래 가지고서 톱 아이돌이 될 수 있을 것 같아?!"

"……의욕, 없으면…… 그만, 둬……."

마찬가지로 나무판에 따르면 『레슨실』로 바뀌어버린 의사당에서 들려오는──

"의욕이라 함이 무엇인지 의미조차 알 수 없을진대! 그만두어도 좋다면 그만두겠느니라!!"

"카아~!! 한마디 들었다고 그만두겠습니다~ 라니, 네가 무슨 요즘 젊은 것들이냐?!"

"……그, 모양이니까…… 잉여 세대, 소리나…… 듣는, 거야……."

눈물을 그렁거리며 의미를 알 수 없다 호소하는 어린 소녀의 목소리와 잉여작작한 세대의 두 사람의 탄식이었다.

전자는 호로── 자신의 키만 한 검은색 먹통을 허공에 띄운 어린 소녀.

---

* 989를 쿠하쿠=공백으로 읽었다. 반다이남코의 유명 아이돌 육성 게임의 패러디.

무엇을 감추리오, 틀림없는 신. 위계서열 제 1위——『올드데우스』이며.

후자는 소라와 시로——『I ♡ 인류』 티셔츠를 입은 오빠와 백발에 붉은 눈의 여동생.

하나에서 열까지 감추고 속이고 싶지만 유감스럽게도—— 에르키아의 두 왕이다.

폐인들 때문에 신이 눈물을 그렁거리는 어이없는 광경을 멍하니 바라보는 스테프.

"내일이 성대한 데뷔 무대야!! 데뷔 바로 전날인데 대체 그 스텝은 뭐냐고!!"

그러나 그 존재를 알아차리지도 못한 채 소라가 떠들어대는 내용은—— 그렇다.

성을 폐쇄하면서까지 소라와 시로가 무엇을 하고 있느냐 하는 물음에 대한 답.

다시 말해 올드데우스—— 호로의 『아이돌 프로듀스』였다.

제정신인지 의심하고 싶어지는 그 사실에 스테프가 고개를 푹 숙이거나 말거나,

"호로는 지시한 대로 움직였느니라! 문제를 구체적으로 명시하여라!!"

항의하는 호로에게, 의자에 앉아 있던 소라와 시로는 한숨을 쉬더니——

——천천히 일어나, 바닥을 구르며 목소리를 자아냈다.

스테프조차 할 말이 없어질 정도로—— 완벽하다는 말이 아니고서는 달리 평가할 수 없는 스텝과 노래를 보이고는.

"헥…… 헥……! 그러니까, 이렇게! 아, 알겠어?!"

"……며, 몇 번씩 할, 체력, 없는 거…… 이해해, 플리즈."

그대로 바닥에 엎드려 숨을 헐떡거리는 소라와 시로. 그러나.

"'초금 전 지시와 전혀 다르다.' 이지 않더냐!!"

호로는 그렇게 외치며 발을 쾅쾅 굴렀다.

신이 발을 구르게 만들다니. 어떤 의미에서는 위업을 달성한 두 사람은 훗 웃더니.

"노트만 따라가는 것은 그야말로 초짜나 하는 짓! 『표현』해서 관객들 가슴에 불을 질러야 상급자다!"

"……관객, 없었지만……. 가정용, 이나…… 사람 없을 때만…… 했으, 니까."

리듬 게임이든 노래방이든, 톱 스코어를 놓쳐본 적이 없다는 두 사람은 역설했다.

호로라면 한번 본 것을 완전히 흉내 내는 정도는 아무것도 아니다. 그러나——.

"복제해도 의미가 없다고! 표현해! 기계가 아니잖아, 마음을 담아!"

"그러하다면 『표현』이란 무엇인지, 담으라 하는 『마음』의 정의를! 명확히 하라는 것이니라!"

애매한 지시밖에 내릴 줄 모르는 무능한 프로듀서에게, 호로는 눈물을 그렁거리며 외쳤다.

……그런데. 이제까지 스테프는 네 차례.

소라와 시로의 이름을 불렀건만——

"자자, 호로! 다시 한 번! 『도와줘요 夏느님^하☆』도입부부터, 간다!"

보아하니 정말로 「그 호칭」이 아니면 반응할 마음이 없는지.

철저하게 무시하려는 두 사람에게, 스테프는 크게 한숨을 쉬고—— 외쳤다.

■ ■ ■

"프. 로. 듀. 서————!!"

"흐음? 어라, 뭔가. 있었나, *저매니?"

"……『P』라고, 친근하게, 불러도…… 오케이."

겨우 제대로 부른 스테프에게, 소라와 시로는 이제야 알아차렸다는 듯 반응했다.

"농담인 줄…… 아니, 솔직히 농담이라곤 생각하지 않았지만 요. 네…….."

소라와 시로가 입에 담았던 말이 농담으로 넘어가는 일은 없다.

이제 와서 그 사실을 모를 리 없는 스테프는 체념하면서도 물었다.

왕성을 휴업하고, 성내의 모든 사람들에게 휴가를 내주고, 성을 폐쇄한 의도를——.

---

* 매니저. 일본의 예능계나 방송계에선 업계 용어로 글자 순서를 바꾸는 경우가 종종 있다.

"그래도 굳이 확인하겠어요── 내청휴업이라니, 나라를 말아먹을 작정이에요?!"

다시 말해── 에르키아 왕. 소라와 시로의 '정신' 이 어디 갔는지 묻는 외침에,

"에엥~? 사원에게 휴가를 안 주면 악덕국가^{블랙 기업} 소문이 돌 거 아냐……."

"머리 이상한 임금님^{사 장 님} 소문이 나는 것보다는 낫지 않나요?!"

그러나 어디까지나 호로의 춤과 노래를 주시하며 귀찮다는 듯 대답하는 소라.

"지금! 세간에서 두 분이 뭐라고 불리는지 알고 계세요?!"

척! 스테프에게 손가락질을 받으며 소라와 시로는 생각했다.

──글쎄. 뭘까?

상위종족을 잇달아 물리치고, 신조차 꺾은, 위대한 국가재건의 왕……?

그것만은 절대로 아닐 거라고 단언하며, 온갖 악성 루머를 떠올리던 소라와 시로는,

"『모습 없는 왕』^{Discredit King}── 구국의 왕인 두 분에게, 나날이 '불신' 이 커지고 있단 말이에요!!"

"에~이. 난 또, 겨우 그 정도였어? ──아니 잠깐만. 뭐야, 제법 멋진데?"

"……쫌, 중2병……."

스테프의 대답에 내심 안도하며 소라는 기쁜 듯이, 시로는 불만스레 말했다.

그러나 어디까지나 무사태평한 두 사람의 모습에 속이 부글부
글 끓었는지,

"이만한 위업을 이루고도 칭송은 고사하고 불만이 생기는 이
유── 모르시겠어요?!"

오히려 소라와 시로보다도 스테프 자신이 분한 것처럼 묻는
목소리.

──왜냐고 물어 보셔도……?

난제를 앞에 두고 숙고하던 두 사람은, 조용한 표정으로──

"남을 속여서 반하게 만들고, 『종의 피스』를 멋대로 걸고. 어
떻게 하면 그딴 놈을 『좋았어, 믿자!』할 생각이 들지? 그냥 야
바위꾼, 잘못하면 개자식이잖아."

"아하하∼∼♡ 정말 멋진 자각이어요∼ ♪ 이제는 고치도록 노
력만 하면 되겠네요?!"

──신용을 받을 이유가 있으면 좀 가르쳐 달라고, 반대로 그
렇게 묻는 소라에게, 스테프는 빙글빙글 춤을 추며 노래하듯
말을 이었다.

우아하고도 정감이 듬뿍 넘쳐나는 발레 같던 춤은,

"아∼니∼죠∼. 사람들은 그렇게 금방 변하지는 않는답니다∼.
한 발씩, 조금씩 무리하지 않고요∼ 이를테면── 저한테조차속
셈을밝히지않는그야바위꾼같은행동을고치기위해! 지금현재내
정을멈춰버린이유를가르쳐주시는데서부터시작하는∼ 그런 건
어떨까요──?!"

서서히 열기를 띠고 마지막에는 격렬한 샤우트와 함께 브레이

크댄스로 변했다.

　──호로도 좀 본받았으면.

　소라와 시로는 나란히 생각했으나……

　"내정을 멈춘 이유……? 딱히……? 어차피 일이 없었는걸."

　현재 에르키아에서는──『둘 수 있는 수』가 없다고 첫 번째 이유를 밝히는 소라.

　그러나 이해할 수 없었는지 스테프는 반론했다.

　"그럴 리가 없어요! 실제로 상공회가 기세를 얻기 시작했잖아요!"

　……상공회……? 흐음…… 그게 뭐였더라?

　"급증한 자원수출 때문에 살이 뒤룩뒤룩 찐 무역업자와 제후요! 얼마 전에 소라와 시로가! 모조리 게임을 걸어다 가차 없이 【맹약】으로 서류를 받아들이게 했던 분들요!!"

　"어～ 아니야. 기억하고 있었다니깐. 괜찮아. 그 메슥거리는 놈들 말이지?"

　거짓말은 아니다. 한때는 기억했다. 이제까지 까먹고 있었다고 말하지 않았을 뿐.

　그리고 소라와 시로는 나란히 생각했다.

　──이러니까 확대노선을 걷는 대국 플레이는 귀찮다고.

　다종족 연방── 안 그래도 받아들이기 어려운 구상이란 것은 이미 잘 알고 있었다.

　하물며 지나치게 급격한 확대와 변혁에 국민의 의식도, 경제와 법률이 제때 정비되지 못해 귀찮은 국내 문제가 산처럼 쌓여 나간다. 그중 하나가 자본만 불어난 벼락부자 놈들의 소란이었는데——

"근데. 상공회 그놈들이 뭐가 어쨌다고? 이미 해결했잖아."

"그런 강권(방식)이 불에 기름을 붓는 거예요! 불만이 자꾸 커지기만 하잖아요!"

그렇게 고함을 지른 스테프는 척, 소라와 시로를 가리키고 말했다.

"지금에야말로! 왕의 통솔력—— 카리스마가 요구되는 시기라고요!!"

그런 시기에 왕이 이 꼬락서니인 건……『포기하자』라고 적힌 얼굴을 하면서도.

성을—— 실질적 연방정부마저 휴업해 버리면 보좌할 수도 없다고…… 근심하는 스테프.

"……시로랑 빠야, 한테…… 제일 없는, 거…… 그게…… 구심력(카리스마)……."

"카리스마가 있으면 누가 골방지기를 하냐! 사람을 뭐로 보고!"

하지만 남에게 사랑받는 데에는 미미한 자신감조차 없는 두 사람—— 반면!

미움받는 데에는 타의 추종을 불허한다고 대담하게 웃는 『두 사람』은—— 그렇기에!

"그렇기에 이처럼 자명하게! 현재 에르키아에 결정적으로 부족한 것!"

"……다시 말해…… 카리스마…… 구심력, 있는…… '상징'……."

"다시 말해 『궁극의 아이돌 육성』이 최우선 국가 프로젝트인 것이다!"

그렇게 드높이 '두 번째 이유'를 설파하며 호로를 보았다.

그러나 정작 호로는 부루퉁한 표정으로 묵묵히 두루마리에 의문을 적고 있었다.

"야~ 호로! 우리 얘기 듣고 있었어~?"

듣고 있었다. 그러나 수긍할 수는 없다는 표정으로 호로는 대답했다.

"말이 전혀 이어지지 않느니라! 그대들의 구심력 결핍이 호로와 무슨 연관이 있단 말이더냐!"

"연관이고 왕관이고 뭘 물어봐. 호로의 압도적인 카리스마로 —— 권위를 쟁취하는 거지."

그렇다—— 이를테면 동부연합의 무녀처럼.

소라는 그렇게 말하며 대담하게 웃었다.

총 리를 신용하지 못하더라도, 국가를 하나로 묶는 상징으로서 기능하는 것이다.

"잠정적으로 그러한 주장을 채용하여, 숙주가 그랬던 것처럼 존재하라는 지시라고 가정했을 때——."

무녀—— 숙주처럼 행동하면 되는 것이라면.

호로는 그렇게 전제하고 말을 이었다.

"숙주는 노래하고 춤추지 않느니라! 호로가 이처럼 영문도 모를 아이돌을 할 이유를 대답할지니!!"

"19번째로 물어봤겠다! 하지만 19번 똑같이 대답하지, 이것이 하늘이 내린 운명이라고——!!"

아이돌로서 더없이 적합한 인재가 눈앞에 있는 것이다.

그것을 아이돌로 삼지 않다니, 하늘이 내려 주신 보물에 대한 모독이 아니겠는가.

그렇게 역설하는 소라에게, 스테프의 싸늘한 시선이 꽂혔다.

"……요컨대 아이돌 활동 자체는 그냥 취미란 거죠?"

"무례하구만~. 자네는 진짜 예의가 없어!! 취미와 실익을 겸한 완벽한 계획이지!!"

그 말과 함께 소라는 생각했다…… 상상해 보라.

만약 한 국가의 권위가, 천상천하 유일무이한, 문자 그대로 신급 미소녀이며 『완벽한 아이돌』이라면——.

소라는 생각했다. 시로도 생각했다—— 당장 이민 가고 싶다고!

그렇게 먼 곳을, 끝없는 이상향을 바라보는 눈으로 소라는…… 역설한다…….

"종족의 벽을 넘어 뭇 나라를 하나로 만드는 것…… 그것은 『사랑』. 사랑이란 마음, 신념——신앙. 신앙을 모으는 것은 신. 다시 말해 우상(偶像). 이는 곧 아이돌. 필연적으로 미소녀. 따라서 호로! 한 치의 허점도 없는 이 이론. 논파할 수 있다면 어디 한번 해 보시지——!!"

"……그렇죠. 궤변을 논파하기란 불가능하죠."

산뜻할 정도로 비약적인 7단 논법을 펼치는 소라에게,

눈을 치켜뜨며 대답하는 스테프, 여전히 부루퉁한 표정으로 말을 이어받는 호로.

"그렇다면 『완벽한 아이돌』이란 것의 구체적인 지시를 내리거라! 완벽하게 연기할 터이니!"

그러나 소라와 시로는 한숨을 한 차례 쉬고, 고개를 가로저으며 대답했다.

"후우…… 그야 우린 수많은 아이돌 육성 게임을 마스터했지."

"……완벽한 캐릭터…… 만드는, 거…… 그렇게, 어렵지…… 않아……."

그리고 씨익, 시커먼 미소를 지으며 소라는 말했다.

"뭐~ 요컨대 과도하게 야하지 않을 정도로 에로티시즘을 풍기는 안무와! 의상을 마련해서 『널 좋아해』 같은 가사가 들어간 곡을 부르게 만들고! 『제 애인은요~ 팬 여러분이에요~♡』 하는 대사라도 가끔 뱉어주고! 나아가서는 내게도 기회가 올지도 모른다고! 꿈을 꿀 수 있도록 악수회라도 개최해서 거리를 좁히면 오케이! 하나 완성!"

하물며 호로의 용모에. 올드데우스라면 연기도 완벽하게 할 수 있을 것이다.

"내기해도 좋아. 비명이 터질 정도로 팬도 생길 거고, 썩어서 버려야 할 만큼 돈도 굴러들어올걸."

"……기분 탓, 인가요? 소라, 어쩐지 개인적인 원한이 느껴지는걸요."

역설하는 소라의 얼굴에서 스테프는 무언가 어둠을 느낀 모양이지만, 일단 무시하고.

"하지만── 말했을 텐데. 나는 호로를 『톱 아이돌』로 만들고야 말겠다고."

"……2차원에도…… 3차원에도, 없는── 『완벽한 아이돌』……."

무의미하게 이리저리 돌아다니며 그렇게 말하는, 소라와 시로가 정의한 것.

다시 말해 최고이자 완벽한 아이돌이란──!

"우리가 추구하는 것은! 2차원의 비현실적인 정신성과!! 3차원의 가공되지 않은 생생한 존재감!! 두 가지를 겸비한, 2.5차원도 아닌, 3.5도 4.0도 아닌──── 어, 음?"

열정적으로 말하던 소라가 우뚝 멈추더니, 호로를 향해 물었다.

"호로, 너 분명 '다원지성'이라고 했지? 몇 차원?"

"저, 정의에 따라 다르다만── 『신수』의 핵 좌표는 13+iR 변동차원에 존재한다고 가정──."

"그래그래! 이미 11차원조차 돌파한, 문자 그대로 차원이 다른 아이돌인 거다!"

원래 세계의 최신 물리학 따위 알 바 아니란 듯한 이야기는 참고 정도로 흘려 넘기고!

소라는 더욱 당당하게, 고결한 이상을 부르짖는다——!!

"그것은 살아갈 희망! 남친이 생겨도 결혼을 해도 나이를 먹어도! 감격의 눈물과 함께 흐느끼며 축복할 수 있는 존재—— 그것이! 우리가 그리는 아득히 먼 이상—— 완벽한 아이돌^{아 빌 론}이다……."

그렇게 뜨거운 말을 마친 사내와 그 동생은 여운을 곱씹듯 침묵했고,

"……알겠지?"

"모르겠노라."

"모르겠어요."

이상에 대한 공감을 바라는 목소리는 신과 인간에게 즉시 거절당했다.

"뭐, 몰라도 상관없어! 사실 우리도 아직 모르겠거든!"

"……끄덕끄덕."

역설할 만큼 역설해 놓고서 『우리도 모른다』고.

크게 주억거리며 말하는 두 사람에게 얼음 같은 시선이 날아들었지만,

"하지만 호로 자신이—— 그걸 체현할 거라고 확신해."

어쩌면 그 이상형 이상으로.

소라는 부드러운 웃음과 함께 그렇게 생각했다.

"왜냐면 호로는 나이도 안 먹고 화장실도 안 가니까! 왜 호로가 아이돌인지 더 물어볼 거야?"

번뜩! 하고 최후의, 그리고 특히 중요한 요소를 마저 말한 소라에게.

"……아뇨…… 됐어요…… 더 들었다간 체하겠어요……."

스테프는 속이 답답한 표정으로 해쓱하게 대답했다.

"좋아! 그러면 호로, 레슨을 재개하자. 『도와줘요 夏^하느님☆』 도입부부터, 간다!"

"……오늘 안으로…… 마스터, 못하면…… 내일, 창피해지는 건…… 호로."

"호, 호로는 여전히 물을 것이니라! 이야기를 절반도 이해하지 못했── 여, 여봐라! 소라, 시로!"

호소도 허무하게 소라와 시로에게 손을 붙들려 끌려가는 호로를 보며 스테프는 한숨을 쉬고.

"하~아…… 언제 침공을 받을지도 모르는데……."

"응? 침공당할 일 없는데?"

그 중얼거림에 소라는 즉시 대꾸했다.

"말했잖아. 성을 휴업한 건 할 일이 없기 때문이라고."

현시점에서 에르키아에는── 『둘 수 있는 수^{할 수 있는 일}』가 없다고.

내정을 중지한 '첫 번째 이유'를, 소라는 다시 들려주었다.

"침공당하지 않아. 아무도, 지금의 에르키아는 아무도 손을 못 대."

"⋯⋯⋯⋯⋯."

말없이 소라의 진의를 묻는 스테프가 말하고자 하는 내용은 잘 안다.

에르키아 연방의 지나치게 급격한 확대에 따른 국내 문제⋯⋯ 실제로 성가시다.

그러나 그거야말로 휴업한 성── 스테프가 어떻게든 보좌할 수 있는 일이다.

소라와 시로, 에르키아의 왕을── 외국에서 어떻게 보는지에 비하면.

여러 종족을 평정하고, 상위종족을 무릎 꿇리고 산하에 두어 비대해진 국가.

게다가 겉으로 드러난 게임만이 아니라, 세계 최대의 국가 엘븐가르드에 간접적으로── 싸우치 않고 승리해 영토를 빼앗아 내란으로까지 몰아넣었던 그것은, 자국이 붕괴되는 도중에 해낸 위업이었다고 한다.

대국으로 성장하고 있다? 다종족 연방? 그런 건 아무래도 상관없다.

요컨대 지금의 에르키아가 무엇인지를 한마디로 표현하자면.

──상대를 안 가리고 전쟁에 나서는 『정복왕』의 나라.

그것도 연전연승, 신조차도 꺾는 수수께끼의 왕, 『누군가』가 있는 나라다.

전략게임으로 비유한다면—— 너무 이기고 있다.

자칫하면 전 세계가 결탁해, 당장에라도 전방위에서 공격을 펼칠 수도 있다.

그러나—— 『소용없다』고, 소라는 대담하게 웃으며 말했다.

"지금의 에르키아—— 나와 시로에게 게임을 걸 수 있는 녀석은…… 아무도 없어."

아무리 위험하고, 지나치게 이기고 있더라도, 그렇기에 손을 댈 수가 없다.

그리고 그거야말로 마음에 들지 않는 일이라고, 소라는 재미없다는 듯이 덧붙였다.

"하지만 방치도 불가능하거든. 그러니까—— 나랑 시로 이외에게 싸움을 걸 수밖에."

"……아! 설마 동부연합이나 오셴드부터 무너뜨리려고 하는 건가요?!"

그제야 연방 중추인 에르키아의 행정기관을 놀려도 문제가 없는 이유.

그중 하나를 깨달았는지 스테프가 목소리를 높였다.

그렇다. 에르키아 이외에는 지금 그럴 상황이 아니다.

내정을 캐내고, 무너뜨리기에 착수하러 온 자들에게서——

"그래…… 하지만 동부연합의 게임은 여전히 필승이지…… 그렇다면?"

——털 수 있을 만큼 탈탈 터느라…… 한창 바쁠 시즌이다.

"그렇다고는 해도 우리 쪽에서 쳐들어갈 때도 아니야…….
『둘 수 있는 수』가 없어. 그럴 때는?"

"……『한 턴 휴식』……."

"…………."

——이해했다. 현재진행형으로, 배후에서 소라와 시로가 쳐
놓은 함정이 작동하고 있었다.

연방 산하의 국가는 이를 사양 않고 이용하는 중이라 바쁘다.

그러나 에르키아의 내정을 멈출 이유까지는 여전히 수긍할 수
없는 스테프에게,

"……신용이나 신뢰 따위, 처음부터 바라지도 않았어."

쓴웃음을 지으며 소라는 생각했다—— 애초에 자신들은 그럴
그릇도 아니었다고.

왕이니 전권대리니, 뭐라 불리든 소라와 시로는 게이머다.

"무슨 일이든 전문가에게 맡기는 게 최선이지. 정치는 정치가
에게."

그러니, 그렇다—— 게임은, 게이머에게.

"우리는 우리의 전문분야—— 게이머답게 매사를 해결할 뿐
이야."

그렇게 말하며 웃는 소라에게,

"……하아…… 알겠어요. 두 분께 생각이 있다는 거군요."

쓴웃음을 지으며 중얼거린 스테프는 아직도 어딘가 불만스러
운 눈치였다.

소라와 시로—— 두 사람이 하는 일에는 반드시⋯⋯ 『감춰진 면』이 있다.

이제는 그것을 눈치챌 수 있을 만큼 오랜 시간을 알고 지냈다 —— 하지만.

스테프는 여전히 자신에게 가르쳐 줄 마음이 없는 두 사람에 대한, 최소한의 반격으로.

"하지만 소라, 요즘 예상이 빗나가는 일이 많던걸요⋯⋯ 정말 괜찮나요?"

"예상이 빗나가?! 누가?! 언제 어디서, 몇시몇분몇초, 이 별이 몇 바퀴 돌았을 때?!"

——지난번에 치렀던 호로와의 게임—— 올드데우스 대전 당시.

몇 군데를 잘못 예상해 자칫 패배를 맛보았던 것을 도발하는 스테프에게, 소라는 대들고,

"⋯⋯빠야, 추해⋯⋯. 초딩, 같아⋯⋯."

"레알 초등학생이 그런 말을?! 아~ 네네, 예상이 빗나갔습죠! 다시는 그런 일 없거든?!"

이내 얼음장보다 차가운 시로의 시선에, 그렇게 자포자기하듯 외쳤다.

장난을 치는 듯한 두 사람의 목소리, 말과는 달리.

눈만은 분함에 들끓고, 방심과 자만도 없이——

——조금도 웃지 않음을 스테프도 알아차렸는지.

"그래서! 내정을 멈춰가면서까지 저를 어떻게 혹사할 생각이 죠!"

그러려고 성을 봉쇄한 것 아니냐고 쓴웃음을 지으며 말하고.

"스테프도 알고 있었구만! 자, 여기!"

"……호로의…… 옷…….""

소라와 시로는 종이 몇 장을 던지고 웃으며 선언했다.

"내일까지! 제대로 만들 수 있는 사람이 없어서 말야~ 기한 맞출 수 있겠지?! 웅?!"

"……빠야, 괜찮아…… 불가능, 은…… 거짓말쟁이들이, 쓰 는 말이야…….""

악덕 임금님^{사장님}들의 말에, 스테프는 먼 곳을 바라보며 뇌까렸다.

"……잘 생각해 보니, 저는…… 휴가도 없네요…….""

■ ■ ■

그렇게 플래그가 난립하던 에르키아 성의 바깥.

상인들로 북적거리는 중앙대로의 인파 속을 누비듯 나아가는 시커먼 한 무리가 있었다.

온몸을 로브로 감쌌으며, 눈가 깊이 눌러쓴 후드에서는 얼굴 조차 보이지 않았다.

온몸으로 수상쩍은 자라고 선전하는 그들은 말없이, 행군하 듯 걸어갔다.

【관측체로부터 보고. 올드데우스 반응 확인. 목표 좌표『에르 키아 성내』로 추정.】

【해석체로부터 보고. 목표 특정. 이마니티 전권대리자—— 추정 명칭『소라』.】

　광역 관측과 인파 속 음성 해석을 통해 정보를 공유하며 똑바 로 걸어간다.

　똑바로, 그저 똑바로—— 다시 말해,

【——알았음. 전 기체 대상과 교전 준비. 선행연산—— 개시 하라.】

　복선이란 회수되기 위해 존재한다는 숙명에 따르듯.

　한 걸음 한 걸음, 소라를 향해. 똑바로…………

⏻ 제1장 정지성문제
<small>Definite</small>

그곳은 과거 소라와 시로가 국왕 대관식 연설을 했던 장소.

광장에 인접한 에르키아 성 발코니에, 지금은 한 소녀가 서 있었다.

팔랑거리는 옷을 걸치고, 먹통을 허공에 거느린 소녀는 눈을 감고── 기다렸다.

소라와 시로가 말했던 『성대한 아이돌 데뷔 무대』⋯⋯ 공연 시작을 알리는 소리.

그 폭음── 쩌렁쩌렁 울려 퍼진 음악을 신호로,

"호, 호로는 호로라 하느니라! 잘은 모르겠다만 아이돌?⋯⋯ 이라는 것이니라!"

그렇게 의미를 알 수 없는 자기소개를 하고, 입을, 몸을 움직이기 시작했다.

자신의 말마따나 아무것도 모르는 듯, 그래도 굴하지 않고.

직접 건네받았던 대본, 『인사. 애드리브.』 한 줄에도 좌절하지 않고.

소녀신── 호로는 살짝 눈물을 머금었다는 자각도 없이 노래하고, 춤추기 시작했다──.

■ ■ ■

　그 모습을 누구보다도 주시했던 것은── 네 사람.

　하나는 상공에서 조소를 머금으며 바라보는 플뤼겔 소녀 지브릴.

　그리고 지브릴의 시야를, 눈앞에 투영한 마법 스크린 너머로 바라보는 세 사람.

　다시 말해── 옥좌에 앉아 언짢아하는 소라와 시로, 곁에서 수면부족에 시달리는 스테프였다.

　──그런데.

　밤새 의상을 만들면서, 스테프는 하염없이 아래와 같은 말을 중얼거리고 있었다.

　알겠어요. 소라와 시로는 호로를 주범으로 내세울 생각인가 보네요.

　하지만 느닷없이 『신입니다. 소라와 시로의 공적은 제 덕이에요. 그리고 아이돌입니다.』──

　그런 헛소리를 지껄인다고 『그랬군요!!』 하고 과연 누가 수긍할까요.

　하물며 『우오오오오오!』 하고 환성을 지르며 응원할 바보가 어디 있을까요.

　그렇기에 스테프는, 소라와 시로에게 '감춰진 의도'를 연신 묻고 또 물었다. 그렇다──

"…………거짓말이죠…………?"

스크린 너머로 『우오오오오오!』 하는 환성을 들은 그 순간까지.

광장에 모여 호로에게 환성을 지르는 것은 수천 명 정도.

연방의 인구를 생각해 보면 자투리 숫자도 못 되지만, 그래도 꽤 많았던 바보들이 손을 흔드는 모습에,

"……이마니티는 이제 글러먹었는지도 모르겠네요……."

생각해 보면 『이마니티의 피스』── 국가의 존망을 걸었던 동부연합과의 싸움에서도 브래지어니 팬티 파괴에 갈채를 보내던 국민성……. 그에 비하면 뭐, 이건 국내 문제니 무시해도 괜찮지 않을까? 하고.

『체념』을 주성분으로 한 낙관으로 공허하게 웃는 스테프를 내버려둔 채,

"망할, 아주 엉망이군. 훗…… 거저 넘어가지 않을 줄 알아라."

"……후, 후후후후…… 아주, 배짱, 좋아……."

옥좌에 앉아 언짢음을 드러낸 두 사람은 그렇게 흉흉한 웃음과 함께 으르렁거리고 있었다.

"호로가요? 곡도 좋고, 소라와 시로의 막무가내에도 열심히 노력하는걸요."

"응…… 악곡이 좋은 건 당연해. 호로도 열심히 하고 있고. 그러니 하는 소리야."

──처음에는 스마트폰에 있는 음악, 원래 세계의 히트곡을 사용할 생각이었으나.

……올걸? 이세계라도, *JASR○C이라면.

그런 시로의 중얼거림에.

세이렌 라일라네의 감성(프레이즈), 엘프 필의 이론을 이세계 기술인 태블릿 PC의 DTM 앱으로 편곡해 만든 음악이었다.

당연히 좋을 수밖에. 이세계에서도 음악은 만들 수 있다. 태블릿 PC만 있다면☆

그런 곡을 노래하고 춤추는 호로 또한, 실제로 열심히 하고 있었다.

아직 『표현』은 이해하지 못했는지 움직임은 뻣뻣하고, 노래에도 감정이 없다.

그러나 영원히 의심했던 소녀가 노력하고 있다.

──그렇기에──!!

"스테이지 말이야, 스테이지! 뭐냐고 저 시시껄렁한 세트는 ──!!"

그렇게 말하며 소라가 가리킨 것은 지브릴이 투영한 스크린 ── 호로가 서 있는 무대(발코니).

동부연합의 기재를 구사해 화려한 연출이 듬뿍 담길 예정이었던 스테이지.

그것이 아무런 장식도 없는 알몸뚱이 발코니가 된 것에 소라는 분개했다.

---

* 일본음악저작권협회(JASRAC). 일본 국내에서 음악 저작권 관리 사업을 맡은 사단법인. 비영리적으로 쓰인 음원의 요금을 징수하고, 저작권자 본인이 사용한 곡에까지 사용료를 받는 등 여러모로 악명이 높다.

"사무소에서 압력이 오는 바람에 기재반입을 갑자기 캔슬?! 이게 뭐 하자는 플레이야?!"

──애초에 에르키아에는 『아이돌 사업』이란 것이 없다.

최고의 독점시장, 블루오션이라고 소라와 시로는 음흉하게 웃었으나.

아무래도 동부연합에는 아이돌 사업도, 사무소도── 사무소 사이의 알력까지도 존재했는지.

소중한 데뷔 라이브에 기재를 내놓지 않겠노라는 소리를 한 것이다── 그것도 당일에.

"대형 사무소가 약소 사무소 괴롭히는 거잖아! 완전히 시비 거는 거잖아!!"

"……뭐 어때서 그래요. 중요한 건 호로인걸요, 그렇죠?"

울부짖는 소라에게 스테프가 이해하지 못하겠다는 투로 말했지만── 불에 기름을 부은 꼴이었다.

"문자 그대로 신급 아이돌이라고!! 저딴 시시껄렁한 스테이지라니!! 한 번이라도 『마이너 아이돌』이란 이미지가 붙으면 메이저로 가기가 얼마나 힘들어지는지 알기나 해 전략에 영향이 생긴다고!!"

"뭐라고 하는지는 모르겠지만요! 다른 분께 부탁하면 되는 거 아닌가요?!"

스테프가 호소하는 다른 분…… 그렇다. 연방 산하의 다른 종족이다.

플뤼겔, 올드데우스, 담피르 등등…… 마법을 쓸 수 있는 자들이라면 분명 있다.

연출만이 아니라 물리적으로 경치까지도 바꿔버릴 수 있으리라…… 그러나!

"시간이 있으면 그렇게 했지! 그러니까 당일 캔슬에 빠친 거잖아!!"

무대 연출── 섬세한 술식편찬은 지브릴이 어려워하는 분야다. 시간이 걸린다.

심지어 호로는, 우선 소라와 시로의 의도를 이해하는 데에──더더욱 시간이 필요하다.

담피르의 환혹마법이라면 쉽겠지만── 플럼이 협조한다고? 말도 안 된다.

이리하여 시로의 스마트폰 재생 음량과 목소리를 호로 자신이 증폭하는 것이 고작인.

날림이 되고 만 스테이지를 보고, 소라와 시로는 나란히 입술을 핥으며 흉흉하게 웃었다.

"국가권력을 적으로 돌리다니 배짱 참 좋구나. 마음에 들었어. 제일 처음 밟아 없애마."

"…… '행정' 에…… 저항하면…… 어떻게, 되는지…… 가르쳐, 줄…… 거야……!"

대형 아이돌 사무소님? 그게 어쨌다고.

우리는 989프로── 천하의 '국영사무소님' 이시다!

우리를 약소라고 우습게 보다니── 싸움 걸 상대를 잘못 골라잡았구나──!!

"아뇨, 당당하게 국가권력 남용을 선언하지 말라고요!! 그것도 왕이!!"

완전히 악역의 사고방식을 입에 담는 두 사람에게, 스테프는 필사적으로 외쳤다.

그러나 숙고 모드에 들어간 두 사람에게 그 목소리는 닿지 않았는지──.

"그보다 소라? 시로~……? 하아…… 프로듀서──!!"

"……웅~ 왜? 동부연합, 사무소 작살, 내서…… 소속 아이돌…… 빼돌리고."

"그다음에 어떻게 프로듀스할지 생각하고 있었다고! 그 이상으로 중요한 용건이야?!"

"그 이상으로 쓸데없는 용건도 있을까요?! 그보다도!"

시로와 소라의 심원한 권모술수를 잘라버리고, 스테프는 다시 한 번 부르짖었다.

"저기서 손을 흔드는 분들은 정말 호로가 주범이라고 믿는 거예요?!"

정말 그렇다면 이마니티의 앞날은 캄캄하다고 탄식하는 스테프에게, 소라는 쓴웃음을 지었다.

"뭐~ 그런 놈은 거의 없겠지. 적어도 지금은."

"……네?"

"게다가 전에도 말했지만 믿을 필요는 없어."

──『의심』과 『선망』을 『생각』하는 개념── 그 『신수(神髓)』는.

"믿든 말든── 그 『의심』이야말로 호로의 힘이 되니까."

믿음도 바람도, 거절도 희망도 모두── 호로의 힘을 증폭시킨다.

그리고 무엇보다도 중요한 것이지만.

소라는 안광을 날카롭게 빛내며 단언한다.

"귀여운 여자아이가 열심히 춤추고 노래하는데…… 이해를 못하더라도 손을 흔들어야지! 장난도 아니고 말이야!"

"차라리 장난이었으면 좋겠어요……."

진정으로 이마니티를 근심하는 눈으로 먼 곳을 보는 스테프에게, 소라는 웃으며 말을 이었다.

"덤으로, 호로가 당당히 있으면 그만큼 우리도 공격을 덜 받을 테고."

"……어제도 그런 말씀을 하셨는데, 그게 무슨 뜻인가요?"

──흐음.

어느 정도 앞으로의 계획 보정을 마친 소라와 시로는 고개를 살짝 끄덕였다.

그리고 천천히 스테프를 돌아보며, 해답이 아니라──

"그러면 갑작스럽지만! 스테~~프에게! 퀴즈입니다!!"

"……『사람들은 소라와 시로를 뭐라고 생각할까요?』…… 제한시간 10초……."

"네, 네엑?!"

——문제로 응답한 두 사람에게, 스테프는 당황해 머릿속에 떠오른 해답을 열거하고,

"에, 에르키아 왕이고, 이마니티고…… 아, 이세계 사람이었죠. 그리고——."

한순간 소라를 보고—— 뺨을 붉혔던 스테프는 한순간 말문이 막혔다가, 말을 이었다.

"성격은 썩어빠졌고, 인격도 뒤틀렸고, 야바위꾼이고——."

"야!『대머리를 대머리라고 부르는 게 무슨 죄야 논리』는 집어치워! 진실은 사람을 상처 입히는 법이야!!"

그렇게 고함을 지르며, 의외로 상처 입은 기색과 함께 시로와 소라는.

"……삐익～…… 네, 10초 경과…… 타임 오버…… 스테프…… 바보."

"쓰레프, 문제를 잘 파악해야지. 그건『일부가 아는 우리^{소라와 시로}』잖아."

은근슬쩍 이름을 디스하며—— 틀린 점을 그렇게 지적했다.

"그걸 모르는 대다수——『'대중'^{세 계}이 생각하는 소라와 시로』얘기야."

"어…… 음?"

아직도 이해하지 못하는 기색을 보이는 스테프를 보고, 소라와 시로는 천천히 옥좌에서 일어나더니,

"이마니티의 위기에 갑자기 일어난! 아하～ 용사들!"

무대 배우처럼 쩌렁쩌렁 울려 퍼지는 목소리, 요란한 몸짓과

함께 열정적으로 말하고——!

"엘프가 꺾지 못했던 동부연합을 꺾고! 오래도록 아무도 깨지 못했던 오셴드도 깨부수고! 플뤼겔을, 마침내는 올드데우스마저도 꺾어! 역사상 세 번째 『신살』마저 이루어 이제는 세계의 온갖 악인들을 떨게 만드는 이토록 강건한 영웅! 그러나 그 정체느은~~!!"

갑자기 냉정해진 목소리로.

"평범한 인간이라고? 그거야말로 누가 믿을까?"

그렇게 마무리를 지었다.

"심지어 평범한 인간도 아니지. 인간 중에서도 상당히 밑바닥에 가까운 골방지기 백수 게이며. 게다가 모 왕족이 말하길? 성격은 썩어빠졌고 인격도 뒤틀린 야바위꾼이 그런 일을 할 수 있을까?"

다분히 빈정거림이 섞인 소라의 말에 스테프는 윽 소리를 내고 신음했다.

"에이~ 난 아닐 것 같은데~. 그야 이마니티잖아~? 이마니티란 거 그거잖아~ 최근까지 망트리 타던 완전 벌레 찌질이잖아~? 에~ 뭐야 뭐 갑자기~? 그거 꼭——."

충동적으로 후려갈겨주고 싶어지는 웃음을 지으며 그렇게 말하더니——.

"——사람이 바뀐 것 같잖아~?"

"아……! 구, 국왕 선정 대회 때의 크라미랑 마찬가지로?!"

그제야 겨우 그 생각에 미친 스테프를 보고, 소라와 시로가 웃었다.

크라미는 소라와 시로에게 엘프의 마법을 간파당했다고 생각했다.

그리고 평범한 이마니티가 그런 짓을 할 수 있을 리 없다고 판단해……

"그러면 퀴즈, 『소라와 시로를 뭐라고 생각할까요』……?"

"……정답, 은…… 타국…… 타종족, 의…… 『첩자』……."

──그렇다. 소라와 시로를 어떤 존재처럼 『생각하게 만들었는지』는 처음부터 한결같았다.

대관식에서 전 세계에 선전포고했던 날과 같이── '배후에 누군가가 있는 누군가' 였다.

그런 블러프는 여전히── 아니, 더욱 확고해져 갔다. 왜냐면.

"자, 그러면. 이마니티가 할 수 있을 리 없는 그 일은── 그
러면 『누구』라면 가능할까요?"
^{평범한 찌질이}
^{어디의 첩자}

생각이 나지 않아 입을 다문 스테프. 그러나 소라는 그것이 『정답』이라며 웃었다.

──누구도 불가능한 것이다.

그야…… 소라와 시로는 가능했으니, 다른 종족도 가능하리라.

그러나 단순한 사실. 오늘날까지는 아무도 해내지 못했다.

"……결국 말이지? 우린 아무도 해낼 수 없었던 일을 할 수 있는 자──."

너무나도 황당무계한 의혹도, 그러나 지금이라면.

"누구와 무엇으로 겨루어도 이길 수 있는 차—— 정체 모를 『필승의 히든카드』를 가진 자라고 의심을 받겠지."

"……그런 상대…… 너무 위험……. 정면에서…… 도전하는 거, 자살행위……."

——올드데우스조차 이긴 지금이라면 그 의혹은 현실감을 띤다.

그렇다면 어떻게 할까? 이제야 겨우 처음 이야기와 이어져, 스테프는 말했다.

"아! 그, 그래서 주위부터 무너뜨린다…… 그렇게 된 거군요?!"

"응. 우리의 정체——『필승의 히든카드』를 밝혀내기 위해 내정을 캐낼 수밖에 없지."

"……그것도…… 서둘러서…… 다른 종족보다도, 먼저^{누구}…… 손해를, 봐서라도……."

"……? 손해를 봐서요?"

"상대가 누구든 이길 수 있는 히든카드. 『봉쇄』 내지는 『독점』하지 못하면 위험할 거 아니냐."

그러기 위해서는 다소의 손해 정도는 값싼 대가가 될 것이다.

그 모든 것이 헛수고로 끝나리라는 것도 모른 채——.

"하지만 그런 히든카드는 없고, 우리의 정보^{정체}도 얻을 수 없지롱 ♪ 왜냐면 우린 평범~하게 인간이고, 평범~하게 게임해서 이겼을 뿐—— 그 사실이야말로 아무도 안 믿지 ♪"

"……그러니까…… 없는 거, 찾으려고…… 봉들이…… 손해만 보고, 돌아가…… ♪"

그렇게 악마처럼 웃으며 말하는 두 사람에게 스테프가 진저리를 치는 가운데, 문득.

"아…… 잘못하면 우리가 누구의 『첩자』인지, 착각할 가능성까지 생길지도."

"……? 누구요?"

소라와 시로가 이세계 사람이라는 사실을 안다면 누명을 쓰게 될 상대를 떠올리며.

소라는 쓴웃음을 짓고── 동정을 담아, 그 이름을 말했다.

"테토지. 너무 심심한 나머지 우리를 이용해서 다른 종족들을 ^{자작극을 벌여서}부추겼다거나 하는 식이 되지 않을까 ♪"

게다가 애초에 소라와 시로를 소환한 것은 변명의 여지도 없이── 유일신 테토다.

평범한 사람이 상위종족을 꺾었다는 말보다는 어지간히 설득력이 있는 이야기다.

"뭐~ 테토는 불쌍하게 됐지만, 『끝판왕』은 어그로 끄는 게 일이니까~."

"……테토…… 꿋꿋하게, 살아가……."

인사하듯 가볍게 도발을 보내고, 소라와 시로는 갑자기 불만스러운 눈을 스크린으로 돌렸으며,

"어, 언제 봐도 두 분은, 유일신님을 막 대하네요……."

스테프가 중얼거리는 소리 따위는 이제 의식에도 들어오지 않는 듯, 차단된 사고 속으로 빠져들었다.

——동부연합의 아이돌 사무소를 어떻게 할지는 계획 보정 완료.

그러나 이를 실행하려 해도, 무엇보다 급박한 문제는——

"……일단 호로의 '다음 라이브'를 어떻게 할지…… 그거겠지……."

태스크 스케줄러를 가득 메운 예정의 대부분은, 문제가 없다.

악수회, 사인회, 업자들을 찾아가는 인사 순례 등의 소소한 활동은 대부분.

그러나 시시한 무대에서 열심히 춤추며 노래하는 호로를 다시 보고, 소라와 시로는 나란히 이를 갈았다.

——닷새 후의 2nd 라이브도 이 꼬락서니여서는 『P^{프로듀서}』 실격이라고.

기재만이라도 동부연합에서 조달해 볼까—— 아니다. 또 방해를 받을 것이다.

"하는 수 없지. 시로, 지브릴에게 연출마법을 짜게 하자. 닷새만 있으면——."

"괘, 괜찮아? 어쩐, 지…… 폭발 같은 거, 밖에…… 없을 것, 같아."

"최, 최악의 경우 무대는 에르키아 기술자에게 발주하자. 하지만 연출 쪽에서 의지할 수 있는 건 지브릴뿐이야. 뭣하면 가

상공간을 만들어 달라고 하거나…… 아무튼 이미지를 구체적으로 만들어 보자."

——아무튼 죽는 사람만은 나오지 않도록.

『십조맹약』을 과신해서는 안 된다고, 두 사람은 태블릿 PC 앱을 열었다.

그림 실력은 없지만, 호로의 무대 연출을 공유하기 위해 그림으로 그리고자.

의논하면서 화면에 손가락을 움직이던 두 사람은—— 문득,

——짜~라~라~~ 짜라라 짜~라—란……

갑자기 울려 퍼진 익숙하지 않은 소리에 소라와 시로, 스테프 세 사람이 나란히 고개를 갸웃했다.

"…………빠야…… 전화……."

스마트폰에서—— 소라가 설정한 『착신음』이 들려온다는 사실을 떠올린 시로에게,

"핫핫하…… 동생아, 오빠야의 맛폰은 게임 전용이란다. 너도 알잖니."

그러나 소라는 자학적으로 웃으며 스마트폰을 손에 들었다.

귀에 익지 않은 소리—— 그야 그럴 수밖에.

마지막으로 들은 것이 대체 언제인지 떠오르지도 않는다……
왜냐면.

"자랑은 아니지만 친구 따위 영원히 제로인 이 오빠야에게 누가 전화를 건단 말이냐?!"

"……정말 자랑도 못 하겠네요……."

연민이 담긴 눈으로 보는 스테프의 목소리는 화려하게 기억에서 지우고.

소라는 익숙한 손놀림으로 『발신자 비표시』 화면에 손가락을 놀려 통화를 거부──

"잘못 걸린 전화거나 택배거나…… 뭐 어쨌든 이런 데까지 와서 민폐──."

──하려다가 손가락과 말을 멈추고── 소라와 시로는 서로를 쳐다보았다.

너무나도 갑작스럽고 예상치 못한 일이라, 이상하다는 생각조차 뒤늦게 찾아온 괴기현상.

──어떻게 이 세계<ruby>에서<rt>디스보드</rt></ruby> 전화가 울리지?

"여보세요…… 누구야?"

그러나 깨달은 이상.

1초도 채우지 못할 찰나 동안 방대한 생각을 굴리던 소라는 『받아야 한다』고 즉시 판단하고── 통화에 응해, 물었다.

그러나 화면은 여전히 『통화권 이탈』 표시인 채, 시로에게도 들리도록 스피커폰 모드로 바꾼 스마트폰에서 들려온 대답은,

『⠿⠿⠿⠿⠿⠿⠿⠿⠿⠿⠿⠿⠿⠿⠿⠿⠿⠿⠿⠿⠿⠿⠿⠿⠿⠿』

──그런 노이즈뿐.

"……? 뭔가요, 이거? 그냥 잡음이죠?"

"……저주, 의…… 전화…… 아냐?"

"그러게…… 차라리 저주의 전화라면 다행이겠는데…….""

의아해하는 스테프와 시로. 반면 심상치 않은 위기감과도 비슷한 것을 느끼는 소라.

그리고 한 박자 늦게, 시로 또한 조바심으로 뺨을 붉히며 마침내 깨달았다.

——두 사람이 아는 한, 디스보드에 『전파』의 개념은 없다.

그렇기에 소라는 『무시할까』 하는 자문에 『NO』라 즉답하고 전화를 받았다.

모종의 마법으로 발생시킨 전자장 같은 것—— 예를 들어 우발적인 무차별 간섭이라면 통화는 고사하고 지금 당장 스마트폰과 태블릿 PC의 전원을 꺼야 한다. 자칫하면 망가지고 말 것이다.

그러나 노리고 간섭한 것이라면, 이를 넘어서는 문제…… 방치할 수 없다.

그리고 마치 그 경계, 곤혹에 대답하듯,

『ⁱ⁚ ⁞⁚ 암호 ⁞⁚ ⁞⁚ 법칙——해석 ⁞ ⁚⁚료 ⁞ ⁚ ⁚ ⁚자장 ⁚⁚제어 ⁞⁚ ⁚⁚시행.』

"——————————허억?!"

음성이 뒤섞여 나온 기분 나쁜 노이즈를 듣고, 소라와 시로의 얼굴에서 핏기가 가셨다.

"……? 뭔가요, 이거? 무슨 일이 일어난 거예요?"

스테프의 물음에 대답하는 이는 없었다. 애초에 소라와 시로
도 모르니까.

다만, 몰라도 위기를 느끼기에는 충분한 상황임은 알 수 있었
다. 그렇다──

──이세계 기술이 간섭을 받고 있다.

전파도 기지국도 없는 세계에서, 암호화까지 이루어지는 전
파 통화가.

아니. 애초에 통화 기기라는 것조차 알 도리가 없는 디바이스
가, 간섭을 받고 있다.

저주의 전화라고?

차라리 그게 훨씬 나을 법한, 모골이 송연해지는 괴기현상은
이렇게── 이어졌다.

『쌍방향 통신 확립── 통화, 가능.』

이 세계에 없는 기술을, 단시간 내에 밝히고, 해석하고, 장악
했다고.

노이즈가 사라져 선명하게 선언한 음성에 이어── 남자의
목소리가 울려 퍼졌다.

**『배알을 청하노라, 이마니티의 왕이여. 의지자(意志者)여. 우
리는── 엑스마키나일지니.』**

우려했던 대로 노리고 간섭했던, 방치가 불가능한 존재.

다시 말해 소라와 시로의 정체, 의혹을 어디까지 밝혀냈을지 확인해야 할 존재.

——소라 일행의 계략을 근간부터 뒤집어엎을 수 있는 존재의 말에,

"……그래, 좋지. 만나자고."

소라가 감정을 죽인 목소리로 전화 너머에 대답한—— 그 찰나였다.

소리도 바람도, 충격도 진동도…… 심지어 맥락조차도 없이.

에르키아 성 정문에서 옥좌의 홀로 이어지는 공간이 일직선으로, 폐허의 길로 바뀌었다.

"……………………엥?"

꼬박 몇 초 동안 넋을 놓았다가 간신히 목소리를 쥐어짠 소라의 시선 너머.

성을 파괴해 발생한 잔해의 길을 느릿느릿 걸어오는 시커먼 무리를 보며, 소라는 내심 부르짖었다.

——말도 안 돼. 성을 한순간에 파괴해?

터무니없다는 말로 정리할 이야기가 아니다—— 까놓고 말해 불가능해——!!

『십조맹약』이 있는데 다른 이의 물건을 동의 없이 파괴하다니, 어떻게 그럴 수 있단 말인가!

그렇기에——

무슨 '야바위'를 쓴 거냐?고.

시커먼 무리를 날카롭게 노려본 소라에게 대답하듯, 선두에서 다가오던 사내의 목소리가 말했다.

"……시인 범위 내, 혹은 기지(旣知)의 좌표 이외로 『전이』는 불가능한 까닭에……."

무리가 한 걸음 다가올 때마다 뒤에 남겨진 잔해는 일그러지고, 사라졌다.

그리고 소라 일행의 앞까지 도착했을 무렵에는—— 이미 아무 일도 없었던 것처럼,

"……『공간중첩』을 행한 바…… 무례를 용서하기를……."

원래대로 돌아온 옥좌의 홀에서, 세 사람과 검은 무리가 나란히 마주보고 있을 뿐이었다.

흐음…… 일시적으로 입구를 만들었어, 미안해——란 말이지.

"……저기 말야…… 그 전에 노크라든가, 사람을 부른다든가, 무수한 절차가 있다고 생각하지 않냐?"

"소, 소라~…… 지, 지금 성은 폐쇄 중이에요~ 성 직원들도 전부 휴가 중이고요."

"아~ 그랬지……. 근데 그 힘 대체 뭐냐. 완전 편리. 무대 연출에 딱——."

"……빠, 빠야, 치, 침착해……! 현실을, 봐……!"

너무나도 너무한 사태의 연속에 사고가 헛돌고 있는 소라를 어떻게든 돌려놓고자 시로가 몸을 흔들어대는 가운데, 시커먼

무리는 말없이 기계적인 동작으로 로브를 벗어던졌다.

　——그것은 저승사자처럼 검은 예복을 입은 13인의 남녀였다.
　아니, 정정. 그것은 13 '인(人)' 이 아니라 13 '기(機)' 였다.
　피부 곳곳에서 안쪽으로 엿보이는 것은 살이 아니라 금속이었
다.
　바닥에 늘어져 뻗어나간 것은 꼬리가 아니라 케이블이었다.
　세 사람도 익히 잘 아는, 대전 재현 게임에서도 보았던, 이름
그대로 '물건' 이었다——

　——【익시드】 위계서열 10위…… 『기개종(機凱種)』.
                                                 엑스마키나

　"소라~? 이젠 슬슬 말해도 되겠네요—— 보세요벌써부터예
상이빗나갔잖아요?!"
　——공격은 절대로 없을 거라고 득의양양하게 말했던 입에서
침도 마르기 전이라고 소리쳐 힐문하는 스테프.
　그러나 소라는 대답할 여유도 없었다.
　후드를 벗은 엑스마키나의 인공적인 눈, 26개 렌즈가 모조리
소라를 바라보고 있었다.
　서버 룸에 있는 것 같은, 무기질적이고 무시무시한…… 숨이
막히는 위압감.
　일거수일투족—— 맥박 하나, 뇌신경 하나까지 파악당하고
해석당한다는 착각.

아니—— 과연 그것이 정말로 착각일까?

그런 초조함과 곤혹에 물든 생각 속에서, 소라는 소리를 내지 않고 스테프에게 대답했다.

——예상이 빗나간 게 아니야—— 이런 건 그냥 의미불명이라고——!!

지금의 소라와 시로에게 정면으로 도전할 존재는 없다——
그 사실에는 흔들림이 없다!

안 그래도 소라와 시로는 현재 『필승의 히든카드』를 보유했다고 의심을 사고 있을 터.

이를 차치하더라도, 도전을 받는다면—— 게임 내용의 선택권은 이쪽에 있다.

하물며 지금의 소라와 시로를 패배할지도 모르는 게임에 응하게 할 『판돈』은 존재하지 않는다!

필승의 게임을 제시하거나, 혹은 응하지 않으면 그만——!!

누구나 알고 있을 터. 그렇기에 아무도 쳐들어오지 않으리라 단언했는데, 그렇다면 어째서.

이쪽에서 만나러 갈 방법조차 전혀 몰랐던 종족이.

단서도, 정보도 전무했던 종족이—— 그것도 하필이면——

——『공백』이 정면에서 싸워 패배할지도 모르는 상대라 내다보았던 종족이!

왜 여기 있지?! 왜—— 자신을 노려보고 있지——?!!!

"……자신을 소개할 이름이 없기에 실례한다. 본 기체는 전 연결 지휘체, 『아인치히』라 불린다."

그런 혼란은 아랑곳않고, 13기 중 하나가 앞으로 나와 고개를 숙여 인사했다.

소라보다도 한참 연상——으로 보였다. 적어도 외견은 남자와 비슷하다.

무기질적인——기계 종족이니 당연하지만——인형 같다는 생각이 들 정도로 고운 조형을 가진 얼굴.

불그레한 흑발도, 청백색을 띤 눈동자도 역시 어딘가 가짜 같고 인공적이었다.

——그러나.

"엑스마키나의…… 그렇군. 『전권대리자』에 해당하는 기체란 뜻이겠어."

아인치히라 자신을 소개하고 소라 일행에게 다가온 목소리에서는, 시선에서는.

명백히 단순한 기계가 아닌, 명확한 지성과—— '감정' 이 엿보였다.

그 사실이 소라와 시로의 뺨에 식은땀을 흐르게 했다.

——단순한 기계라면 신경 쓸 필요도 없다.

설령 슈퍼컴퓨터라 하더라도 기계는 어차피 기계일 뿐.

특히 게임이 되면 얼마든지 따라잡을 방법, 능가할 방법까지도 있다.

그러나 『최강』의 신──아르토슈를 물리치고──대전 종결의 방아쇠가 됐던 종족.

무한히 학습하고 대응을 거듭해, 그 결과 끝내는 『최강』마저도 없앴다는 종족.

그것이, 만약, 사실이며.

그 근거의 편린이── 저 눈에 깃든 '감정'이고.

소라의 스마트폰에 간섭했을 때 느낀 우려가 나타내듯.

소라와 시로, 두 사람의 정체를, 전략을 밝혀낸 것이라면.

설령 『공백』이라 해도, 어떤 게임을 한다 해도.

──승리는 거의 불가능에 가깝다.

혼란과 초조함이 명확한 위기감으로 바뀌어가는 사고.

그러나 그 사고도 소라의 눈앞까지 다가온 기계의 사내를 앞에 두고 얼어붙었다.

십조맹약이 있다. 위해를 가할 수는 없다.

그래도, 아니, 그렇기에. 기계의 사내가 손을 내밀더니.

소라의 뺨을 지나쳐, 옥좌를 짚으며 자아낸 말──

"만나고 싶었다, 『사랑스러운 자』여. 자, 사랑을 키우자꾸나."

──느닷없이 귓가에 들려온 사랑의 속삭임에, 소라는.

석화된 시로와 무엇이 그리 기쁜지 입을 막으며 얼굴을 붉힌 스테프의 모습을 마지막으로.

강하게, 그저 강하게, 단 한마디를 머릿속으로 쥐어짜며 자신의 의식을 차단했다.

기억이여 사라져라……라고————.

■ ■ ■

가물거리던 의식이 떠오르는…… 익숙한 감각.

잠에서 깨어나는 그 감각에 소라는 가슴을 쓸어내렸다.

……나 원, 끔찍한 악몽을 꾸었군.

피로가 쌓였던 걸까. 조금 쉬어야 하나. 그러나 지금은,

"…………빠야………… 빠야, 일어나……."

그래, 보라고, 시로도 부르잖아.

쓸데없는 꿈 따위 잊어버리고, 동생의 목소리에 대답해야만 한다.

그렇게 다정한 미소를 지으며 소라가 천천히 눈을 뜨자——

그곳에는 시로가 있었으며, 아마 스테프도 있을 테고, 그리고…………

"【충언】: 다시 한 번 말한다. 지휘권을 양도하라. 귀 기체에 본 작전의 적성은 없다."

"몇 번이나 말하노라, 기각하겠다고. 『사랑스러운 자^{슈필러}』의 정조는 귀 기체에 넘길 수 없다."

자신에게 사랑을 속삭인 사내도. 그 사내와 무언가 말다툼을
벌이는 여성형 엑스마키나도 있었다.

——아아, 무정하여라. 꿈도 아니었으며 기억도 사라져 주지
않았음을——

"아무한테도 안 줘!! 앗 젠장, 평생총각 선언을 해버렸잖아!!"

전심전력으로 저주하며 벌떡 일어난 소라의 절규가 성내를 뒤
흔들었다.

"……다, 다행이다…… 빠야, 살아, 살아 있었……어…….."

"죽긴 왜 죽어!! 남자한테 고백 받고 심부전이라니 너무 워스
트잖아!! 야, 짜샤!!"

안도에 흐느끼는 시로를 끌어안고 소라는 아인치히를 가리키
며 다시 부르짖었다.

"레알 호모 훈남 안드로이드라니 속성과다 아냐?! 좀 가릴 줄
을——."

그러다 말을 끊고. 소라는 새삼 주위를, 엑스마키나를 둘러보
더니—— 말을 이었다.

"게다가 『집사』냐고! 속성을 얼마나 쳐바를 작정이야! 대체
무슨 수요를 노리고?!"

해석하는 시선, 위압감이 사라진 덕에 보이게 된 그곳에 늘어
선 것들은.

저승사자 같은 검은색 예복 차림의 신살기계 군세——가 아

니었다.

……아니. 까맣긴 하고, 예복이기도 한데…… 요컨대 연미복과 하녀복.

다시 말해…… 1기의 집사 로봇과 12기의 메이드 로봇 군세였던 것이다.

게다가, 이게…… 뭐랄까—— 전체적으로…… 나사가 빠져 있었다.

모든 기체의 표정에서 무언가, 심상찮은 고철의 분위기가 풍겼다.

——내 긴장감 내놔! 라고 외치고 싶은 소라에게 호모 집사^{아인치히}가 대답했다.

"흐음…… 굳이 대답한다면 그대의 수요를 노렸다고 대답할 수밖에 없겠군."

"아 그러셔~ 완전 헛방쳤구만?! 뭐 하러 온 건진 모르겠지만 메이드 로봇 놔두고 꺼져!!"

소라는 그렇게 외쳤지만, 아인치히는 자애로운 웃음을 지었다.

아직까지 씨근덕거리는 소라의—— 그 내심의 초조함을 꿰뚫어 보듯, 말했다.

"안심하라, 『사랑스러운 자^{슈필러}』여. 엑스마키나는 그대에게 힘이 되고자 온 아군^{우리}이다."

………….

그렇게 말하는 아인치히.

그러나 소라는 머리를 끌어안았다.

——이젠, 틀렸어. 상황을 전혀 파악하지 못하겠어!

엑스마키나가 나타난 이유도, 고철 분위기가 풍기는 이유도, 아군 선언도!

무엇보다—— 호모 훈남 집사와 메이드 로봇일 이유도——!!

이리하여 마침내 견디다 못한 소라는 마법의 단어를 외쳤다.

——그것은 곧!

"지브에몽〰!! 헬프 미————!!"

——거의 동시에.

"네~에♡ 아침부터 이틀날 아침까지! 마스터의 생활을 지켜 보는 지브릴이옵니다~♪ 명령은 봉사이신지요, 아니면 처형 이신지요?!"

밖에서 호로를 투영하던 플뤼겔—— 지브릴이 나타났다.

허공에서 희희낙락 출현해 주위를 흘끔 둘러보고는 만면의 미 소를 지으며,

"어머나? 이건 참…… 엑스마키나 아니옵니까. 역시 마스터 께서는 뽑기 운이 있으시옵니다."

——쌍방이, 망설임도 없이.

" '처형' 이었사옵니까♡ 4초 정도 기다려 주시기를—— 어머 나? 응?"

『【전개(典開)】:『번외개체』 봉절(封絕) 시퀀스—— 에러. 요

인 파악을 신청한다.』

　지브릴은 빛의 칼날을, 엑스마키나는 일제히 방대한 병기를 뽑아들고는── 경직했다.

　의아해하는 일동── 다시 말해 『십조맹약』 따위 완전히 까먹은 것처럼 보이는 작자들에게.

　"……저기 말야, 과다한 요구였어? 상황을 설명할 수 있는, 멀쩡한 놈은 없는 거야……?"

　애원하는 소라는, 눈앞에서 막 시작되려던 대전이 강제종료됐다는 사실에.

　멀리 아득한 곳을 바라보며 생각했다…… 테토. 아까는 도발해서 미안해, 라고.

　새삼스레 『십조맹약』을 주어서 고맙다고, 유일신 테토님께 감사의 기도를 올린 세 사람에게,

　──"어흠." 하는 헛기침 소리가 들렸다.

　"……엑스마키나. 『대전』에서 아르토슈를 무찔렀던 신살종족이옵니다."

　자기는 멀쩡한 놈이라고 주장하고 싶었던 것일까. 지브릴은 웃으며 설명을 시작했다.

　"또한 플뤼겔의 반수를 격멸하였던 잔학무도한 살육 머쓰윈 〜〜이옵나이다♡"

　──네가 할 소리냐.

　지금 막 노 로딩으로 제노사이드하려던 입이 할 말이냐.

이마니티 세 사람의 싸늘한 시선을 받으면서도 지브릴은 유창하게 말을 이었다.

"하오나 분수에 넘치는 전과였던지라. 동귀어진의 형태로 근소한 개체만을 남긴 채 궤멸."

그렇게 스스럼없이.

"그때 『신조장치(新造裝置)』를 잃었는지 새로운 기체는 확인되지 않고 있나이다."

"……잠깐만. 신조장치라면, 설마 번식기능을 상실한 거야?"

너무나도 스스럼없이 들려준 심각한 정보에.

미간에 주름을 지으며 소라가 확인을 구하자 지브릴은 고개를 끄덕였다.

"예. 대전 종결 이후로는 극히 드물게 단독개체가 방랑하는 모습이 목격됐을 뿐이오나, 이 모든 것이 대전 종결 당시의 기체. 멸종위기기계 지정이 한창 추진 중인 종족이옵니다 ♪"

………….

다시 말해 지브릴의 창조주와 플뤼겔 반수를 학살한 ^동상^족대.

그러나 한편으로는 멸종 직전까지 몰릴 만큼 스스로도 격멸당했던 상대.

하물며 조상끼리 서로를 살육해댔던 것이 아니라…… 바로 그 당사자들…….

"……그렇다면야, 뭐…… 원한도 설움도 있겠구만…….."

"…………."

──『대전』이라고는 해도 까마득한 옛날. 이미 지난 일이다.

다 잊고 물에 흘려버리자……라니.

장절하게 서로를 살육했던 당사자들 앞에서── 속 편하게 말할 수는 없었다.

그렇게 복잡하게 표정을 흐리며 고개를 숙인 소라와 시로, 스테프를 보며.

"예? 저는 엑스마키나에게 패한 적도 없어 딱히 원한 따위가 지지 않았사옵니다만?"

어리둥절하는 지브릴의 말에, 세 사람은 눈을 동그랗게 떴다.

"또한 경의할 만한 '호적수'에게 보일 예의는 갖추었다고 생각하옵니다."

"하지만 아깐 처형하겠다며?"

참 좋은 소리를 했다고 으스대는 표정을 짓는 지브릴에게, 소라는 반사적으로 딴죽을 걸었지만,

"……이쪽에서 죽였으니, 죽임을 당하는 것 또한 도리. 원한을 품을 이유가 어디 있겠는가."

"하지만 아깐 봉절하겠다며?!"

마찬가지로 참 좋은 소리를 했다고 으스대는 표정을 짓는 아인치히에게도 곧장 딴죽을 걸었지만,

"……? 예. 그러므로 경의를 담아 정중하게 최선을 다하여 죽이는 것이옵니다."

"안심하라. 현재의 엑스마키나라면 『번외개체』를 죽이지 않고 영구활동불능에 빠뜨릴 수 있다."

"영구적인 활동불능이라니 죽이는 거랑 뭐가 다른—— 아, 됐습니다요, 말하지 마십쇼."

——원한은 없지만 그건 그거대로 죽여 버린다.

그렇게 말하는 인간 외 세력들에게, 인간 세력들은 딴죽 거는 것도 포기하고 뻣뻣한 웃음을 지었다.

"그보다도 한 가지만 정정을 부탁하겠노라, 『번외개체』여. 엑스마키나는 『신조장치』를 잃지 않았다. 그저 『합당한 자』가 나타나기를 줄곧 기다렸을 뿐이다."

득의양양하게—— 결혼을 못한 게 아니라 어울리는 사람이 없었을 뿐이라고,

어디선가 들어본 듯한 주장을 늘어놓는 아인치히—— 그러나 느닷없이.

"그리고 그것이 바로—— 이곳에 온 이유이기도 하다……."

심각한 눈빛으로 말하는 모습에 소라 일행도 얼굴을 굳혔다.

——멸종에 직면한 엑스마키나. 그런 그들이 어째서 지금.

소라 일행 앞에 나타났단 말인가. 그리고 수수께끼의 『아군 선언』이 가지는 진의는?

그 해답 여하에 따라서는…….

소라와 시로, 그리고 지브릴마저 그들의 다음 언동을 경계하고.

"그렇다. 『합당한 자』, 다시 말해 『의지자』—— 현재 소라라

는 이름을 사용하고 있었지……."

주시를 받은 아인치히는 다시 한 번 소라에게 다가가더니,

"바로 그대다. 『사랑스러운 자_{슈필러}』여!! 자, 본 기체와 사랑을 키워 새 기체를 생산하자꾸나_{아이}!!"

"이야기를 원점으로 되돌리지 마아아!! 아니 벗지 마! 너 임마 고장 난 거지?!"

옷을 벗기 시작하는 변태 로봇에게, 소라는 얼른 시로의 눈을 가리며 반쯤 확신해 외쳤다.

대전── 6천 년 전의 기계. 골동품을 넘어 『유물』 수준이다.

"……그렇다. 본 기체의 내구성 한계는 이미 5,982년을 초과하였다. 슬립 모드로 기체의 보전에 힘써도 시간에 따른 열화를 피할 수는 없으나── 안심하라, 『사랑스러운 자_{슈필러}』여!"

소라의 지적에 아인치히는 옷을 벗던 손을 멈추더니, 싱긋 웃고는.

"본 기체의 사고 및 사랑은 지극히 정상이니라!"

"지극히 정상사고인데 언동이 그 모양이면 더 아웃이지!!"

말하며 탈의를 재개한 아인치히에게 소라는 머리를 감싸며 절규했다.

"어떠신지요, 마스터. 일단 죽인 후에 생각해 보심은?"

"……지브릴, 허가, 할게……."

"허가해서 어쩌려고 그러세요?! 이, 일단은 모두 진정──."

살기등등한 지브릴과 시로, 그리고 어떻게든 달래려 하는 스테프를,

──갑자스럽게, 바람을 가르는 날카로운 소리에서 이어진 육중한 파쇄음이 가로막았다.

그리고 말뚝처럼 벽에 박힌 스트리퍼를 대신해,

"【채결】: 이야기가 진행되지 않는다. 해당 기체의 지휘권을 일시 박탈하고 본 기체가 인계한다."

그렇게 말하며 앞으로 나선 것은 조금 전 아인치히와 말다툼을 벌이던 여성형 엑스마키나.

다른 자들과 마찬가지로 메이드복을 입은 10대 중반 정도의 인간 소녀──처럼 보이는 기계는.

역시 인형처럼 고운 얼굴, 어딘가 인공적으로 보이는 창포꽃 빛깔 머리카락을 가진 머리를 숙이더니.

공손히 스커트 자락을 잡고 인사하며 말을 이었다.

"【사죄】: 일부 기체에 심각한 장애(버그)가 발견됐음."

"그래, 심각하네. 법에 저촉될 정도로 심각한데── 네가 숨통 끊어버린 거 아냐……?"

시인은 불가능했으나 아마도 걷어차여 벽에 꽂혔으리라.

경련하는 반라의 변태(아인치히)── 벽을 장식하기에는 너무나도 악취미한 그것에 소라는 생각했다.

……이거 맹약에 저촉되지 않아? 동의해서 저렇게 된 거야?

"【첨언】: 엑스마키나는 연결접속 중── 『연결체(클러스터)』 단위로는 개체를 가지지 않는다. 맹약에 자해행위(차해행위)를 금하는 항목은 없다. 또한 본 기체의 다리 부위가 우연히 접촉한 것은 유감스러운 사고였다. 본 기체는 잘못하지 않았다."

……병렬접속 컴퓨터를 『한 대』로 치는 것과 마찬가지일까.

아무튼 엑스마키나 사이에서는 동의가 있었다──그렇다면 아무 문제도 없다.

심각한 변태를 제거해 준 기계 소녀가 다시 시작한 말에,

"【용건】: 협조 요청. 목적은──『엑스마키나의 멸종 저지』."

──아아. 이야기가 통하는 구세주가! 소라는 그렇게 환희하고,

"흐음…… 부디 자세히 듣고 싶은데, 그 전에── 이름을 가르쳐 줄 수 있을까?"

"【사죄】: 본 기체에 이름은 없다. 죄송합니다."

그 존엄한 이름을 묻는 소라에게 구세주는 고개를 숙였다.

"【제시】: 본 기체의 식별번호는 Ec001 Bf9 Ö4 8a 2. 약칭은 『구(舊) E 연결체 제1지휘체』."

(알트 이미르 클러스터 아인)

……일일이 귀찮은 사양이네요. 엑스마키나.

(이 것 들)

"어──…… 그럼 기니까 『이미르아인』이라고 내 맘대로 불러도 될까?"

"…………………………………."

……어, 음…… 안 되는, 걸까?

긴 침묵에 슬슬 소라가 불안에 빠지려던 무렵,

"【등록】: 본 기체는…… 현 시각을 기해 『이미르아인』, 입니다. 평생 잘 부탁드립니다."

머리를 조아리는 이미르아인에게 위화감을 느끼며, 소라와 시로는 고개를 갸웃했다.

　"【제시】: 『번외개체』의 설명에 보충. 과거 대전에서 엑스마키나는 '궤멸' 됐다."

　그러나 다시 고개를 든 이미르아인은 담담한 분위기로,

　"【재시】: 결전 피해 보고. 『신격』 및 『연합 전체 화력』의 충돌을 받은 4,707기는 본 기체를 포함한 5기를 남기고 충발. 이어서 아르토슈 진영과 교전한 9,177기도 99.69% 소모. 불가역적 파괴를 면한 것은 28기. 또한 잔존 전 기체에 기억, 기록, 인격의 손실 등 심각한 장애가 연쇄발생. 추정요인은 『신수』 파괴 시의 반논리연산에 따른 모순의 축적——."

　그녀가 들려준 것은—— 신살의 대가. 그 상상을 초월하는 대가였다.

　이론상 무한히 강해져 플뤼겔의 반수를 격멸했던 종족이.

　1만 5천 가까이 도전해 신을 죽이고 살아남은 것은—— 겨우 28기.

　너무나도 터무니없는 그 사실에 목을 꼴깍 울리는 소라 일행은 아랑곳 않고,

　"【결과】: 시간에 따른 열화도 더해져 현존 가동 기체는, 13기."

　이리하여 이곳에 있는 엑스마키나만이 남았다고, 이미르아인은 말을 이었다.

　"【본론】: 엑스마키나의 『신조장치』는 현재도 사용 가능. 그러나 앞서 말한 무수한 에러에 의해 모든 기체에 모종의 『하드

웨어 록』이 발생했다. 『적합자』가 아닌 자와의 번식은 거부된다."

——그렇구만. 소라는 살짝 고개를 끄덕이고, 중얼거렸다.

"……그거 큰일이네."

"【수긍】: 이거 큰일이다."

그렇게 흉내를 내는 이미르아인.

그러나 사실 소라와 시로는 눈빛을 나누고 안도했다.

스마트폰이 울린 순간 상정했던 최악의 상황—— 다시 말해.

자신들의 정체를 밝혀낸 최악, 최강의 적이 쳐들어온 것은 아닌 모양이라고…….

아인치히의 아군 선언, 이미르아인의 협초 요청도 말 그대로의 의미.

번식이 불가능한 엑스마키나의 멸망을 저지하는 데에, 아군이 되어 도와달라는 것이다.

당연히 멸망하면 곤란하다. 꿈자리가 뒤숭숭할 것이다.

그렇지 않더라도 『종의 피스』가 사라진다면 이 세계는 클리어가 『막힌다』.

하물며 조금 전에 보여준 『공간중첩』—— 그것은 최고의 『만능 무대 연출 장치』.

아군이 되어준다면 호로의 다음 라이브 문제도 깔끔하게 해결된다.

협조를 거부할 이유는 없다. 없, 어야…… 하는데.

"……………………"

아직까지 해소되지 않은 여러 가지 의구심에 소라는 즉시 대답하지 못한 채 입을 다물고만 있었다.

우선, 처음 나타난 순간부터 들었던 의문—— 왜 지금이치? 왜 자신들이치?

엑스마키나의 언동도 이해할 수 없거니와—— 의지차^{슈필러}란 게 뭐지?

"【비유】: 비에 젖은 강아지. 바람 앞의 등불. 가엾어요.『주인님』은 버릴 거야?"

사랑스러운 자? 주인님?

"——아니. 뭐, 버리진 않겠……지만……."

그러나 열심히 경계하며 생각하는 소라에게, 이미르아인은 "다행이다."라며 고개를 끄덕였다.

그리고 조용한 웃음으로——그러나 빛이 없는 눈으로——말을 이었다.

"【솔직】: 본 기체와 아이를 만들어 주지 않는다면, 본 기체는 죽는다."

"변태 훈남 다음에는 얀데레 미소녀냐! 협박하지 마!!"

귀중한 상식인, 이미르아인의 갑작스러운 배신에 소라는 탄식이 섞인 비명을 질렀다.

"아니 그보다도 기계랑 아이를 만들어? 뭘 어떻게 해서! 엑스마키나는 어떻게 번식하는데?!"

그리고 시로를 옆구리에 끼고 지브릴의 등 뒤에 숨은 소라는 최대의 의문점을 물었다.

적어도 『사랑을 키울』 필요는 없는 거 아니냐고―― 그것도 호모 로봇이랑!

그렇게 등 뒤에서 묻자, 지브릴은 생각이 났다는 듯 대답했다.

"엑스마키나에 관한 얼마 안 되는 기록에 따르면―― 서로 다른 두 기체가 『신조장치』를 접속시켜 『데이터』를 대조한 후, 차세대의 요구에 대응하는 기체를 만든다……는 구조였던 것으로 기억하옵니다."

"그럼 양쪽이 다 엑스마키나가 아니면 안 되는 거잖아!"

"【부정】: 영혼의 관측에 성공하였다. 엑스마키나 이외의 『데이터』를 이용하여도 문제는 없다."

……그, 그렇구나. 지브릴이 유사형태로 소라의 아이를 낳을 수 있다고 했던 그거 말이지.

세이렌의 번식법도 그렇다. 그러나 그런 것들은 분명 '영혼을 섞는다'고 했다.

"……근데, 어떻게 『영혼』을 얻는데? 기계적인 방법은 아니겠지?"

우주인에게 납치당하거나 이상한 장치에 연결당하지 않을까 하는 소라의 불안을 불식시키듯.

이미르아인은 든든하게, 부디 안심하라고 힘차게 고개를 끄덕이며 대답했다.

"【과시】: 『주인님』전용의 『구멍』을 구축하였다. 통상적인 '성교'로 가능하다."

"반대로 왜 그렇게 해버린 건데?! 쪼끔만 더 기계적으로 하라고!"

이 세계는…… 왜 이렇게, 이렇게…… 일일이 극단적인 거야!

"【회답】: 과거의 반성을 답습한 개량(업데이트). 성능은 지극히 우수. 아마도."

──과거의 무슨 일이 그 반성에 이르게 했느냐는 의문은 꾹 삼켰다.

"【보충】: 본래 이마니티 여성의 『구멍』을 모방할 예정이었다. 그러나 관측 데이터 부족. 따라서 자극에 대한 『주인님』의 반응을 상시관측 후 리얼타임 피드백 채용. 내부구조, 강도, 압력, 점도, 온도, 유사맥동 및 발한 등을 상시 최적화── '최상의 쾌감제공 특화형'인 『구멍』을 구축하였다."

…………

"【유혹】당연히 신품. 시험하겠는가?"

───────.

"……빠야…… 왜, 아무 말, 없어……?"

"으아?! 아아, 아무 말 없지 않았거든?! 전혀 흔들리지 않았거든?!"

시로의 눈빛을 느끼고 황급히 외친 소라에게,

"귀 기체! 『전연결 지휘체(아인치히)』인 본 기체에게서 『사랑스러운 자(슈필러)』를 빼앗을 심산인가!"

"네놈한테 빼앗길 게 뭐가 있는데!! 닥치고 벽에 처박혀 있어, 고철!!"

느닷없이 복귀한 아인치히의 우려 섞인 외침에 소라는 부르짖고, 이어서,

"【동조】: 누구와 사랑을 나눌지, 선택권은 『주인님』에게 있다."

"아까 협박해서 선택권 빼앗으려 했던 녀석이 할 소리야?! ……잠깐. 설마 이 녀석도——."

이미르아인에게도 부르짖은 소라의 뇌리에 생각하고 싶지 않은 생각이 떠올랐다.

……아인치히. 이놈한테도, 그거…… 있는 거야……? 구멍.

"아아, 안심하게나 『사랑스러운 자』여. 본 기체는 『구멍』이 아니다. 막드——."

"아— 아— 시끄러워!! 안들려몰라너그냥꺼져!"

——이리하여 갱신된 상황은 아래와 같았다.

신조장치의 『하드웨어 록』은 엑스마키나가 슈필러라 부르는 인간.

다시 말해 소라밖에 받아들이지 않는다. 심지어 방법은, 그 뭐냐…… '거시기' 라고 한다.

하지만 아직 의문은 남았다. '어째서'——.

"잠깐—— 기다려 보세요!"

이제까지 침묵을 관철하던 스테프가 타임을 걸었다.

"요컨대 그, ……서, 성행위……로 번식하는 거잖아요?! 왜 하필 소라예요?!"

"오오 스테프! 그래, 그거야!! 계속 원했던 딴죽이었어!!"

그렇다── 아직도 해결되지 않은 의문. 왜 지금이며, 왜 소라인가.

6천 년을 거쳐 멸종에 직면할 때까지 달리 『적합자』는 없었던 것인가?

그렇게 생각하는 소라와 눈을 마주치며 깊이 고개를 끄덕인 스테프는── 부르짖었다!!

"제가 보증하겠어요. 이 남자는 저질이거든요?! 어디서 나사가 빠졌길래 소라예요?!"

"그 딴죽은 원하지 않았어!!"

"그보다 도라이양. 제 앞에서 마스터를 모욕하시다니…… 어지간히 다음 세상을 서두르시는 모양이군요♡"

"……그럼…… 빠야, 가…… 있기만, 해도…… 헤실헤실…… 관두, 지?"

"네, 네에~?! 잠깐만요, 저는 그런 게── 아니, 언제 헤실헤실 했다는 거예요?!"

그렇게 모범적인 내부분열을 시작한 소라 일행의 소란은──

"【설명】: 앞서 말한 수많은 에러에 기인한 『하드웨어 록』."

"그 수많은 에러를…… 엑스마키나는── 『마음』이라 부르고 있다……."

이미르아인과 아인치히의 조용한 목소리와——

"……『마음』……이라고?"

11기의 엑스마키나—— 마음을 가졌다는 기계들의 조용한 침묵에.

그들의 기원을 설명하는 말에 소라는 중얼거리고, 일동은 나란히 귀를 기울였다.

"애초에 엑스마키나는 단순한 기계…… 『마음』 따위 가지지 않았다."

"【부정】:——정확하게는 기계조차 아니었다."

이미르아인이 정정하고 나서자 아인치히는 그 말이 옳다며 쓴웃음을 짓고,

기계임을 잊을 정도로 인간다운 몸짓으로—— 말을 이었다.

"기계란 『도구』이다. 도구는 목적을 가지고 만들어지지만…… 엑스마키나는 달랐다."

"【긍정】: 위해에 대응한다. 대상의 유형무형, 유상무상을 불문한다. 수동적으로. 대처적으로. 그저 존재한다. 그뿐. 초목과 다를 바 없다. 의미도 없다. 목적도 없다. 아무것도…….'

…………

"대전 말기—— 엑스마키나가 『유지체(遺志體)』라 부르는 기체가 얻은 『마음』을, 엑스마키나는 동기화, 공유했다."

일제히 고개를 끄덕인 엑스마키나들이 아인치히의 그 말을 뒷받침해 주었다.

그 배경에 얼마나 많은 일이 있었는지는 알 도리도 없지만——.

"──각설하고. 그『유지체』는 한 사내에게 '홀딱 반했다'."

다시 일제히 응응 고개를 끄덕이는 엑스마키나들⋯⋯이⋯⋯
응?

⋯⋯아니 잠깐.

조금 전까지의 진지함은 온데간데없이, 아인치히는 열기에
들떠 말을 이었다.

"그『마음』을 공유한! 엑스마키나가! 어떻게 해야 할지는 자
명!!"

"⋯⋯어⋯⋯ 전 기체가, 그 남자에게 '홀딱 반한'⋯⋯ 겁니
까요."

세 번째로 일제히 연신 고개를 끄덕이는 엑스마키나들은 이제
진지함의 ㅈ 자도 없어,

"그리하여『신조장치』는 사랑스러운 그 사내 말고 받아들일
수 없도록 고정됐다!!"

"【단언】:『주인님』이 아닌 자와의 아이 만들기는 결단코 거
부. 생리적으로 무리. 죄송합니다."

그리고 네 번째의 일제 끄덕끄덕은 이제 완전히 개그로 보였다.

왜냐면 그것은 다시 말해──

일동을 대표해 스테프가 말했다.

"엑스마키나는 그분 말고 다른 사람과 번식하기 싫었다. 그래
서 번식하지 않았다는 건가요?"

"그러다 멸망에 직면했다면 그냥 바보지!!"

고함을 지르는 소라. 그러나 또다시 비정상적으로 접근하고,

"문제없다. 6천 년 이상을 거쳐 이렇게 다시 만났으니……
『사랑스러운 자(슈필러)』여."

"완전히 『사람 잘못 봤습니다』잖아!! 태어나지도 않은 정도
가 아니라 문명이 막 태어났을 때네?!"

미소를 지으며 소라의 턱에 손을 대며 사랑을 속삭이는 고철
을 뿌리치고, 소라는 연신 외쳐댔다.

"지브릴! 엑스마키나란 건 이런 놈들이야?! 이놈들 완전히 눈
삐었는데?!"

"관측과 해석── 전투 면에서도, 단일 기체로 처에게 육박
한, 매우 우수한 종족(적)이었사옵니다만……?"

그러나 의외로 가장 곤혹스러워하던 것은 지브릴이었는지.

"……신살의 대가일는지…… 이딴 것들에게 고전했다고 생
각하고 싶지 않사옵니다……."

공허하게 중얼거리는 그 말은 소라 일행의 귀에는 들리지 않
았으나──

"수줍어하지 말라, 그대 『사랑스러운 자(슈필러)』여. 엑스마키나의 우리
해석에는 틀림이 없다."

"내가 수줍음을 탄다는 해석 자체가 이미 틀려먹었잖아?! 근
거가 뭔데?!"

겨우 한 문장 안에 모순을 담아내는 안드로이드, 나쁜 의미에
서 초월적인 고철은 소라의 물음에 흐음 대답했다.

"근거는 여러 가지를 들 수 있다. 우선 용모는── 흐음. 유감

스럽게도 별로 닮지 않았군. 『사랑스러운 자^{슈 필 러}』는 좀 더 남자다웠거늘…… 그러나 시간의 흐름이 아무리 잔혹하여도 이 사랑은 흔들림이 없다!"

──이 자식이 지금 나한테 시비 거는 거야?

그럼 그렇게 말하라고 씨근덕거리는 소라에게, 이번에는 이미르아인의── 아니.

엑스마키나 전 기체가 병렬로 해석했는지 말 그대로의 『보고』가 울려 퍼졌다.

"【보고】: 개체 『소라』와 샘플 데이터 『의지자^{슈 필 러}』의 일치율, 추정치 96.23… 퍼센트."

그러나 그 『결론』인지 뭔지에 소라는 자신도 모르게 실소를 흘렸다.

무슨 초절계산이 이루어졌는지는 모르겠지만── 확률론 따위 탁상공론이다.

기존의 정보를 토대로 무엇을 계산하든 『아마도』 이상의 해답은 없다.

그러므로 「같잖다」고 웃어넘기려 했던 소라는──

"그러나 결론 따위 단순한 참조정보일 뿐. 대저 같잖은 퍼즐 장난에 불과하다."

────뭐……뭐야……?

다른 녀석도 아닌 기계── 컴퓨터에게 그 말을 빼앗겨 자신도 모르게 귀를 의심했다.

그리고 논리, 수학을 부정한 컴퓨터는 비논리적으로, 뜨겁게
—— 설파했다.

"확률론에는 0도 100도 없다. 무한 횟수 연산을 거듭한들 종
착역은 99.999…퍼센트가 한계인! 미지의 정보 하나로 뒤집어
치는 수준의! 너무나도 불완전한 도구라고, 엑스마키나는 생각
한다."

"……어, 응…… 그, 그러게. 알고 있다면——."

무릎 위의 시로는 지금 당장에라도 기절할 것 같은 얼굴이었
으나.

산소결핍에 빠진 것처럼 입을 뻐끔거리며 간신히 대답하는 소
라에게,

"그러면, 그렇다면, 최후에 믿을 수 있는 것은 무엇이겠는가,
『사랑스러운 자』여."

그렇게 뜨겁게, 그리고 산뜻하게, 인공적인 치아까지 반짝 드
러내며,

**"이『마음』이 단언한다. 그대야말로 엑스마키나가 고대하던
바로 그자라고——오오!!"**

자신의 가슴에 손을 얹고 단언하는 아인치히의 말에, 소라는
목을 꼴깍 울렸다.

……그래. 그 말이 맞아.

확실한 것이 사실은 무엇 하나 존재하지 않는 세계에서.

그래도 여전히 믿을 수 있는 것이 있다면 단 하나뿐.

──믿고 싶은 것이다.

신념이라고 바꾸어 말해도 좋다. 혹은 이상(理想), 상념, 소원이라고 해도.

그렇다──『마음』이 시키는 대로. 그저 그런 것이라고.

결론을 내리고, 그렇다고 믿어야 비로소 낼 수 있는 해답도 있다.

기계의 종족, 논리의 화신이 그렇게 단언하기에 이르다니──이해할 수 있는 범주를 벗어났다.

역시 엑스마키나는 바닥이 보이지 않는다. 공포조차 느낄 만한 대응능력과 학습……

──하지만 사람 잘못 봤어.

그건 그렇다 치고. 순연한 사실로서. 딱 잘라 말해. 사람 잘못 봤다.

슬프게도── 마음이 제시한 해답 또한 종종 잘못되는 법.

그렇게 잔혹한 현실을 떠올리고 먼 곳을 바라보는 소라에게, 문득.

"【질문】: 『주인님』은 지금 본 기체와 아이를 만들고 싶지 않다. 경이적 자제심. 대단해."

그렇게 말하는 이미르아인과 그 뒤에 있는 메이드 로봇들이 다가서는 모습에.

"아뇨? 엄—청하고싶은뎁쇼저도남자고로봇소녀같은거여유
로취향꺼흑!"

"……기각, 퇴짜…… 불합격, 거부…… 미성년자, 이용불
가……!"

그렇게 자신도 모르게 본심을 줄줄 흘리는 소라를 가로막으며
시로의 팔꿈치가 가차 없이 기각을 선언했다.

하지만 덮어놓고 거부만 한다면 멸망한다.

게다가 호로를 생각하면 만능 연출 장치를 같은 편으로 삼는
다는 것도 포기하기 싫었다.

갑자기 뚝 떨어진 이 문제를 어떻게 해결할지, 소라와 시로가
나란히 생각에 잠겨 있으려니——.

"흐음…… 역시 수줍음이 앞서고 마는가, 『사랑스러운 자^{슈 필 러}』
여."

"넌 그냥 애초에 논외야! 냉큼 꺼지라고 했지!!"

그렇게 고함을 지른 소라에게 아인치히는 "그렇다면."이라고
말을 잇고——.

"엑스마키나^{우 리}는 그대에게 게임을 청한다."

——게임.

그 단어에 소라와 시로는 날붙이처럼 눈을 가늘게 떴다.

"엑스마키나^{우 리}가 이길 경우, 엑스마키나^{우 리} 중에서 『단 1기』를 선
택해 번식할 의무를 부여하겠다."

"……우리가 이기면?"

"음! 엑스마키나 중에서 『단 1기』를 선택해 번식할 권리를 증정하지!"

"다를 게 없잖아!!"

소라는 그렇게 울부짖었지만, 시로와 눈짓을 나누는 그 내심은 대담하게 웃고 있었다.

"잠깐만요, 소, 소라! 결국 침공당한 형태가 된 거 아닌가요?!"

"황송하옵게도 두 분 마스터께서 패배하리라 여기진 않사오나, 엑스마키나는——."

그렇게 스테프와 지브릴도 입을 모아 물었다—— 이길 수 있겠느냐고.

그러나 그 물음에 그저 웃음을 보이며 대답한다.

"뭐, 좋아…… 다만 이쪽은 나와 시로, 둘이서 하겠어. 판돈도 변경하고……."

하긴…… 생각해 보면 지극히 단순하며, 심지어 매우 유리한 전개다.

요컨대 『신조장치』에 걸린 하드웨어 록의 『해제』를 맹세하도록 시키면 된다.

원래부터 『마음』에 걸린 록이라면 맹약의 강제력으로 해제할 수 있다.

이것으로 멸망 회피. 나아가 무대 연출의 협조까지 맹세하게 만들면 만사가 해결된다.

──우려됐던 '최악'은 이미 사라졌다.

'소라와 시로의 정체는 밝혀지지 않았다'── 아니, 사람을 잘못 보기까지 했다.

그렇다면 엑스마키나가 상대여도 『 공 백 』이라면, 승리는──
불가능하지 않다.

그러나 결코 쉽지는 않다. 그렇기에 머리를 굴려서 신중하게
내용을 생각하던 소라의 사고는──

"미안하지만 『사랑스러운 자 슈 필 러』여── 기각한다."

──아인치히의 한마디에 끊겼다.

"게임을 거행하는 것은 그대 한 사람. 엑스마키나는 전 기체
의 『연결체 클 러 스 터』 병렬로 상대하겠다."

…………아?

"또한 게임 내용도 엑스마키나가 결정한다."

아인치히의 말에 이미르아인이 손을 전방으로 내밀고 그 이름
을 선언한다.

그들이 결정했다는 게임. 허공에 폴리곤이 떠오르듯 출현한
그것은──

"【전개 레 젠】: ──유희001, 『체스』──."

…………야.

두통을 꾹 참으며 억지 미소를 짓고, 소라는 두 엑스마키나에
게 확인을 구했다.

"야…… 잠깐 정리 좀 하자. 도전받은 건 이쪽── 맞지?"

"맞다. 그렇다만?"

"근데 엑스마키나는 멸망 직전이고, 다른 누구도 아닌 내 도움이 필요하다며——?"

"【긍정】: 무언가 문제라도 있는지."

——『십조맹약』 제5조—— 게임 내용은 도전을 받은 쪽에 결정권이 있다.

"게임 내용을 정하는 건 이쪽이지!! 게다가! 게임을 해서라도 애를 만들도록 허락해 주세요, 하고 고개 숙였던 건 그쪽이잖아—— 왜 이렇게 고자세야?!"

그렇게 머리를 쥐어뜯으며 부르짖는 소라. 그러나 돌아온 대답은.

"【의문】: 엑스마키나가 멸망해 곤란한 것은 『주인님』. 추도권은 이쪽에 있다. 이상해?"

그렇게 어리둥절 고개를 갸웃하는 이미르아인의 말이었다.

"소라~? 이번에야말로 예상이 빗나간 것 같네요——라기보다 진퇴양난이잖아요?!"

목청을 까뒤집고 묻는 스테프에게, 소라는 입을 벌릴 마음조차 들지 않았다.

——『   돌   』이서 도전해 겨우 이길까 말까한 상대.

반논리연산마저 가능한, *신탁 기계(Oracle Machine)니 하이퍼컴퓨터이니 하는 것도 코웃음 치는 초월적인 연산기.

---

* '튜링 머신' 등으로 유명한, 수학·공학적 가상 연산 모델의 일종.

그걸 소라 혼자 상대하라고? 그것도 최선의 수를 예상하는 『체스』로? 무슨 의도인지는── 자명.

　──무조건 치는 게임에 응해라. 그렇지 않으면 종족 전체가 멸망하겠다.

　그렇다, 협박이다. 자기 자신을 인질로 삼아 패배를 강요하는. 완전히 예상치도 못한 수였다.

　얼마 전, 등 뒤에서 곤혹스러워하는 누군가에게(지브릴) 똑같은 수법으로 당하지 않았던가.

　그러나── '종족의 멸망을 인질로 삼는다' ──?

　예상했어도 대처할 수 없다. 완벽하다. 산뜻한 얍삽이. 그러므로…… 그렇다면──?!

　"이딴 빌어먹을 얍삽이를 써놓고 요구가 거시기라니, 너희는 진짜 이래도 되는 거냐?!"

　──도전할 수 없는 자에게 도전해, 불리한 요구에 응할 이유(미끼)가 없는 자에게 응하도록 만들어 놓고는!

　뭐든 요구할 수 있지 않은가. 그야말로 『이마니티의 피스』까지도 걸게 할 수 있는데!

　그런 얍삽이를…… 이딴, 기일 치정도 없는, 바보 같은 요구에……?!

　"아아 『사랑스러운 자(슈필러)』여, 용서는 구하지 않겠노라…… 그대가 수줍은 나머지 응하지 않으리라 이미 예상했기에!"

　그렇게 혼자 주먹을 떨며 눈물을 흘리는 바보로이드에게,

"그러나 이것도 『사랑스러운 자』가 솔직해지기 위해! 사랑하기에 엑스마키나는 악마가 되리라!!"

소라는 짜증을 내듯——『됐어』라고 내심 혀를 찼다.

"지브릴, 테이블과 의자를 가져와. 이 게임—— 받아들이지."

——그래도 괜찮겠느냐고 묻지 않고, 지브릴은 그저 머리를 조아리더니.

잠시 사라진 다음에 손에 들고 온 의자에 앉아, 소라는 말했다.

"다만 선공은 나야. 그리고 내가 이겼을 때의 요구는 변경해야겠어."

어차피 이기게 할 마음은 전혀 없는 게임—— 그렇다면.

"내가 이기면 즉시 『신조장치』의 락을 해제해. 누구누구가 아니면 애를 만들지 않겠다는 멍청한 신념도 즉시 파기하고 번식해. 그리고 너희는 라이브 연출 장치로 쓰여야겠어—— 알았냐?"

얼마든지 요구를 들이밀어도 받아들일 거라는 소라의 예상을 긍정하듯.

덩달아 테이블에 앉은 아인치히는 미소를 지으며,

"승낙하겠다. 다만 이쪽도 몇 가지 요구하지. 그래도 상관이 없다면——."

바로 그 '몇 가지'를 말하고, 아인치히 및 모든 엑스마키나가 손을 들었다.

"……빠야……?"

그리고 불안스레 소라를 올려다보는 시로의 눈에, 소라도 사납게 웃으며 손을 들고,

"사람 우습게 봤다 이거지…… 간단히 이길 거라 생각하지 마라, 이 망할 고철들아."

그렇게 말하며, 엑스마키나 13기와 이마니티 한 사람이 함께 선언했다.

──【맹약에 맹세코^{아 센 테}】……라고…….

■ ■ ■

한편 에르키아에서 아득히 먼 서쪽── 바랄 대륙.

바로 얼마 전까지 엘븐가르드의 티르노그 주라 불렸던 땅.

소라와 시로의 간계 때문에 엘프 주민이 모조리 떠나, 지금은 에르키아의 개척선단이 도착하기를 기다리는 무인의 영토가 된 그곳 상공에 거대한 육지── 천공도시가 떠 있었다.

판타즈마 아반트헤임의 등에 세워진 그것은 플뤼겔의 도시.

무수한 입방체가 높이 쌓여 고층 빌딩이 복잡하게 얽힌 모양을 한 그 한구석에서,

"……아브 군…… 요즘 생긴 내 고민, 들어주겠어냐……?"

비취색 머리에서 돋은 뿔. 양쪽 색이 다른 눈동자. 파탄이 난 광륜을 쓴 소녀.

플뤼겔 제1번개체―― 아즈릴은 자신의 내면에 있는 판타즈마에게 말을 걸고 있었다.

아반트헤임 십팔익의회의 전익대리(正副)이며.

또한 자신의 몸에 깃든 하나의 판타즈마도 포함한 사실상의 전권대리(우두머리)는 지금.

높다랗게 쌓인 입방체에 가로막혀 햇살조차 들지 않는, 깊은 어둠 속에서――

"나…… 모두에게 미움을 받는 것 같아냐. 기분 탓일까냐?"

……입방체의 틈에 낀 채 어둠 속에서 고독하게 울고 있었다.

중력이며 공간 등의 물리법칙이 통하지 않는 플뤼겔에게 인프라라는 개념은 없다.

그런 플뤼겔이 사는 도시에, 도로와 계단이 필요한 이유조차 알 리 없다.

그러나 소라네와의 게임 결과 이마니티 수준의 힘으로 『제약 플레이』중인 아즈릴은.

대량의 책을 끌어안고 기분 좋게 걷고 있던―― 아즈릴만은.

……발을 잘못 디디면 아래로 떨어진다는 자연의 섭리를 조금 전 마침내 깨달았다.

덤으로, 높은 곳에서 떨어지면 죽을 정도로 아프고, 좁은 곳에 떨어지면 나올 수 없다는 것도.

발견이 많은 하루에 눈물을 짓는 아즈릴의 물음에 대답하는 아반트헤임―― 아브 군의 목소리는 내면에서 들려왔다.

《——이 몸은 호의와 혐오의 감정을 헤아리기 곤란하다.》

판타즈마—— 원래부터 자아조차 희박한 그것은 《그러나》라고 말을 이었다.

《——그대가 그리 의심한다면 그럴 것이라 헤아린다.》

…………응.

"……응, 나도 알았다냐……. 역시 미움받았어냐. 그야——."

그렇게 조그맣게, 모든 것을 받아들이는 웃음을 잠시 짓고는,

"왜 아무도 나를 도와주러 오지 않는 거야냐아아아아아아아아아아아아?!"

아즈릴은 어두운 틈새에서 눈물을 뿌리며 외쳤다.

"안 들릴 리가 없다냐?! 내가 떨어지는 걸 본 애가 있다냐! 『아(웃음)』 소리까지 들었다냐!! 난 언니냐! 플뤼겔의 우두머리냐!! 누가 좀 도와줘냐아아!!"

침묵과 벽의 압박감만이 대답하는 가운데, '훗.' 웃으며 아즈릴은 생각했다.

아니—— 알고 있었다. 플뤼겔은 지금 다들 바쁜 것이다.

——에르키아의 영토가 된 엘프의 도시.

그곳은 현재, 체결됐던 맹약의 문언으로 인해—— 정확하게는 소라와 시로의 것이다.

엘프가 떠나면서 대량의 책이 남는 바람에 플뤼겔이 침을 질질 흘리는 도시가 됐지만, 『도둑질^{대출}』은 불가능하다.

이를 이용해 소라와 시로는 플뤼겔에게 이렇게 제안했다.

『원본을 가지고 싶으면 사본+엘프의 도시 설비 해설서를 가져올 것. 먼저 먹는 놈이 임자 & 사유화 OK!』

덧붙여서 이마니티 및 워비스트의 개척선단이 도착할 때까지
──라고 시간제한까지 달았다.

이리하여 플뤼겔은 앞다투어 지상을 왕복하는 중이다.

플뤼겔은 방대한 양의 책을.

소라네는 같은 수의 사본과, 이마니티는 이해할 수조차 없는 엘프 도시의 활용법을 얻는다.

"……소라 군한테 협조적이지 않던 애들까지 멋지게 이용했다냐…… 무섭다냐."

솔직히 감탄했다. 바쁜 것도 당연하다. 하지만──

"나를 도와주는 게 그렇게 손이 많이 가냐?! 나한테 할애할 2초도 없는 거냐아~~!!"

──확신. 미움받고 있다.

도시 깊은 곳, 그곳을 무덤으로 정한 아즈릴은.

"후…… 이 세상에 희망도 구원도 없다냐. 어차피 다들 절망이라는 어둠 속에서 외톨이냐."

그렇게 시인처럼 넋을 놓은 채 그대로 말라비틀어지기로 했다.

"……선배 주제에 참으로 시적이시군요……. 어디 머리라도 부딪혔는지요."

그리고── 그런 목소리에 고개를 들자, 절망이라는 어둠 속

에 빛이 서 있었다.

말 그대로, 천사는 아즈릴에게 다가오며 말을 이었다.

"아니지, 온몸을 부딪혔군요. 아무래도 상관은 없지만. 아무튼 상당히 찾았습니다."

"지, 지브냥…… 어, 언니를 찾아와 준 거냐……?!"

"네, 뭐, 본의는 아니지만요. 자꾸 이렇게 애먹게 만들지 마십시오……."

그리고 힘도 들이지 않고 아즈릴을 틈새에서 전이시켜 구출한 지브릴에게.

아즈릴은—— 자신의 말을 정정하고, 저주했던 세계에 사죄했다.

다른 누구도 아닌 가장 사랑하는 막내가 구하러 왔다——!!

"희망도 구원도 있었다냥, 여기에 있었다냥! 세계는 빛으로 가득——니기약?!"

감격의 눈물에 젖어 흐느끼며 지브릴에게 달려들던 아즈릴은.

그대로 얼굴부터 맞은편 벽에 처박혔다.

"역시 여기 있었군요……. 나 원, 쓸데없이 시간을 잡아먹게 하다니……."

당연하다는 듯 공간전이해 회피한 지브릴은 책 한 권을 손에 들고 한숨을 쉬었다.

그것은 분명 아즈릴이 떨어졌을 때 들고 있던 책 중 하나여서——

"……………냥? 어?"

아즈릴은 아연실색 고개를 갸웃했다.

어라? 어라?

이해를 거부하며 헛도는 사고 속에서.

"……어~ ……어? 지브냥…… 날, 찾으러 왔던……거지냐?"

"예. 선배가 이 책을 들고 발이 미끄러져 떨어졌다고 들었기에── 아, 그렇군요. 죄송합니다. 어폐가 있는 발언을 사과하고 정정하겠습니다."

생긋 웃으며, 아아…… 그야말로 천사의 미소를 지은 지브릴의 말에.

"책을 찾았습니다. 선배는 찾지 않았고, 앞으로 찾을 예정도 없답니다♡"

──다시 세계에 어둠이 드리워졌다.

들었다가 놓다니. 냐아~…… 역시 이 세상은 똥이었어냐…….

"그러면 두 분 마스터께서 기다리고 계시므로 이만."

"냐아~ 기다려냐아~ 지브냥 부탁이냐! 하다못해 위까지 데려──."

말하기 무섭게 장거리 공간전이 준비를 마친 지브릴에게 애걸하다가, 문득.

"…………지브냥. 왜 '그 책'을 찾고 있었어냐?"

그것은 고대 드워프의 서적을 베낀 사본이었다.

망각기능이 없는 플뤼겔은 글자 하나, 어구 하나까지 기억하는 그 책의 내용은──.

"성가신 인형이 있어서, 마스터께 도움이 될 만한 힌트가 없는지 다시 읽어 보고자 합니다."

──그렇게, 엑스마키나에 관한 기록을 찾으려 한 이유를 남기고.

스윽── 지브릴은 허공에 녹아들듯 사라졌다.

…………

다시 도시의 깊은 밑바닥, 어둠 속에 홀로 남겨진 플뤼겔은.

"……냐~? ……그 고철이, 에르키아에, 냐~…….."

그 밑바닥보다도 깊은 곳에서 울려 퍼지는 목소리로, 그 어둠보다도 어두운 그림자를 드리우며 웃었다.

마치 다른 사람이 된 것 같은 플뤼겔의 우두머리에게 호응하듯 판타즈마 아반트헤임도 흔들렸다.

하늘에 있으면서도 지진과 같이. 바닥을 모를 악의가 소리를 띤 것처럼.

부풀어오르며 소용돌이치는 감정이 눈으로까지 보이는 가운데, 플뤼겔의 우두머리는── 한 마디.

"────────────집합이냐."

──그 즉시 지브릴을 제외한 모든 플뤼겔이 전이하여 그 자리에 무릎을 꿇었다.

그것은 조금 전까지 울려 퍼졌던 『아즈릴』의 애원이나 요구가 아니었다.

『제1번개체』── 신이 창조하여 신을 치기 위한 병기, 그 첫 번째 날개의 명령이었다.

지령은 단순했다.

"아반트헤임과 함께 에르키아까지 공간전이── 전원 준비해냐."

섬 하나를 가뿐히 넘어서는 거대 질량을 통째로 바다 너머 이웃 대륙까지 공간전이시켜라.

플뤼겔에게도 터무니없는 명령. 그러나 이의를 제기하는 이 하나 없이 모두가 준비를 시작했다.

그리고 한 사람,

"……지브냥. 그 폐자재 인형, 나랑 아브 군도 만나고 싶어냐."

그렇게, 가면 같은 웃음으로 중얼거리는 목소리에, 아반트헤임 또한 동의하듯 목청을 높였다.

고래의 울음소리처럼 편하게 들려야 할 그 소리가, 지금은 듣는 이를 움츠러들게 하는 포효가 됐다.

"쪼~끔 얘기만 하는 거냐…… 될 수 있는 대로 재미난 얘기, 기대할게냐."

……그렇다. 가능하다면 재미있는 이야기가 바람직하다.

아즈릴도 이제야 겨우 여러모로 재미있어진 참이다.

솔선해 에르키아를, 소라 일행을, 하물며 지브릴을 적으로 돌리고 싶지는 않았다.

가능하다면 온건하게 처리하고 싶었다. 뭐, 물론──.

" '재미없는 이야기'를 들으면── 티끌 하나도 남기지 않고 죽일 거냐♡"

……가능하다면 말이지만─────────.

⏻ 제2장 귀납적추론

동부연합 본도── 수도 칸나가리.

동부연합을 만들어 낸 금색여우가 사는 그곳은 미야시로라 불린다.

워비스트에게서 현인신(現人神)과도 같이 숭배를 받는 그곳에는 현재──

"……바라…… 내 오기로라도 딴죽은 안 걸기로 결심했는데 말이데이……?"

우선, 끈기에서 밀린 것처럼 마침내 입을 연 여우의 모습이 있었다.

크고 윤기 나는 금색 털결을 가진 두 개의 꼬리와 여우귀, 외알안경을 낀 여성.

동부연합의 건국자, 워비스트의 전권대리자── 무녀가 중얼거리며 본 곳에는.

"응? 아~ 맘대로 실례해서 맘대로 쉬고 있을 테니까 신경 끄셔."

"……부디…… 맘에 두지, 말고?"

"손님에게 차 한 잔 대접하지 않다니 국격이 뻔히 보이는……
아. 그렇군요, 아닙니다. 짐승 먹이를 내오셔도 곤란하오니 분
수를 파악한 멋들어진 예의, 라 정정해야 하겠군요."

――느닷없이 미야시로에 공간전이로 나타나.

인사 하나 없이 소파에 드러누워 자기 집처럼 편히 쉬고 있는
무리.

소라와 시로, 그리고 어느 입으로 예의를 논하는지―― 미소
를 짓는 지브릴의 모습이 있었다.

그리고 그 뻔뻔한 일동의 모습에,

"무녀님. 『나가라』고 말씀을. 그리하시면 이 무뢰배들을 즉
시 쫓아내겠사옵니다."

그렇게 웃으며 말하는 초로의 워비스트―― 하츠네 이노가
얼굴에 핏대를 세우며 서 있었다.

그러나 그 뒤에 거꾸로 전이해 지브릴은 마찬가지로 웃으며
대꾸했다.

"허어? 개 주제에 마스터를, 나아가서는 마스터의 불초 노예
인 저를 쫓아내겠다고 짖었는지요……. 기분 탓이었겠군요.
짐승조차 이빨을 드러낼 상대는 가늠하는 법이거늘♡"

"하하하, 새대가리라도 『십조맹약』은 이해하셨으리라 생각
한 무례를 용서하십시오. 그러나 안심하시길. 이곳은 무녀님의
사유지인 바, 체류를 거부하면 이해할 줄 모르는 불법침입자^{무뢰배}는
알아서 나가게 될 테니까요."

――융화는 아직도 멀었구나…….

소라와 시로, 무녀는 생각했다.

지브릴과 시선으로 불꽃을 튀긴 이노는 이어서 소라와 시로를 돌아보며,

"원숭이 놈들, 지금은 그럴 때가 아님을 알고 있으리라 생각합니다만?"

소라 일행과 무녀 일동이 모인 미야시로의 별저(別邸). 시선을 든 곳에는 화면이 있었다.

크고 작은 다섯 개의, 천장에서 드리워진 그 화면에 비친 것은 다섯 명의 워비스트.

동부연합의 대표자일 그들 중 한 사람은 눈에 익은 자였다.

사막여우 같은 귀와 커다란 꼬리를.

지금은 새빨갛게 물들인 어린 여자아이—— 하츠네 이즈나.

사이버 스페이스 내, 가상의 도시를 혈괴로 휩쓸고 뛰어다니는 소녀의 게임 상대는…….

"……『드워프』? ……하덴펠에서 왔어? 여유롭겠네."

처음 보지만—— 외견상 특징으로 보면 위계서열 8위인 지정종(地精種) 『드워프』일 것이다.

7위인 엘프에 버금가는 상위종—— 그러나 이즈나를 상대로 완전히 희롱당하고 있었다.

다른 화면에서도 여러 종족의 적을 상대로 거의 일방적인 전개를 보이는 듯해,

"덕분이라 안 하나. 몸에 무리가 온 내하고 하츠네 이노를 제

외한 『혈괴개체』를 총동원해…… 대박이데이."

동부연합의 『완전몰입형 전자 게임[게이머]』 전 기체에, 엄선한 인재까지 전부 가동시켰지만.

그럼에도 다 상대할 수 없을 만큼 많은 적들이 원하는 것은――'소라와 시로의 정체에 관한 정보' 일 것이다.

탐색으로 견제를 가하는 자들을 확실하게, 그러면서도 담담하게 잡아먹어 나간다.

당연히 무녀는 이것이 소라 일행의 꿍꿍이라 간파하고 고맙게 잡아 드신다는 자각이 있기에――.

"근데? 바쁜 것도 방해되는 것도 다 알고 찾아온 용건…… 내 함 들어 보자."

――승리해 폴짝폴짝 뛰며 기뻐하는 이즈나의 모습을 보며 쓴웃음을 한 차례.

한숨 돌렸는지, 비로소 소라 일행을 돌아보며 물었다.

"응. 단적으로 말하자면 성이 불편하달까, 위험해서 피난을 온 건데……."

갑자기 목소리의 톤을 낮춘 소라에게 무녀와 이노는 눈을 가늘게 떴다.

"의외로 진짜 위험한 용건이야. 힘 좀 빌려줬으면 좋겠어――특히 영감님의 힘을."

"……저의 힘, 말입니까……?"

――무녀나 이노나 소라라는 인물을 다소 이해하고 있으리라.

항상 표표하게, 여유롭게 불손하게 행동하는 소라는—— 실은 그저 허세를 부릴 뿐이다.

결코 입에는 담지 않고, 지적당해도 절대로 인정하지 않는다.

그러나 스스로는 통렬하게 인정하며, 자신을 속일 마음도 없기에, 시로를 비롯한 일부의 사람들은 안다.

소라에게 정말로 '여유'가 있었던 적은—— 단 한 번도 없었음을.

항상 필사적이며, 죽을 각오로 미친 듯이 생각을 굴려, 시로에게 매달려 살아왔다.

그런 사내가 누가 봐도 명백히 여유를 무너뜨리고, 심지어 하츠세 이노에게 도움을 청할 용건…….

누구나 심상찮다고 눈치챌 만한 용건을, 소라는 무겁게——입에 담았다.

"——인기 짱이라 난감해. 미소녀 메이드 로봇에게. 살려줘."

"………………."

인기 짱이라 난감하다.

아아, 남자로 태어났다면 한 번은 입에 담고 싶은 대사인 한편.

정말로 입에 담은 작자에게는 안면에 혼신의 주먹을 꽂아주고 싶은 대사다.

그러나, 아아…… 지금의 소라는 이해할 수 있을 것 같았다.

인기가 너무 많아서 난감하다. 돈이 너무 많아 난감하다. 그러한 말들은.

실제로 말하게 될 상황에 처하면 하나도 기쁘지 않다는 것을!!

그들은 정말로 난감한 것이다. 질투하며, 배부른 고민이라고 일축하기에는!

너무나도 절실하게!! 정말로 심각하게————!!

"소라 공, 정말로 심각한가 보구려. 이 하츠세 이노, 미력하나마 도움이 되겠습니다."

비통하게 마음으로 눈물을 흘리는 소라에게, 이노는 진지하게 고개를 끄덕이며 그 어깨에 손을 얹고.

참으로 든든하게, 다정하게 웃으며,

"잘 들으십시오. 소라 공을 좋아하는 사람 따위 천지 어디를 찾아도 존재하지 않습니다. 마음을 굳게 가지십시오. 그것은 단순한 강박관념, 망상의 일종. 천천히, 충분히 휴식을 취하십시오."

그리고 가엾은 자를 보는 눈은 말없이 이렇게 말했다.

그 『미소녀』란 니 상상 속의 존재에 불과하다고.

"……하츠세 이노. 내 주치의를 부르그라……."

"주제넘은 말씀이오나, 무녀님. 소라 공의 목숨을 끊을 절호의 기회입니다."

"연방 맹주가 환각증이라꼬? 동부연합에도 위험이 미칠 게아이가. 죽는 기는 안 되——."

그렇게 제멋대로 떠들어대는 무녀와 이노.

그러나 소라가 이에 반론하기도 전에,

『……『주인님』 포착. 【전개】——『위전(僞典): 천이(天移)』.』

말보다도 증거라고 역설하는 듯한 타이밍에 허공에서 목소리가 울려 퍼지고——.

"【발견】: 『주인님』. 겨우 발견했다. 포상. 본 좌표로 온 이유를 가르쳐 주세요."

처음부터 있었던 것처럼. 미야시로의 별저에 기계소녀^{메이드로봇}가 서 있었다.

창포꽃 빛깔을 띤 머리의 엑스마키나—— 이미르아인이. 아주 살짝 고개를 갸웃해 질문하듯.

그러나 눈을 크게 뜨고 놀란 것은 무녀와 이노 이상으로——

"억, 야…… 너, 여기는 어떻게 알고…… 아니, 어떻게 온 건데——?!"

——『너희를 피해 도망쳤기 때문이지.』라는 대답은 꾹 삼킨 소라와.

"【해답】: 『번외개체』가 남긴 공간균열을 재전개. 시간이 걸렸다……. 기다리게 해서 미안해요."

뜬금없이 사죄하는 이미르아인을 보고, 지브릴은 뺨을 실룩거렸다.

엑스마키나를 따돌리기 위해 전이가 불가능한 좌표——시야 밖이며 미지의 장소인——미야시로로 전이했던 것인데.

위치조차 파악하지 못하리라 생각했건만, 지브릴 자신이 뚫은 공간의 구멍을 다시 열었다고. 그것도 한 시간도 걸리지 않아서.

그 말을 들은 지브릴의 심경은 알 수 없으나——

"……보아, 하니…… 아직, 과소평가한 모양이옵니다……."

그 살의를 통해 자존심에 심각한 상처를 입었음은 분명한 듯했으며,

"——아니…… 설마, 엑스마키나?! 어떻게——?!"

망연자실에서 회복된 이노가 고함을 지르고, 무녀는 경계심을 드러내는 가운데.

그 모든 것을 내버려두고 이미르아인은—— 아니.

엑스마키나들은 담담히, 그저 상황을 진행시켜나갔다——다시 말해.

『【전개】: 구애성공상황구축병기——**『진전(眞典): 소라 함락』**——**Prt. 0008.』**

이미르아인의 입에서가 아니라, 다시—— 허공에서 여럿의 목소리가 울려 퍼지고.

이번에는 실내의 경치와 함께 미야시로의 별저 내부가 다른 세계처럼 덧칠되기 시작했다.

입을 쩍 벌린 무녀나 이노와는 달리 소라 일행은 이를 냉정하게, 한숨과 함께 바라보았다.

——진짜.『만능 무대 연출 장치』구나, 하고.

지브릴이 가져온 서적으로 확신하게 된 그 현상 속에서, 소라는 생각했다.

이『공간중첩』도—— 울려 퍼진 말 그대로, 이미 여덟 번째.

처음 나타났을 때와 합치면 아홉 번째. 이제는 슬슬 적응됐다.

서적에서 이르기를—— 물질에 개변을 추지 않고, 공간에 물질을 구현해 경치를 덧씌우는 것이라 한다.

폴리곤 같은 복잡한 선이 공간을 휩쓸고 렌더링되듯.

연속적으로 난잡하게 착실하게, 물체의 표층보다도 윗부분——『허공』에 엑스마키나가 만든 입체 텍스처가 고속으로 『구현』되고 『구축』되어 가공의 풍경을 형성했다.

……이곳은 아직 미야시로의 별저. 타타미가 깔린 방이다.

다만 아무도—— 주인인 무녀조차도 그 사실을 믿을 수 없을 만큼.

시간도 공간도, 아니—— 인과마저도 넘어서서, 그렇게 『전개』된 그 광경이란——

"………………"

우선 어느새 입었는지 정장을 걸친 소라와.

"……팬티, 보고 싶어? 괜찮아…… ♡ 선생님, 좋아하니까…… ♡"

"앗, 치사해~! 선생님 건 내 전용이야! 그치~? 선생님~ ♡"

"쌤 ♡ 오늘도 보건 실기…… 배우고 싶은데에 ♡"

이처럼, 맨정신으로는 쓸 수 없는 대사를 저마다 떠들어대는, 각진 책가방을 짊어진 소녀들.

……시로와 비슷한, 혹은 더 어린, 총원 11명의 여자 ○등학생.

요약하자면—— 방과 후 학교를 본뜬 공간에서.

용모도 싹 바꾼 엑스마키나가, 어른스러운 안경을 낀 아이에서 드세 보이는 아이까지, 풀 세트로.

좋아하는 선생님과 모종의 '치명적 행위'에 이르고자 앞을 다투는── 그러한 광경이었다.

……이처럼 가공할 힘으로 만들어진, 참으로 가공하고도 바보스러운 광경에.

모두가 입을 다문 가운데, 그저 당사자인 소녀── 엑스마키나들만은 여전히 소란스러웠으니.

"후에엥…… 이래선 정할 수 없잖아……."

"그럼~ 제일 기분 좋게 만든 사람이 선생님이랑 사귀는 걸로 결정!"

"이의 없음~!"

"좋~아, 안 질 거야! 두고 봐, 나의 맨들맨들 한 자릿수 O──."

"이의밖에 없어────!! 이것들이 장난하냐──!!"

마침내 도달한 바보짓의 극치── '일단은 전부 하고 보자!'라는 결론에.

옷을 벗어젖힌 어린 소녀들을 향한 노성이 결국 교실을 뒤흔들었다.

"아니야, 아니라고! 아무하고도 안 해! 아무도 안 사귀어!!"

교실 후방── 책상 앞에 앉아 턱을 괸 시로, 세일러복 차림의 무녀, 터질 듯한 남자 교복을 입은 이노 등에게서 뿜어져 나오는 오물을 보는 듯한 시선을, 의식 속에서 떨쳐내듯 외쳐대는 소라에게,

"왜?! 우리가 어려서 그래?!"

"등장인물은 저언부! 19세 이상인걸?!"

"시꺼! 그 이전의 문제야! 모 단체나 모 높으신 분들한테는 그딴 게 안 통한다고! 심의등급부터 파악해라, 이것들아! 내가 철창신세 지면 좋겠냐?!"

여전히 매달리는 어린 소녀들을 가로막으며 울부짖고, 소라는 마침내 머리를 쥐어뜯으며 애원했다.

"⋯⋯부탁해. 부탁하니까. 일단, 좀 사라져 줘라⋯⋯ 응? ⋯⋯진짜로, 응?"

그제야 진심이 담긴 거절임을 알아차렸는지── 폴리곤이 깨지듯.

저녁놀이 지던 교실은 아무 일도 없었다는 듯 원래의 일본식 방으로.

그리고 범죄 냄새 풀풀 풍기던 자칭 초등학생들도 얌전히 원래 모습으로 바뀌었다.

원래의 모습을 되찾은 미야시로 별저 내에서, 11기의 Ṅȯṫ 로리 메이드 로봇들은.

신탁 기계── 아니. 하이퍼컴퓨터조차 넘어서는 초월 연산기들은.

그 가공할 연산능력을 쓸데없이 활용해 무표정하고 담담하게 정보를 스캔── 다시 말해,

"──대상의 성적 흥분지수 곡선 해석. 저항요인 추정──

보정 고찰, 개시합니다."

"아울러 성적 흥분 반응은 기준치 클리어 확인. 윤리 문제로 추측. 해결안 검토합니다."

──소라의 성적 취향 등등을 일방적으로 폭로하고, 담담히 전이해서 귀환하는 가운데,

"불명예스러운 생트집 남기고 가지 마!! 이 소라 오빠는 쭉쭉빵빵~도 싸랑한단 말이다!!"

소라의 포효를 마지막으로, 미야시로 별저에는 폭풍이 지나간 듯한 정적만이 남았다.

……어, 음……

"……그래, 무신 일인지 내한테 설명을 해 줄 거제?"

너무나도 이해의 범주를 엇나간 노도의 전개에 어이없다는 감정조차 솟지 않는지.

반쯤 망연자실 묻는 무녀에게, 소라는 머리를 쥐어뜯으며,

"엑스마키나 중 하나랑 애를 만들라잖아! 완전 민폐라고!!"

──그래 놓고는 이를 『구애행동』이라고 하는 것이다. 그것도 이미 여덟 번째.

──처음에는 그나마 나았다.

그야말로 뜬금없는, 잔소리를 하고 싶어지는 시추에이션 설정으로 들이댔다.

이를테면 갑자기 11기가 소꿉친구 설정으로 『같이 학교 가자♡』라고.

면식도 없는 11인의 소꿉친구가 말끝마다 『학교』를 운운했다.

소꿉친구란 무엇인지, 골방지기란 무엇인지도 전혀 모르는 것이다.

갑작스러운 11인의 누님, 11인의 미망인…… 기타 등등…….

다음에는 『11인의 사무라이』라도 나오는 거냐고 코웃음을 치고 넘어갔다――그러나,

"……근데 니, 영 싫지만은 않은 것 같았데이."

그렇게 눈을 흘기며 지적하는 무녀에게, 소라는 주먹을 떨며 씁쓸하게 얼굴을 일그러뜨렸다.

"그래서 내가 위험하다고 했잖아. 엑스마키나 놈들, 저력을 헤아릴 수가 없어…… 무서운 종족――!!"

그렇다…… 이리도 뜬금없었던 온갖 어프로치는.

횟수를 거듭할 때마다 정밀도가 높아졌던 것이다.

소라의 반응을 통해 취향을――쓸데없이 탁월한 관측, 해석, 연산, 대응력으로 파악해.

엑스마키나는 소라의 취향에 맞는 시추에이션을 정확하게, 확실하게 보정해 나갔다.

――소라가 로리도 좋아하는 이유에는 동생이 너무 미인인 영향도 크게 작용하는데.

그 점을 파악당하지 않았을 뿐, 착실하게 근사치에 다가가고는 있었다――!!

"……빠야, 침…… 질질 흘렸어……."

이리하여 시로에게까지 백안시당하며 책망을 듣기에 이르른

현재.

그러나 소라는 그 의견과 시선을 두 손으로 가로막으며 과장되게 고개를 가로저었다.

"NO. 유 아 베리~ NO…… 시로, 내 동생이여. 오빠의 말에 귀를 기울여 주십시오."

──세상의 건전한 남아, 백 명이면 백 명이 어느 정도는 동의해 주리라고.

그런 확고한 자신감. 아니, 확신과 함께! 소라는 그 『진리』를 역설했다──!!

"설령 그럴 마음이 없는 여자라 하더라도! 남자로 태어난 이상은 『인기 좀 끌었으며언!!』은 불가피한 선망!! 아니── 남자라는 존재의 '기원' 그 자체일 터──!!!!"

이의가 있는 남자여 내 앞으로 오라. 하나라도 있다면 지론을 철회하마.

애초에 연기라고는 하지만, 취향의 스트라이크 존 한복판에 꽂히는 미소녀들.

비록 착각일지라도, 자신을 사랑하고 만 여자들인 것이다! 그것을──!!

"이렇게까지 유혹을 당했는데도! 그러고도 참는, 다이아몬드 같은 이성! 칭송해 마땅하다고는 생각하지 않니?! 칭송을 받을시언정 책망을 당할 이유는 없다고── 그렇게 생각하지 않니──?!"

인생 최초의 『하렘 시즌』에 다소 들뜬 것은 사실이다. 부정은 하지 않는다벗뜨그러나!

　그것을 책망할 수 있는 남자가 세상 어디에 존재하리오! 라고 뜨겁게 호소하는 소라에게,

　──짝짝.

　──하아~.

　명연설에 감동해 눈꼬리에 맺힌 눈물을 닦는 이노, 지브릴의 박수와.

　반론조차 귀찮아 눈을 흘기는 무녀와 시로의 한숨이 쏟아졌다.

　칭송과 욕을 한 몸에 받은 소라는, 그러나 동시에── 솔직하게 인정했다.

　이리도 고결한 자신의 다이아몬드 이성이 간신히 멀쩡하게 유지될 수 있었던 것은──.

『【전개】: 구애성공상황구축병기── **『진전: 소라 함락』**──
Prt. 0009.』

　이렇게── 또다시 갑작스럽게, 폴리곤이 실내를 휩쓸고 경치를 일그러뜨렸다.

　통산 10회차가 되는 엑스마키나의 『공간중첩』을 거쳐 발생한── 그 광경이.

　그렇다. 바로 이 광경이, 소라의 이성을 유지해 주었다──그것은 곧.

"후…… 요전번에 고백했던 여자애 말야? 걔에게는 미안하지만 정중하게 거절했어……."

"……아니. 암것도 안 물어봤거든? 갑자기 뭔 소릴 꺼내는 거야, 변태 로봇."

──이놈, 아인치히가 있기 때문이다.

창문에서 저녁놀이 비치는…… 농구부 서클룸, 쯤 되려나.

유니폼을 입고 께느른하게, 맥락도 없이 대화를 시작한 아인치히에게.

어느새 똑같은 의상을 입은 소라는 짜증이 난다는 듯 대꾸했으나,

"……흐음, 왜 거절했느냐고?"

"안 물어봤다고 했지! 관심도 없── 다, 다가오지마저리가!!"

소라의 근심 따위는 아랑곳 않고 억지로 시추에이션을 이어서.

겁먹은 소라에게 슬금슬금 다가오더니, 변태기계가 스포츠맨 스마일을 머금고 말했다.

"부디 말하게 해 줘…… 본 기체── 정정. 내가 좋아하는 사람은 오직──."

"시끄러──────워. 우와우와, 닥쳐─────────엇!!"

미소녀 로봇만 들이댔으면 부서졌을지도 모르는 다이아몬드.

그러나 레알호모 로봇까지 덤벼드는── 이성보다도 SAN치가 깎여서 짜게 식는 그 공포는,

"너 이 자식 그다음 말 했단 봐! 두 번 다시 못 만날 장소로 도망갈 테니까!!"

──그래, 이를테면 『저세상』이라든가!

……라고 소라가 외치게 하기에 충분했다.

그 공포를 낳은 기억을, 주마등과도 같이 뇌리에 떠올리면서──────.

■ ■ ■

──간단히 이길 거라 생각하지 마라.

그렇게 기세등등하게 시작했던, 소라와 엑스마키나의 체스 대전.

그러나 당연하게도── 거의 일방적으로 끝났다.

이미 알고 있었던 결과다. 그러나 그렇다 해도…….

"………………젠장……."

"……빠야…… 괜찮, 으니까…… 응……?"

그렇게 보드를 노려보며 욕설을 뱉는 소라를 끌어안으며 시로는 속삭였다.

──다 알고 있었다고. 시로랑 나는 달라.

소라는 이를 갈았다.

체스의 모든 국면을 파헤치고 『틱택토』라 단언하는 짓은 도저히 불가능.

반면 엑스마키나는 초월적인 연산기계━━ 최선의 수 예상에서 이길 수 있을 리 없다.

그래도 시로를 상대로 수만 번을 거듭했던 패배.

그래도 여전히 시로에게 이기고자 강구했다가 패했던 무수한 전술, 정석.

기계 상대로만 가능한 악수 두기나 오판^{에러 노리기} 유도까지 구사하고도 전혀 적수가 되지 못했다.

그리고 아인치히가 기뻐하며 말한 대로,

"……과연 『사랑스러운 자^{슈 필 러}』로다…… 엑스마키나를 상대로 '무승부^{우 리}' 라니……."

그렇다, 결과는 『무승부』━━ 그러나 내용은 『참패』였다.

━━이길 수 없다. 중간에 그렇게 결단한 소라는 무승부로 끌고 가는 데 전념했다.

원래 체스는 선수를 둔 쪽이 유리하다. 무승부를 노리려 한다면 더욱 그렇다.

……같은 수는 통하지 않으며, 무한히 대응하는 초월 연산기에게 지치는 않았다.

시로라면 모를까, 소라에게는 너무나도 훌륭한 결과라고 할 수 있지 않을까?

품에 안긴 시로도, 관전하던 지브릴과 스테프도 그렇게 생각할까?

──그러나 그래 봤자 쓸데없는 발버둥이었다.

'무승부는 엑스마키나의 승리' …… 추가된 몇 가지 규칙 중 하나였다.

패배해도, 무승부여도, 결과는 전혀 달라지지 않았다.

그래도 쳐 주는 건 진짜 싫다고 오기를 부렸을 뿐.

수긍할 수 있을 리가 만무하다. 참담한 결과에 분함을 억누르며 이를 가는 소라를 보고.

아인치히는── 아니, 이미르아인도.

"──그대의 대국 스타일, 의치가 말하였다. 그대는 역시 『사랑스러운 자』가 틀림없다."

다른 엑스마키나들도 나란히 소라에게 복잡한 웃음을 보냈다.

…………?

소라도 시로도, 지브릴도 스테프도, 누구 하나 그 의미를 이해하지 못해서,

"그건 차치하고, 아무튼 엑스마키나의 승리로군. 맹약에 따라 요구하고 싶다."

그러나 밝힐 마음은 없는지, 의자에서 일어나 고하는 아인치히에게,

"~~~아~~~~~!! 젠장! 알았어!! 진 건 진 거니까!!"

소라는 반쯤 자포자기해 배를 째듯 외쳤다.

여기서 풀이 죽어 의기소침해진다고 변할 것은 아무것도 없다.

반성과 대책은 나중! 그보다도 지금은── 이제부터 어떻게

할까!!

그렇게 재빠르게 머리를 전환한 소라는 아인치히를 가리키며 부르짖었다.

"하지만 네놈들의 요구에 『언제』, 『누구와』—— 그런 구체적인 지정은 전혀 없었거든?!"

그렇기에 기묘한, 그 요구를 지적하고, 소라는 그들의 반응을 살폈다.

——이렇게 쉽게 소라에게 『체크 메이트』를 가한 자들.

그런 존재가 이런 결함을 놓칠 리 없다—— 진짜 의도. 내막이 있을 것이다.

그렇게 떠보는 소라. 그러나 아인치히는 그 눈을 정면으로 바라보더니,

"당연하다. 어찌 사랑을 강요할 수 있겠는가! 누구를 사랑할지는 『사랑스러운 자^{슈필러}』가 정할 바."

"……호오~…… 사랑을 강매당한 것 같았는데 그건 내 기분 탓이었나……? 오늘 최대의 놀라움인걸."

거짓은 없다——고, 적어도 소라에게는 그렇게 보인 미소와 대답에, 비아냥거려 대꾸했다.

기계의 거짓말을 간파한다. ——가능할까? 아니, 애초에 기계가 거짓말을 할까?

"으음…… 그렇기에 엑스마키나는—— 특정 정보만을 즉시 원하는 바다."

그렇게 대답하는 아인치히.

소라는 눈을 가늘게 뜨며 주의 깊게 살폈다.

기한 지정이 없는 자식 만들기 속에서, 유일하게 거역하지 못하고 즉시 대응해야만 하는 요구.

추가된 몇 가지 규칙 중 하나──『소라의 취향에 관한 정보의 즉시제공』…….

──역시 이 자식들의 진의는 알 수가 없어. 그 애매한 요구의 의미 또한.

여기서 구체적으로 무엇을 요구하는가에 따라 그 진의를 파악할 수 있을지도 모른다.

아군 선언이 사실이었는지, 아니면──.

그렇게 생각하며 노려보는 소라에게, 아인치히가 말을 이었다.

"부끄러우나 엑스마키나에게는『사랑스러운 자』에게 '사랑받기 위한 정보'가 부족하다."

…………..

"더욱 구체적으로 말하자면! 어떻게 해야『사랑스러운 자』가 본 기체를 사랑하고! 본 기체의 사랑을 받아들일까 하는! 그 해답을 도출하기에 충분한 정보가 없는 것이다!"

목청껏 역설하는 아인치히와 일제히 고개를 끄덕이는 엑스마키나 소녀들을 보고.

맹렬한 두통에 머리를 감싸며 신음하는 소라를 대신해 확인하려는 듯——

"어~ 음…… 소라는, 여러분 중에서 1기하고만, 그~ 거시기를 하는 거죠?"

스테프가 우선 확인하자—— 끄덕끄덕 대답이 돌아왔다.

"……그럼…… 모두…… 자기, 만…… 선택받고, 싶어……?"

이어서 시로가 확인하자—— 끄덕끄덕 대답이 돌아왔다.

"그러니 어떻게 하면 마스터께서 자신을 좋아해 줄지를 가르쳐 달라 이것입니까?"

지브릴에게도 역시—— 끄덕끄덕, 엑스마키나 소녀들은 고개를 움직여 대답했다.

설마—— 정말로 이것이 '진의'일까?

그렇게 생각하며 여전히 머리를 감싸고 있던 소라는, 아인치히를 보며 목소리를 쥐어짰다.

"……적어도 네놈에 관해서는, 무엇 하나, 제공할 수 있는 정보는 없어~."

"어——어찌…… 어찌 그런 말을 하는가, 『사랑스러운 자_{슈필러}』여?!"

"어떻게 하면 내 눈앞에서 몸을 꿈실거리는 호모한 로봇을 사랑할 수 있을지 좀 말해 봐라!! 불가능하다고!!"

그러나 꿈실거리는 변태를 일축—— 문자 그대로, 물리적으로 까서 다시 벽으로 보내고.

그 변태를 대신해 이미르아인이 담담히, 그러면서도 간결하게 요구를 밝혔다.

"【단정】:『주인님』이 보유한 반찬. 원하는 정보. 그것뿐."

"……반찬? 왜 갑자기 메뉴 이야기가 나오나요?"

"에이 차암~ 도라이양은 또 시치미를 떼시다니. 남자들의 자위용 매체를 말하는 것 아니겠습니까♡"

아…….

그제야 알아차렸는지 얼굴을 붉히는 스테프. 그러나 지브릴은.

"허어? 그런데 어찌 마스터의 반찬을? 사랑을 받는다는 것과 무슨 관계가 있는지요?"

그렇게 고개를 갸웃하며 물었으나, 돌아온 대답은 시로의 조바심 담긴 중얼거림이었다.

"……빠야의, 반찬에서…… 성적 취향, 빠야의 선호도, 알아내려고……! 엑스마키나, 위험…… 적……!"

──소라의 취향을 밝혀내, 소라에게 사랑받을 행동을 해서 ── 소라를 반하게 만든다.

참으로 가공스럽고도 교활한 음모를 깨닫고 손톱을 깨물며 전율하는 시로의── 곁에서.

"………………………."

전방위 무차별 성희롱을 당한 소라는, 문득 하늘을 우러러보며 생각했다.

갑자기 나타난 자칭 아군, 엑스마키나가 사람을 잘못 알아보고 접근해서는, 갑자기 게임을 요구했고, 자신은 패배했는데.

거기에 이 처우까지── 내가, 대체 뭘 잘못했단 말인가…….

"……패……패배한 내가 잘못한 거겠지…… 하하, 하……
하아……."

그렇게 눈물 한 방울을 흘린 소라는 손에 든 태블릿 PC를 내밀
었다.

원통하지만 이미르아인의 단정대로, 소라는 에로 데이터——
반찬을 가지고 있었다.

이를 내놓으라고 말한 것이다. 맹약에 따라 걸었으니 애초에
거부권은 없었다.

파멸적인 정보마저 요구할 수 있었음에도 수치 플레이로 그쳤
으니 다행이 아니겠는가.

그렇게 자신을 수긍시키고 셔츠에 손을 문지르며, 소라는 이
미르아인에게 태블릿 PC를 건넸다.

"————【희열】……."

그리고 고개를 조아리며 감사의 뜻을 표한 이미르아인의 손가
락—— 건넬 때 한순간 닿은 손끝.

그곳에서 역시 청천기가 통하지 않았던 것을 확인하고.

"단, 반찬만이야. 그 이외의 정보 열람이나 파괴도 당연히 인
정하지 않겠어."

"…………음? 이건——『사랑스러운 자_{슈필러}』여, 이것이 그대의
비장서 보관고인가?"

"……【추정】: 미지의 기록매체. 데이터 파일이 복수 존재할
것으로 예상된다. ……조작법을 검토."

즉시 벽에서 복귀한 아인치히와 이미르아인의 의아해하는 얼굴에,

"그 안에 있어. 폴더는 열었으니까, 뭐——…… 이젠 알아서 해."

그렇다—— '앙갚음 & 훼방질'로서, 소라는 사악하게 일그러진 웃음과 함께 대답했다.

"…………? …………?"

엑스마키나가 일제히 고개를 갸웃하며 해석에 난감함을 보이는 모습에 소라는 내심 어둡게 웃었다.

애초에 태블릿 PC—— 이세계의 전자 디바이스가 아닌가.

스마트폰에 간섭했다지만 그것은 통화를 할 수 있는 상태였기에 가능했던 것.

태블릿 PC 내의 정보는 이세계 언어, 이세계 프로그램으로 기록된 것이다.

또한 반찬 이외의 정보 열람, 파괴는 허가하지 않았다—— 모조리 가져가 해석할 수는 없으리라.

하물며 터치패널은 손가락에서 정전기가 발생하지 않는 이미르아인에게는 반응조차 하지 않는다.

"난 요구한 대로 제공했어. 어떻게 쓸지는—— 내 알 바 아니지만 ♪"

"……역시 거저 넘어지지는 않네요, 이 사람은…….."

이 상황에서 아직까지 패배를 뒤집는 소라에게, 스테프는 이미 솔직하게 감탄할 지경이었다.

그러나 그것만은 아니라며 의미심장하게 웃는 소라의 의도는 무릎 위에 있는 시로만이 알아차린 가운데,

"하오나, 흐음? 제 기억에 따르면 마스터의 반찬이란 도라이 양을 비롯한 분들의 입욕 동영상 정도였사오나…… 그러한 정보가 도움이 될는지요?"

"——아, 그러고 보니 그랬잖아요! 왜 내가 말려들어야 하죠?!"

그렇게 말하는 지브릴도 태블릿 PC 내의 모든 정보를 열람한 것은 아니리라.

이세계의 언어를 해독할 수 있다 한들 아직은 미지의 개념, 미지의 전제가 다수 있다.

그렇다 해도 구석구석까지 살피고, 별다른 반찬은 없다는 사실을 안 지브릴의 말에——

"【관측】: ……『주인님』에게서 '거짓말'은 확인할 수 없음."

반응한 것은 소라를 분석하듯 바라보는 이미르아인이었다.

그것도 당연하다. 생체반응을 읽을 수 있을 상대에게 거짓말을 해서 어쩌겠는가.

"【첨언】: 『번외개체』 및 이마니티 여성에게서도 거짓말은 확인할 수 없음."

소라는 틀림없이 반찬 폴더를 제시했으며, 읽는 법은 감춰두었을 뿐이다.

여기에는 어떤 허위도 존재하지 않고, 또한 맹약에 위반되는 행동도 아니다.

그러나 그렇게 생각하며 점점 더 진한 웃음을 머금던 소라는,

"【비교】: 그러나 『주인님』이 두 명에게 한 발언에 대해서도 긍정을 확인할 수 없음."

이어진 말에—— 이번에야말로 얼어붙었다.

"【결론】: 제시 정보는 '위장'. 제시한 것 이상의 '진짜 정보'가 존재함을 예상. 『아인치히』, 귀 기체에게 통합체로서 상황에 따른 적확한 판단을 요구한다. 이상."

————뭐, 뭐……뭐……

뭐……라고오오오오————?!?!?!

"여기는 아인치히. 『관측체제어』, 『해석체프뤼퍼』 전 기체에. 해당 매체의 원리해석을 명한다."

『——야볼.』

"이보셔요~! 자, 잠~깐만 기다려 주시면 안 되겠습니까?!"

담담히 해석을 시작한 엑스마키나에게 타임을 걸고자 소라는 외쳤으나.

그 외침을 뒤덮듯—— 해석은, 순식간에 끝나 보고됐다.

『해석 완료. 전기적 외부 자극을 통해 촉매에 정보를 기록한 것으로 단정. 패턴 해석—— 전도체와 절연체의 조합에 따른 이진수 연산처리장치를 확인. 기존의 정보 형태에 해당하는 법칙성 없음. 호환성 신규 확립을 요함. 또한 청령을 이용하지 않은 미지

의 전류 사용을 확인. 따라서 로딩—— 전압부하에 의한 데이터 추출 과정에서 정보 또는 매체의 파손이 따를 우려가 있음.」

"조, 조~~앉어 그럼 기각이다! 반찬 이외에는——."

그런 것까지 순식간에 해석당했다는 사실에 놀라면서도, 소라는 제지를 가했다.

그러나 무자비한 추가공격은 이미르아인의 입에서 불쑥.

"【지시】: 본 기체의 공유 조건을 만족하는 정보군 검색. 우선 순위 없음. 모든 정보군을 대상으로."

"야야 잠깐! 모든 정보의 열람을 허가하진 않았잖아?!"

"【반론】: 정보체의 의미는 미해명. 따라서 전체 검색은 『열람』에 저촉되지 않음."

——이, 이 자식이——?!

『검색 완료. 심층 아카이브. 촉매열화 정도를 통해 『최다 액세스 추정 정보군』 검출. 공유 조건—— 사용빈도 및 여기시간 및 은폐성으로 해당 정보군을 『반찬 폴더』라 추정.」

——야, 야, 지금 농담하는 거지——?

거짓말하지 않은 거짓말을 간파하다니…… 이참에 그건 수긍하자.

하지만 『반찬은 제공했지만 그게 전부라고는 안 했다』는 수사까지 간파하고, 심지어 진짜를 찾아내다니 농담이지——?!

『해당 정보군이 기록된 촉매영역만을 대상으로 정령적 전기부하를 가해 로딩 및 카피. 정보의 통폐합 및 의미 해독을 정식으로 행하면 『반찬』 입수는 가능하리라 판단.」

"——【확인】:『주인님』. 실행 허가를."

"누가 허가할 줄 알아?! 애, 애초에! 그 정보가 반찬이라는 증거가 있냐고!"

의미를 해명하지 못했다면 잘못된 데이터를 그렇게 생각할 수도 있지!

제공을 허가한 건 어디까지나 반찬뿐, 그게 다른 데이터라면——

그렇게 이미르아인에게 매달리는 소라. 그러나—— 시로가 문득 중얼거렸다.

"……히든 폴더『매크로 경제학』…… 8.23GB…… 반찬, 틀림, 없어."

"저기요——?! 어떻게 알고 계시는 겁니까요 시로 씨?! 오빠야 어디까지 파악당한——."

『확인—— 해당 정보군과 용량 일치. 복제 실행합니다.』

"아니, 잠깐, 기다——**아, 안돼에에에에에에에에에에에에에에에에에에에에에에에에에에에에!!**"

——————…………

……이리하여.

엑스마키나가, 시로가, 지브릴과 스테프도 일제히 침묵한 옥좌의 홀에.

"으, 으어어어어…… 나의, 나의…… 비장의 콜렉티옹이이

이……!"

그저 슬픔을 짊어진 한 사내의 깊은 통곡만이 울려 퍼졌다.

원래 세계의 귀중한 『보물^{반찬}』── 온갖 전자서적^{야한 만화책}은 부하 때문에 파손된 것인지.

데이터가 깨진 그것은 화면을 아무리 두드려도 『로딩 실패』라고만 떴다.

"……빠야……미안, 해……?"

"괜찮아…… 괜찮아, 시로 탓이 아니야…… 아니라고…….

그렇게 소라를 끌어안고 사과하는 시로에게, 소라는 그저 고개를 가로저었다. 애초에 소라가 패배한 탓이다.

또한 다른 데이터 및 태블릿 PC의 과실에 따른 파손은 무조건 피해야만 했다.

그렇다면 원하는 데이터의 소재를 솔직하게, 정확하게 가르쳐 줘서 피해를 최소한으로 막았어야 했다──.

시로는 하나도 잘못하지 않았다── 그뿐이랴, 원래 소라가 내렸어야 할 결단이었다.

그러나, 그건 그렇다 쳐도, 에로 데이터가 깡그리 날아간 슬픔은, 씻을 수 없었다.

덧붙여 소라를 좌절케 했던 것은 잃어버린 데이터보다도, 오히려──

"……빠야…… 에로, 는…… 신선도…… 어차피, 케케묵은, 재료……."

그렇게 소라의 머리를 착하지, 착하지 쓰다듬으며, 시로는 부드럽게 말을 이었다.

"……이젠, 땡기지, 않았……지? 새로운, 희망^{반찬}…… 같이…… 찾자?"

"오빠야의 소행이 여동생에게 모조리 파악당했단 사실이 은근~히 좌절스럽다고!! 그보다도 열한 살짜리 소녀가 왜 에로폴더 날려먹은 남자의 마음을 대변해 주고 계신 겁니까?!"

엄마에게 야한 만화책이 걸린 상황 비슷한 이 절망을 호소하고 싶었다.

그리고 그 전범들── 아인치히와, 이미르아인은.

"그러면 당장 데이터 해석을 진행하겠다, 『사랑스러운 자^{슈필러}』여. 한동안 기다리도록."

"【선언】: 『주인님』의 이상적인 아내가 되고자 진력하겠다. ……힘낼게요."

이리하여 11기의 엑스마키나 소녀들은 깊이 고개를 숙였다────.

■ ■ ■

이렇게 야한 만화책을 참조한, 엑스마키나의 맹렬한 어프로치가 시작됐다.

그리고 현재에 이르기까지, 겨우 몇 시간 동안 일어난 일에…… 소라는 공포마저 느꼈다.

미지의 개념——— 학교, 소꿉친구, 통학, 나아가서는 초등학생용 책가방까지도.

'문화'를 이해했던 것이다. 그것도 추상적 기호, 일러스트를 보고. 야한 만화책만을 참고해서.

애초에 참조하는 대상부터 문제가 있었으니 시추에이션 설정에서 억지와 편중이 발생하는 것은 당연지사.

그러나 그 이해 및 학습 속도는 아무리 겸손하게 말해도——— 상식을 벗어났다.

———그런데도 말이지.

———이처럼 끔찍한 기억, 그리고 마무리를 벗어나.

동부연합. 미야시로에 있는 별저로 의식을 되돌린 소라는, 입을 열자마자———

"왜 네놈은 한사코 호모 노선을 관철하냐고!! 이제 그만 학습 좀 해라!!"

악몽과도 같은 기억에서 벗어나, 여전히 이어지는 눈앞의 악몽——— 다시 말해.

농구부 유니폼을 입고 슬금슬금 다가오는 변태기계에게 비명 같은 항의를 퍼부었다.

그러나 여전히 혼자서 전혀 학습할 줄 모르는 아인치히는 변함없이 산뜻한 미소로.

"으음…… 그러나 본 기체의 사랑을 있는 그대로 받아들이지 않고서는 의미가———."

"받아들이느니 차라리 죽어 주마! 냉큼 이놈의 코스프레부터 집어치워!!"

소라의 거절을 진심이라 이해했는지, 아인치히는 아쉬워하며 고개를 숙이고—— 동시에.

미야시로 본래의 차분한 인테리어가 부활한 모습에 소라는 크게 한숨을 쉬었다.

아니, 소라만이 아니었다. 무녀나 이노, 시로나 지브릴까지도 저마다.

——심지어,

"……미안하네, 『사랑스러운 자^{슈필러}』여……. 그도 그럴 것이 남자끼리는 참조할 대상이 겨우 한 건뿐…… 취향의 해석이 곤란하기 그지없어…… 불쾌하게 만든 본 기체의 부족함을 저주할 따름이다."

한숨을 쉬게 만든 원인^{범인}까지도 탄식하는 그 모습에 소라는 머리를 쥐어뜯었다.

"부족해도 너무 부족하잖아! 남자는 취향 아니라고! 그만 좀 알아라!!"

"그러나 『사랑스러운 자^{슈필러}』의 서적에, 비록 한 권뿐이지만 남자와 남자 사이의 농후한——."

"표지에 사기당한 거였어! 생각나니까 더 열받잖아!"

——아무리 봐도 여자아이인 귀여운 아이가 표지였고, 그림체도 남성용.

그런데 사고 봤더니 BL 책이었다…… 심지어 상당히 하드한.

당연히 내용을 확인하지 않고 산 소라의 잘못이었다. 그러나 이를 근거로 자신에게도 기회가 있으리라 판단한 아인치히에게 그때의 분노가 다시 끓어올라 소라는 부르짖었다.

"애초에 참조할 대상을 잘못 골라잡았다는 생각은 안 해?! 이것저것 무리수가 너무 많잖아?!"

그렇다—— 엑스마키나가 들이대는 전개, 야한 만화책의 시추에이션 설정은 지나치게 억지스럽다.

그야말로—— 선생님을 기분 좋게 만든 순위로 애인을 결정해?

말도 안 된다. 선택받지 못한 아이는 일방적으로 손해 보는 것 아닌가.

현실 같으면 그 전개 중 누군가에게 칼침 맞고 데드 엔드다.

현실적으로 있을 수 없는 전제가 다발하는 야한 만화책을 참조했던 것은 아무리 생각해도 실수로 보였다.

……보물이 날아간 것에 대한 원한도 있다는 점은 소라도 인정하지만——

"무슨 소리를 하나. 『사랑스러운 자_{슈필러}』의 취향을 찾는 것 이상의 가치, 귀중한 정보였다."

오히려 진심으로 의외라는 듯, 아인치히는 그렇게 말하며 발을 돌렸다.

"『사랑스러운 자_{슈필러}』의 서적에서는 많은 것을 배웠노라…… 그 세계는 그야말로 경이적이었다."

그렇게 등으로 말하며 감탄하는 듯한 목소리로—— 아니, 진정으로 감동했는지.

"특히 학문…… 생리학, 심리학——『마음』의 해명에 대해서는 상상을 초월했다!"

서서히 열기를 띠기 시작하는 기계의 주장. 그러나 소라와 시로는 의아함에 눈살을 찌그렸다.

"……응? 그랬, 나……?"

——『마음』을 이해하는 컴퓨터.

그가 찬미하는 세계에서는, 그런 존재야말로 아직까지 먼 미래의 기술일 터.

그러나 그렇게 고민하던 소라는 문득 생각했다—— 아니지, 잠깐만.

엑스마키나가 접한 소라 일행의 원래 세계 정보란 건, 까놓고 말해 야한 만화책이다.

그럼 이 자식은 대체 뭘 근거로 이렇게 뜨겁게 역설하는 거지……?

그러나 그런 소라의 의문은 아랑곳 않고, 기계의 변론는 더더욱 과열되어 갔다——!!

"그렇다…… 특히 『심리고찰』을 시험할 때는 누구나——엑스마키나조차——사고와 정신의 정형화 및 기호화, 전례 비교, 결부까지! 완전히 무의미한 행위에 빠지는 것이 보통이었거늘……!"

그리고 마침내 주먹을 떨며, 분노하듯.

자신의 어리석음을 개탄하듯 열변한 기계는,

"이 얼마나 어리석은가! 『마음』을 논리적으로 고찰?! 마음이
란 논리성에서 가장 거리가 먼 『반논리』 그 자체이거늘! 하물며
사랑은 바로 그 필두── 그러나!!!!"

천천히 그렇게, 거창하게 팔을 벌리고.

낭랑하게, 영혼에서부터 토해내는 듯한 한마디를 자아냈다
──!!

"──【전개】:──『위전: 진정한 사랑』!!"

찰나── 실내를 가득 메우는 방대한 이미지가 펼쳐졌다.

공간까지 확대해 공중에 전개시킨 무수한 그림을── 페이지
를 우러러보며.

여전히 멈추지 않는 연설은 마침내 눈물까지 수반하고──

"반면 이것은 어떠한가! 이리도 완벽하게 『사랑』을 그려낸
지적 생명체가 있었을까!!"

그렇게 감격의 눈물과 함께 부르짖는 아인치히가 우러러보는
『완전한 사랑』은──

"너 임마 나한테 뭐 원한이라도 있냐?! 남의 보물을 까발려서
── 아하~ 울리고 싶은 거구나?!"

좋아, 그렇다면 울어주마!

창졸간에 시로의 눈을 가리면서 다른 의미에서 눈물을 흘리는 소라의—— 뭐, 보물이었다. ^{야한 만화책}

그 뭐냐…… 이리저리 얽히기도 하고. 들어가기도 나오기도 해서 바쁘고, 하트 마크가 많다.

고전적으로 말하자면『우흐~응 아하~앙』한 그림이 엮인 무수한 페이지였다.

무녀나 이노는 응시하고—— 지브릴은 침까지 흘려가며 그런 것들을 바라보는 가운데,

"아니 그러니까 그게 무리가 있다니까! 말도 안 되는 전제와 전개의 대축제잖아!"

아인치히가『완전한 사랑』이라 하는 것들의 문제점.

다시 말해 성인만화 특유의 '리얼리티 결핍'을 지적하는 소라. 그러나—— ^{갖 다 붙 이 기}

"흐음…… 말도 안 되는 전제와 전개…… 구체적으로는 무엇을 말하나,『사랑스러운 자』여?" ^{슈 필 러}

아인치히는 의아하다는 듯 고개를 꼬며 대답했다.

"맥락이 없는 점? 의미가 없는 점? 아니면 행위에 이르는 동기가 없는 점……?"

——전부 다! 라고 말하고 싶었지만, 소라는 꾹 참았다.

이를 모두 앞질러버린, 다시 말해 모든 대답을 스스로 말한 아인치히는.

이리하여 때는 무르익은—— 그 대답을, 힘차게, 우렁차게 단언했다——!!

"사랑에 맥락 따위는 없을지언저! 사랑에 이치를 추구하는 것은 오류! 서로 이끌린 영혼이 교차하는 데에 의미 따위 없을지언저! 동기부여의 논리 따위 갖다 붙이기일지언저―― 그렇다! 이처럼 예술이 그려낸 바와 같이!!"

――어째서일까.

"아아, 이처럼 간결하고도 명쾌하게 사랑을 정의하는 문명! 이것이 당연하게 그려지는 뛰어난 학문 수준!"

――개시로부터 몇 페이지 이내에 에로 전개를 내보낼지――

그런 타임어택을 경쟁하는 창작자들을 숭상하는 아인치히의 말에.

한순간 수긍할 뻔했던 머리를 끌어안는 소라에게, 여러 사람의 목소리가 들렸다.

펼쳐진 페이지를 응시하던 이들의 말, 그것은.

"흐음…… 소라 공을 다시 봤습니다. 늑대족은 역시 가슴이 커야지요. 취향이 좋으시군요."

짐승귀 미소녀물 하나를 구멍이 뚫릴 만큼 노려보며 깊이 주억거리는 이노였으며.

"…………이기 멀 하는 모습을 그린 것――인지. 마, 머든 상관없지만서도."

연애경험 제로에게는 지나치게 과격했는지 평정을 가장하면서도 얼굴을 붉히는 무녀였으며.

"마스터, 마스터?! 부디 소인에게도 이 지식을 전수하여 주시옵소서!!"

그렇게 흥분해 침을 흘리며 가능하다면 데이터를 복구하고 싶다고,

"뭣하다면 '실전'으로라도 부디, 부디——!!"

이루어질 수 없다면 자신의 몸으로라도 지도받기를 청하는 지브릴이었으며.

"……시로. 오빠 땅 파고 싶은데…… 같이 묻혀 줄래?"

"……응. 오케, 이…….”

——결국 그것은 수치 플레이 이외의 그 무엇도 아니어서.

방바닥 위에 엎어져 눈물을 흘리는 소라는 여동생과 함께 땅에 묻힐 각오를 다졌다.

그러나——

"허나 이리도 위대한 정보로도 본 기체가 사랑을 받기에는 사랑에 대한 이해가 부족한 모양이로다.”

"……사랑 이전에, 말이야. 배려라든가 섬세함이라든가 그런 걸 이해해 보지 않을래……?"

사랑을 역설하면서도 소라의 마음에 생긴 상처는 깨닫지 못한 듯한 기계 사내, 한껏 고개를 끄덕였다.

"알겠다. 함께 이해하여 금방 돌아오겠노라, 『사랑스러운 자』여! 기대하며 기다리도록!"

"아무것도 기대 못할 것 같거든?! 돌아오지 말라고 했지!!"

그렇게 든든하고도 상쾌한 미소로 말을 남기는 모습에 부르짖는 소라를 가로막으며—— 스슥.

전개됐던 외설물과 함께, 격렬한 변태—— 아인치히는 사라
졌다.

"······················하아·······."

그리하여, 겨우 미야시로에 평화가 돌아왔다고 한숨을 쉬는
일동에게.

"헌데 그쪽은 언제 돌아가실 것인지요?"

오직 유일하게 중얼거린 지브릴에게 대답한 목소리는, 모두
가 그 시선을 따라간 곳의 허공에서 들려왔다.

"······【해답】: 『주인님』이 돌아가라고 하신다면, 당장에라
도."

소라와 시로에게는—— 아니. 정령의 기척조차 전혀 없었는지.

"이미르아인?! 어? 있었어?!"

"【긍정】: 계속."

소라의 물음에 엑스마키나 소녀가 스커트를 잡고 고개를 숙여
인사하는 모습을 드러냈다.

대수롭지도 않다는 듯, 워비스트조차 보지 못하는 광학미채
를 사용한 모양이었다.

"······왜? 다른 엑스마키나랑 같이 돌아간 거 아니었어?"

"【과시】: 『주인님』은 사라져 줘라, 라고 명령했다. 명령에 따
라 시각적 인식 범위에서 사라지기로 했다."

······꼭 소라 같은 억지를 부리네.

모두가 눈을 흘겼지만, 소라는 다른 위화감이 마음에 걸렸다.

——아인치히는······ 뭐, 변태 고철이니까. 차치하자.

그러나 이미르아인만은 왜 다른 엑스마키나와 행동을 함께하지 않지?

아인치히와 같은 『지휘체』인지 뭔지라서 그런가—— 아니 잠깐만 애초에.

이미르아인은—— 들이대지도 않았다는 점을, 소라는 문득 깨달았다.

"【첨언】: 『주인님』은 본 기체의 주인. 주인의 곁이 본 기체의 정위치. 다만 밤에는 오르내림."

리얼 메이드 로봇은 말했다—— 어디까지나 메이드란 소리일까.

"【질문】: 그리하여 오늘밤 본 기체는 위와 아래 어느 쪽으로 안길지. 준비. 지정을 원함."

——그런 것치고는 협박과 다를 바 없이 아이를 만들자고 종용하기도 하고, 지금은 이 모양인데.

하는 것은 이미 확정된 것처럼 묻는 이미르아인에게,

"……바꿔 말할게. 미안하지만 일단 돌아가—— 그리고 돌아가기 전에 한 가지 괜찮을까?"

"【흔쾌】: 위와 아래 어느 쪽이든."

"어느 쪽도 아니라고. 대체 뭘 하려는 거야…… 그냥 질문할 거라고……!"

지친 목소리로 말하고, 소라는 생각했다—— 엑스마키나의 행동, 진의는 전혀 읽을 수 없다.

숨겨진 목적이 있다 해도 지금은 읽을 만한 판단 재료가 없다.

따라서—— 이제까지 계속…… 계속 인내에 인내를 거듭했던 딴죽.

"……왜 메이드복인 건데, 너희는."

그 한마디만을, 소라는 쥐어짜듯 입에 담았다. 그러나——

"【자명】: 로봇 하면 메이드 로봇."

"그 안이한 발상이 어디서 솟아나왔는지를 묻는 거야!!"

——태양은 동쪽에서 떠서 서쪽으로 진다.

그렇게 설파하듯 대답하는 이미르아인을 견디지 못하고, 소라는 으르렁거렸다.

소라의 야한 만화책에서 얻은 정보……는 아니다.

처음 찾아왔을 때부터 엑스마키나는 모두 메이드복이었다.

……집사도 있었던 기분이 들지만 그 기억은 망각의 저편으로 몰아내는 소라.

그때 문득.

"【해답】: 대전 종결 후, 엑스마키나는 고찰했다. 엑스마키나의 존재의의를."

띄엄띄엄. 담담히. 그러나 유창하게 이미르아인은 말을 시작했다.

"【속답】: 존재^소의^망의. 엑스마키나에게 『마음』을 부여했던 『유지체^{프라이어}』는——."

그것은 마치 음성 데이터를 재생하는 것처럼. 흐트러짐이 없고, 무기질적이어서.

"【상기】: 『의지자(슈필러)』—— 다시 말해 사랑하는 이의 '소망이 이루어지기를 바랐다'."

그러나 그렇게 눈부신 듯, 눈을 가늘게 뜨며 말하는 이미르아인의 얼굴은.

인형처럼 단아한, 어딘가 인공적인 유리 눈동자는, 입술은—— 그러나.

"【동경】: 그 답은 매력적이었다. 그 답에 전 기체가 찬동했다."

그저 기계에게는, 단순한 인형에게는 결코 담길 리 없는 것을 담고 있었다.

"【결론】: 『주인님』에게 모든 것을 바치고 봉사하여 힘이 된다. 본 기체—— 엑스마키나의 존재의의(소망)."

감정을—— 희망을, 그렇다, 명확하게 깃들인 목소리로, 말을 맺었다.

그리고—— 조용…….

정적이 드리워진 미야시로의 별저에서, 멋쩍어하며 소라가 입을 열었다.

"아——…… 별생각 없이 했던 딴죽에서 상당히 감동적인 얘기가 나왔는데 말이지……."

과연 이 분위기를 망쳐도 좋을까 망설이면서.

그러나 확신에 가까운 어떤 의구심을 불식할 수 없어서, 소라는 용기를 쥐어짜 딴죽을 걸었다.

"……그거 말이야. 딱히 메이드가 아니었어도 되는 거 아냐?"

이미르아인의 이야기를 고려하더라도, 딱히 메이드일 필요는 역시 없었다.

그 소망에 적합한 포지션은 달리 또 있을 것이며, 더 깊이 추궁하자면 의상은 관계가 없다.

"【긍정】: 본 결론에 해당하는 역할은 8. 그중에서 메이드를 선택한 이유에——."

그렇게 소라의 의구심은 이미르아인의 고갯짓으로 긍정됐다.

역시 소라가 생각한 대로. 조금도 메이드틱하지 않은 이유는.

"【제시】: 딱히 의미는 없다."

——딱히 의미는 없었다.

요컨대 『사이비 메이드』임이 판명되어, 소라는 수긍하고 다른 이들은 힘이 빠진 가운데,

"……흐응~ 갑툭튀 신 캐릭터 주제에 마스터의 종복을 자처한단 말이지요~."

그 대답이 마음에 들지 않았던 약 1명—— 정정. 1기. 1개? 1대? 아무튼.

병기는 무어라 헤아려야 좋을지 생각이 나지 않았던 소라는, 그야 어쨌든——

"그것도 1+12쯤 되는 몰개성 엑스트라가 저를 제치고…… 심각한 문제로군요."

그렇게 광륜의 회전수를 높인 지브릴은, 이미르아인에게 다

가서며,

"캐릭터 충복이랍니다. 개성적으로 어레인지해 드리지요——
천위척으로♡"

그렇게 날개에서 솟구치는 빛을 향해, 대기의 정령을 탁류로
변질시키며.

물리적인 힘으로 캐릭터 어레인지——가 아니라 캐릭터 붕괴
를 제안하고 빛의 칼날을 손에 들었다.

"……어, 야, 지브릴……!"

정령을 감지하지 못하는 소라와 시로조차 느낄 수 있을 만한,
정령의 압축과 폭풍.

그 힘은 행사할 수 없다——『십조맹약』이 있다. 위해는 입힐
수 없다.

그래도 무녀나 이노조차 모골이 송연해지지 않을 수 없는 부
조리한 폭력의 기척에,

"【반론】: 현『주인님』이 본 기체의 주인이 된 것은 분명 바로
조금 전. 수긍."

유일하게 덤덤한 표정으로 대치할 수 있었던 이미르아인만이
대답했다.

무표정한 얼굴에 미미하게, 그러나 명확하게 조소를 머금고,
지브릴을——

"【신고】: 본 기체는 6천 년 전 이미 『주인님』에게 바친 몸. 갑
툭튀는 그쪽. 뻔뻔함. 걸림돌. 바보. 하지만 『주인님』의 소유물
—— 본 기체가 깜빡 망가뜨렸다간 야단맞음."

도발했다.

"오옳~~~~~~거니 알았다! 붙잡아놓은 내가 잘못했네!!
오케이 끝, 응?!"

소라가 황급히 외쳤지만, 그 목소리는 뚜렷한 땅울림을 수반
한 적의에 지워져버렸다.

"큰소리를 치는 걸 보니 입이 좀 큰가 보군요♡ 조금 더 크게
키워 구멍으로 바꿔드리지요 ♪"

"【황당】: 현 장비의 본 기체, 『번외개체』도 단독 격멸 가능.
여유. 『주인님』, 증명하게 해 주세요."

"사람 말 좀 들어라! 들어주세요, 네?! 내가 잘못했으니까 일
단 돌아가 줘! 제발!!"

"……지브릴, 아아, 앉, 아……."

소라와 시로의 명령에 따라, 우선 지브릴이 납작 정좌하고.

이어서 소라의 부탁에 따라, 이번에는 이미르아인이 전이 준
비에 들어갔다.

"……고철인형."

"【대답】닭대가리. 【전개】──『위전: 천이』."

서로를 노려보는 두 사람이 서로에게 한마디씩을 던진 것과
함께, 이미르아인이 허공으로 사라졌다.

■ ■ ■

이리하여 이번에야말로 진짜 평화를 되찾은 미야시로의 별저.

"……니…… 남의 집에 멀 가져오는 긴데……?"

대충 상황과 사태를 파악한 무녀는 신음하듯 항의했다.

"내 탓이 아녀……. 아니, 내 탓이구나……. 폐 끼쳤어. 당장 나갈게."

"……미안, 해. ……무녀님……."

반사적으로 반론하려다가, 고개를 가로저으며 소라와 시로는 고분고분 고개를 숙이고 사과했다.

미야시로에 온 것은 소라 일행이었다. 무녀의 입장에서는 태풍을 끌고 온 것이나 다름없다.

애초에 엑스마키나를 피하고자 미야시로에 왔던 것이다.

장소가 탄로 난 이상 또 금방 올 테니…… 어차피 오래 있지는 못한다.

지브릴에게 이번에야말로 들키지 않을 곳으로 전이해 달라고 부탁할 수밖에 없을 텐데——.

"……하츠세 이노. 자네를 의지해 온 거 아이가…… 거들어 도고."

"무녀님께서 명하신다면……. 하오나 도울 이유가 없지 않습니까?"

——이노의 말대로 무녀에게 소라 일행을 도와줄 의무 따위 없다.

소라 일행이 무녀의 벗—— 호로를 구했다지만, 피차 서로를 이용하는 관계일 뿐이다.

게이며, 하물며 전권대리자의 신뢰란 결코 서로 허울 없이 지내서는 안 되는 것── 그러나.

"의무야 없제. 캐도 저런 괴물 적으로 돌리는 건 내 사양하고 싶데이."

그렇게── 냉정한 '타산'에 따른 명령을 받아, 이노는 소라 일행과 마주보고 정좌했다.

"……흐음. 요컨대 사랑하는 자와 소라 공을 착각하였다는 것이군요. 동정이 갑니다."

"……으, 으응……. 진짜 의외지만 알아 주니 다행이네……."

침통한 표정으로 말하는 이노에게 소라는 살짝 우정이 싹트는 것을 느끼고,

"예…… 엑스마키나에게는 참으로 동정을 금할 수가 없습니다……. 어떤 죄를 저지르면 그러한 불행을 겪게 되는 것인지! 하필이면 이 망할 원숭이를 좋아하게 되다니……!!"

이노가 주먹을 떨며 한 다음 말에 그 착각을 저주했다.

──망할 영감탱이.

목구멍까지 솟았던 욕설을 꼴깍 삼키고, 소라는 내뱉듯 물었다.

"솔직하게 물어볼게……. 어떻게 하면 착각이었다고 온건하게 이해시킬 수 있을까?"

──사실 웃을 일이 아니었다.

멸망해도 곤란하며, 아군인 지금은 괜찮지만, 그것도 착각 때

문이다.

어수룩하게 다뤄 적대하게 되는 것은 최악의 수—— 만능 무대 연출 장치도 아깝고.

"……당신처럼 절조 없는 인간이라면 착각 때문에 여자한테 스토킹당한 경험이 열 번 천 번은 있을 거 아냐."

부디 그대로 확 칼빵을 당했던 경험도 있었으면 좋겠다고 생각하지만.

『십조맹약』이 있다고는 해도 애석하기 그지없게 아직 죽지 않은 영감.

하츠세 이노라면 스토커 대처법에 관해서 아이디어 정도는 있을지도 모른다고——

그렇게, 큰 기대는 하지 않고, 지푸라기라도 잡아보자는 심정으로 물은 소라에게.

"……소라 공. 정말로, 대체 왜 그러시는 것입니까? 전혀 소라 공답지 않습니다."

그저—— 이노는 날카롭게 눈을 뜨고 말했다.

"그렇게 간단한 일도 모르는 자에게 이제까지 당했다고 생각하면 굴욕이로군요."

"……………………뭐, 라고……?"

——간단한 일, 이라고.

어딘가 실망마저 흘러나오는 두 눈으로, 이노는 그렇게 단언했다.

그럼에도 여전히 곤혹에 흔들리는 소라에게, 탄식을 한 차례 내뱉고.

　이노는 그 '간단한 해결책'을 고했다── 그것은 곧.

　"첫경험에 쫄지 말고 냉큼 할 거 해버리면 되는 거다, 이 망할 원숭이야."

　──착각이라고? 까짓거 뭐 어때.

　그렇게 송곳니와 함께 본성까지 드러낸 하반신 지상주의자의 비웃음에,

　"지브릴, 그냥 가자. 다음에야말로 이미르아인이나 다른 녀석들이 쫓아오지 못할 곳으로──."

　한순간이라도 기대했던 것이 잘못이었다고, 벌떡 일어나 돌아갈 채비를 하는 소라를,

　"……소라 공. 설마 정말로 알아차리지 못하셨던 겁니까?"

　정말로 의아해하는 듯한, 진심으로 의외라는 이노의 목소리가 만류했다.

　"엑스마키나는 『하드웨어 록』 때문에 특정 인물 이외와는 번식이 불가능하다고 하지 않았습니까?"

　"그렇다고! 그러니까 내가 자식을 만드는 데 응해봤자 아무런 해결도 안 되──."

　"그렇다면 그들의 바람대로 안으시면 되는 것입니다. 정말 착각이라면 번식은 불가능하겠지요."

　…….

…………．

…………………………？

"——……어? 어, 어라아……？"

꼬박 1분, 이노의 지적을 곱씹어본 소라는, 얼빠진 목소리를 흘렸다.

아이를 만드는 데 응하면 어떻게 되지? 사람을 잘못 봤는데.

하드웨어 록에 튕겨난다. 오케이, 착각이었네. 종료.

……아니아니아니…… 잠깐잠깐잠깐. 침착해라소라숫총각 18세!!

이상하다이상하다, 아무리 그래도 내가 그런 걸 놓쳤을 리가——?!

——뭔가 아니야.

그렇게 혼란에 빠진 소라. 그러나 이노는 추가타를 날리듯 말을 이었다.

"하물며 멋대로 착각한 것은 저들. 그것도 6천 년 전 인물과."

"……어, 응…… 그러, 네……."

"소라 공은 그들의 요구에 응할 뿐. 누구에게도 비난을 받을 이유가 없지요?"

그렇게 더욱 말을 거듭해나가는 이노에게,

"사람을 잘못 봤다는 사실을 증명한다면, 그 인물이 살아 있지 않다고 받아들일 수밖에 없습니다. 그들은 록의 해제를 맹세하고 게임을 해 패배할 수밖에 없게 되겠군요. 왜냐면 그대로는 멸망할 테니 말입니다."

……어……어라? 내가── 왜 거부했지……?

완전한 정론을 잇달아 얻어맞고 비틀거리는 소라에게, 문득.

"…………빠야."

조용히 말하는 여동생의, 절대영도 미만의 시선에 황급히 제 정신을 되찾고 외쳤다.

"아차차! 맞아! 그러니까 시로 앞에서 미성년자 관람불가는 ─────."

"소라 공…… 침착하게 생각해 보십시오. 우선 평생 둘도 없을 성교 기회입니다."

"──이 자식이, 지금 은근슬쩍 평생 없을 기회라고 단정했겠다."

……부정은 못하겠지만. 그렇게 신음하는 소라에게 이노는 거듭 물었다.

"예, 소라 공의 사정도 있겠지요. 그것이 엑스마키나를 멸망시킬 만한 사정입니까?"

"그, 건…… 아니. 그래도 난, 시로랑 떨어지면──."

"시로 공이라면 지브릴 공께 부탁해 소리와 빛을 차단해 달라고 하면 될 것 아닙니까."

그렇게 차례차례, 간단하게, 문제를 해결해 나가는 이노──그렇기에.

"한 종족이 멸망해 꿈자리가 사나워지는 것보다는 낫지 않겠습니까?"

이에 반비례하듯, 소라의 막연한 위화감은 무겁게 고개를 쳐들기만 했다.

  ──아니야. 뭔가 이상해.
  이노의 주장은 완전히 옳다. 지극히 단순하며 명쾌한 이야기
다.
  그런 단순한 이야기를── 그저 놓치고 있었을 뿐…… 정말
로 그럴까?
  엑스마키나의 행동. 소라에게 사용한 얍삽이. 종용. 위화감은
수없이 있었다.
  이를테면──

"마지막으로 하나. 한 사람을 선택해 번식한다── 이상이
그들의 요구라 하면. 그야말로 조금 전── 그들이 제안한 대
로 하는 것도 가능하겠지요. 왜 거절하는지 이해하지 못하겠습
니다."
  이노의 말을 반쯤 흘려들으며, 사고를 열거하고, 정리해서.
  어떻게든 위화감의 정체를 더듬어나가려 하는 소라는── 드
디어, 마침내.
  무릎을 꿇고 깊이 고개를 숙인 후, 딱 잘라 결론을 지었다.

" '성교' 는 전원과 하고 '번식' 할 한 사람은 그 후에 선택하면
되는 것 아닙니까?"

"로봇소녀를 구해야 해!! 당장 돌아갈테니실례용서 해줘싸부!!"

——정말로 그냥 깨닫지 못했을 뿐이었다고——!!

왜 몰랐지? 모를수도있지그야사람인데!!

"실례했어 무녀님! 지브릴, 에르키아로 돌아가자시간은기다 려주지않아!!"

"……니 참말로, 실례만 해놓고는 아주 뻔뻔하데이……."

"분부 받들겠사옵니다, 마스터. 장거리 전이 준비에 한동안 시간을."

무녀의 싸늘한 눈, 지브릴이 뿜어내는 빛을 받으며.

"카아~~~! 나~ 이거야 원, 지이이이인짜 하나도 안 내키지 만?! 뭐 어쩌겠어~!! 살짝 가볍~~~게 세계를 구하고 와볼까 나? 그게 하늘이 내린 운명이라면!"

소라는 어디까지나 쿨하게, 지극히 쿨리스트하게 맑아진 머 리로 탄식했다.

정말로 자신의 어리석음은 끝을 모르겠다고……. 어째서 상 식적으로 생각하지 않았을까!

취향대로 모습을 바꿔주는 자신에게 홀딱 반해 졸라대는 미소 녀 열두 명?!

메이드+메카닉걸+커스텀메이드의 구애를 거부해? 네가 뭐 그리 잘났는데?!

소라(숫총각/18세) 주제에! 부끄러운 줄 알아야지 자네?!

"…… 빠야, 하지만, 사람 잘못, 봤다는 거…… 속이게, 돼……."

격렬하게 자신을 책망하는 소라에게 언짢은 듯, 시로가 입을 비죽거렸다.

보통 때 같으면 여기서 멈췄을 소라가, 그래도 오늘만은——

"그렇고말고…… 그러나 그 행위로 인해 구원받을 자가 있다면, 이 오빠는 속이고 기만하고 거짓말을 하리라……."

그렇게 인간의 원죄를 짊어진 것과도 같이 자비로운 눈으로 대답했다.

"그 결과 원한을 사고 증오를 사더라도!! 그 모든 것을…… 기꺼이 감내하리라."

생물로서 살아가는 모든 것에 대한 무상의 사랑, 박애를 설파하듯.

그러나 눈은 사욕에 젖어 대가를 바라며 번들번들 빛났으며 흥분에 빠졌다.

"자, 소라(숫총각/18세)여 작별이다! 소라 '탈' 총각 18세를 맞이하러 가자꾸나!!"

자신의 운명^{미래}과 싸우고자 하는 목소리로 그렇게 외치는 소라에게, 문득.

"……응? 아—…… 소라 공. 그것은 조금 이야기가 다르지 않겠습니까……?"

"네무엇이옵니까싸부님! 어리석은 제자를 인도해 **달라고, 짜샤!!**"

생각에 잠긴 듯한 이노의 목소리에 소라는 다리를 달달 떨며 대답했다.

"아니 그게…… 상대는 기계 아닙니까? 그것도 소라 공의 반찬을 참고해서 재현하는……."

"네이그렇습니다만?! 그게어쨌다는겁니까요?!"

지브릴의 전이 준비가 여느 때보다도 상당히 길게 느껴지는 가운데, 문득.

어려운 문제에 가설을 세우듯 신중한 목소리로—— 이노는 말했다.

"그것은……『더치와이프^{자위}』아니온지요……?"

………….

"뭐라고나 할까요. 소라 공이 총각 졸업? ……하. 말도 안 되지요."

………….

그리고 갑자기…… 스윽.

마침내 모든 실이, 떨어져 있던 조각이 한데 모여 이어지는 감각 속에서.

"아아…… 그렇구나……. 그렇게 된, 거구나……."

소라는 깨달음의 경지에 이른 수도승의 미소를 지으며 조용히 말했다.

"지브릴…… 괜히 번거롭게 해서 미안한데── 목적지, 변경해도 될까?"

"──예? 아, 예. 그러면…… 어디로 가고자 하시나이까?"

무수한 위화감, 위화감의 정체. 겨우 그 모든 것을 명료하게 내다볼 수 있었다.

엑스마키나의 행동도, 언동도. 그리고 무엇보다도 컸던 위화감까지──.

"어디든 좋아…… 엑스마키나에게 들키지 않을 곳이라면, 그래, 어디든…….."

즉── 우훙~ 하고 좋은 일을 하면 오케이 해결, 이라는.

그런 간단한 해결책이 왜 떠오르지 않았을까.

──떠오르지 않았던 것이 아니다. 무의식중에 깨달았던 것이다. 그렇다.

"……그렇게 내 입맛대로 돌아가는 얘기가 있을 리 없지……하하…… 알고 있었어…….."

소라 '탈' 총각 18세와는 아직 당분간 만나지 못할 것 같다고 하는.

세계의 강제력── 역사의 수정력에 눈물을 흘리며, 소라 일행은 공간을 도약했다.

■ ■ ■

붉은 달이 비치는 칸나가리 섬——그 외곽의 주택가를 걷는 소라와 시로.

그곳은 두 사람이 아는 어린 워비스트 소녀, 하츠네 이즈나의 집 바로 근처였으며——

"……미야시로에서 꽤 가까운데…… 여기가 엑스마키나에게 들키지 않을 곳이야?"

분명 세계 반대편으로라도 전이할 거라 생각했던 소라는 하늘에 떠 있는 존재,

"아, 네에……. '등잔 밑이 어둡다' 는 두 분 마스터께서 원래 계셨던 세계의 격언처럼——."

지브릴은 자신만만하게 웃으면서도 피로에 찌든 모습으로 대답했다.

"장거리 전이로 일부러 가까운 곳에 공간전이해, 전이의 흔적을 '단절' 했습니다. 엑스마키나도 『단절공간』은 재전개가 불가능하니, 이만한 힘을 쓰고도 300킬로미터 이내의 지근거리에 있으리라곤 생각하지 못할 것이옵니다."

——단절공간이란 게 무엇인지 소라와 시로에게는 감도 잡히지 않았지만.

"……지브릴이 이렇게까지 지쳐야 따돌릴 수 있는 거야, 엑스마키나……? 대단하다."

"그야 세월이 흘러 고철이 됐다고는 하오나 전쟁의 신 아르토슈를 멸했고, 제가 인정한 『적』이온지라."

어딘가 기쁜 듯 말하는 지브릴. 그러나 소라는 생각했다.

——정말로 그럴까?

분명 틀림없는 초월종. 위계서열 $\dot{1}\dot{0}$위라니, 랭킹 사기다.

지브릴의 책에 적힌 기록에 이르기를, 원래는 마법을 쓰지 못해서—— 그렇다나.

모조 정령회랑 접속신경—— 그 꼬리 같은 케이블을 설계해, 정령을 가솔린처럼 소비해서 마법과 같은 현상을 일으키는 장치를 만들고 구동시키는—— 엄밀히 말하면 '마법은 아니라고' 한다.

그러나 그러고도 6위에 맞먹는다는 시점에서 이미 사기다.

게다가 『십조맹약』으로 엘레멘탈이 【익시드】에 포함되면서 정령을 소비할 수 없게 됐다.

장치는 고사하고 엑스마키나 자신도 구동이 불가능해야 하지만—— 문제없이 가동하고 있다.

——대응했다. 느닷없이 타지 않게 된 가솔린에 놀라, 친환경 에너지에 눈을 떴다.

그것도 아마 한순간에. 이젠 좀 살려달라고 애원하고 싶을 정도로 치트다—— 그러나.

그런 초월종과 대국을 했던 소라는—— 엑스마키나가 정말로 아르토슈를 물리쳤다고 한다면——.

"……하온데 마스터, 괜찮으셨던 것입니까? 그러니까, 에르키아로 돌아가지 않으셔도."

그렇게 생각하던 소라는—— 움찔.

지브릴의 말에 얼굴을 실룩거리며 걸음을 멈추었다.

"아—— 아, 아닙니다! 물론 마스터의 결정에 이의를 제기할
마음은 없사오나!"

그 모습에 지브릴은 황급히 하늘에서 내려와 날개를 접으며
무릎을 꿇고,

"애초에 갑툭튀 주제에 종자를 자청하는 것들이 마스터의 정
조를 받다니 분에 넘치는 영광이온지라, 우선 첫 번째 노예인
불초 지브릴의 몸을 이용해 주시리라 생각을——."

"……그, 게…… 아냐…… 지브릴, 프리즈^{꼼짝 마}……."

사죄에서 선망으로 슬라이드하며 옷을 벗어던지려던 지브릴
이 시로에게 강제로 정지당했다.

그러나 굳어버린 지브릴도, 굳힌 시로조차도 소라를 향한 시
선에 담긴 물음은 마찬가지.

——엑스마키나와의 '좋은 일' 을 왜 포기했는가.

그 시선에 소라는—— 훗…… 조그맣게 웃더니,

"괜찮으셨던 것이냐고? 하하…… **괜찮으셨을리가있겠냐빌
어먹을——!!**"

주택가에 메아리치는 민폐스러운 고함에 시로는 얼른 귀를 막
았다.

"얼마나 더 중도하차를 당해야 해?! 이 세계는 얼마나 날 시험
하려는 거야~앙?!"

그러나 봇물 터진 듯 쏟아지는 원념은 그칠 줄을 몰랐다. 소라
는 눈물과 함께 울부짖으며 생각했다.

　──아~ 그래, 알았다고, 그럼 나도 됐어!

　에로 이벤트는 없다고? 없으면 됐어!! 알았다고, 이제!!

　나도 15금 게임에서 청소년 이용불가 전개를 바라는 못난 소
리는 안 해!!

　그래도 말이야──?!

　"그럴 거면 떡밥으로 기대감 부추기는 짓은 하지 말라고!! 청
소년 이용불가 전개 넣고서, 캐릭터 그림도 준비해 놓고서 **'플
래그는 못 세웁니다.'** 라니── 그건 사기 아니면 버그잖아!!"

　디버거 일 똑바로 안 하냐! 그렇게 연달아 외치려던 소라는──

　부정하고.

　디버거나 프로그래머에게 죄는 없다고, 고개를 가로저으며
정정했다.

　"그러네. 하려고 마음먹으면 할 수는 있으니까. 지금 당장 에
르키아로 돌아가면 하렘이지."

　플래그를 꽂는 것만이라면 가능하며, 이벤트도 실행만이라면
가능하다.

　" '하지만 했다간 게임오버' 라고?! 이게 사람 놀리는 거 아니
면 뭔데?!"

　실행하면 게임이 진행불능. 물론 엔딩 후 재시작은 불가.

　자, 이 빌어먹을 설계는 누구의 죄일까. 프로듀서일까?

　아니면 디렉터일까? 시나리오 라이터일까──?!

반쯤 진심으로 『제4의 벽』을 확신하고 전범을 찾고자 하려던
소라를──

"⋯⋯⋯⋯빠야⋯⋯ 진정, 좀, 하라고⋯⋯!"

"했다간 게임오버⋯⋯라니, 그것이 무슨 뜻이옵니까?"

여동생의 얼어붙을 듯한 명령과 지브릴의 곤혹이 간신히 만류
해주었다.

영혼까지 토해낼 듯한 깊은 한숨을 쉬고, 소라는 털썩 길바닥
에 주저앉았다.

"⋯⋯무슨 뜻이냐고? 말 그대로지⋯⋯."

이노가 말하길? 사람을 잘못 봤다는 걸 알면 엑스마키나는 록
을 해제하고 번식한단다.

어째서냐고? 그렇게 하지 않으면 멸망하기 때문이다. 너무나
도 당연한 이야기다.

──그러나. 그것이 착각인 것이다.

"사람을 잘못 봤다는 걸 알아도, 그것들은 번식하지 않아──
그대로 멸망을 선택할 거야."

따라서 야한 전개는 실행불가. 그렇게 결론을 내리는 소라에
게 의아한 시선을 보냈다.

"⋯⋯엑스마키나⋯⋯ 멸망하고 싶다, 는⋯⋯ 소리⋯⋯?"

뒷골목 벽에 등을 기댄 소라의 무릎 위에 쏙 안긴 상태로 묻는
시로.

"글쎄다…… 솔선해서 멸망하고 싶었다면 이미 알아서 멸망했겠지만……."

소라는 마음이 놓이는 정위치에 있는 동생의 머리에 손을 얹으며 말을 이었다.

"적어도 '최악의 경우 멸망해도 상관없다' 고, 진심으로 생각한다는 건 확실해."

근거를 묻는 두 사람의 시선. 그러나 그거야말로 간단한 이야기라고, 소라는 대답했다.

"그게 아니고선 『멸망을 내세워 협박』하진 않아. 협박이 성립되질 않잖아."

뭐뭐 안 하면 죽을 거야!! 라는 말은…… 정말로 죽을 작정이 아니면 위협이 되지 않는다.

기계의 감정을 어디까지 읽을 수 있었는지는, 아무리 소라라 해도 확실한 자신이 없다.

그러나—— 멸망을 내세워 소라에게 체스를 종용한 엑스마키나의 눈은…… '진심이었다'.

그 확신에 가까운 예감에 소라는 게임에 응했고—— 그리고.

——그것이 참을 수 없는 위화감이었다.

"……저기 말야…… 엑스마키나는 대전 종결의 방아쇠가 됐던 종족이라며……?"

그렇다면 게임으로 모든 것이 결판나는 이 세계를 만든 당사자들이 아닌가.

그런 이들이 왜—— 종의 멸망을 아랑곳하지 않는가…… 그리고 어째서,

"그런 놈들이 왜 이 세계(게임)의 파탄까지 불사하는 짓을 해……?!"

알 수 없었다. 소라를 6천 년 전의 누구와 착각한 이유도 의미도, 하나에서 열까지.

"……진짜로 사고회로가 맛이 갔다거나, 버그가 났다거나 한 거 아냐?"

숫제 그 편이 이야기가 빨라 다행이겠지만…… 그런다고 무언가 해결이 되는 것도 아니다.

"하오면 외람되오나…… 소인에게 두 가지 정도 제안이 있사옵니다."

"좋~아, 들어볼까! 그러면, 자!! 우선 첫 번째는?!"

조용히 거수한 지브릴을, 소라는 자포자기한 듯 가리키고,

"『종의 피스』, 멸망이 문제라 하옵시면 1기만 『보관』한 다음 죽——."

"오케이 논외, 기각! 자, 다음!! 두 번째는?!"

지브릴은 나이스 아이디어를 일도양단당해 서글픔에 잠기며 말을 이었다.

"거슬리기는 하오나…… 착각하게 두고 '방치' 하는 것은 어떻겠는지요."

……흠음. 이번에는 현실적인 제안이로군.

소라는 다음 말을 채근했다.

"다행히 번식에 응할 의무에 기한은 정해지지 않았나이다. 영원히 응하지 않은 채 지내면—— 적어도 아군을 자칭하는 일개 종족이 에르키아 연방에 더해질 터이니…… 마스터께는 좋은 결과가 아닐는지요?"

"그래…… 나쁘지 않아. 나도 생각한 아이디어야. 하지만 그건 두 가지 문제가 있어."

쓴웃음을 지으며 말한 소라는 시로를 옆구리에 끼고 들어올리며——

"우선 첫째! 내 이성이, 정신력이 못 버틴다고 이런 상황에서는!!"

——야한 거 하자~♡ 라면서.

유혹하고 들이대는 미소녀들을 영원히 무시하라고……?

그것은 TO 하며 LOVE한 초월자만이 해낼 수 있는 신의 영역이다. 일개 범부, 소라에게는 불가능하다.

"그리고 둘째! 몇 번씩 말하지만 『사람 잘못 봤다』고——!!"

——엑스마키나는 번식을 못하고 있다.

아인치히의 말로는 내구성 한계를 5,982년 넘어섰다고 한다.

어느 날 갑자기 멸망했다간 끝장이고, 무엇보다——!!

"어느 날 갑자기 자기들의 오해를 깨닫는다면?! 어떻게 될지 모르는 거 아냐?!"

"하, 하오나 그들이 멋대로 착각하였을 뿐…… 마스터께서 책망을 들을 이유는——."

"6천 년 동안 애타게 그리워해서 멸망 직전까지 간 놈들한테 그런 논리가 통할 거라 기대하라고?! 그랬으면 애초에 멸망의 위기를 겪지도 않았겠지?! 무겁다고! 너무 무거워, 사랑이!!"

——원래 에르키아 연방에 '아군' 따위 거의 없다.

내부의 배신을 『전제』로 두기까지 했다—— 적대 자체는 딱히 문제가 되지 않는다.

문제는—— 무슨 짓을 처치를지 전혀 감이 오지 않는다—— 는 데 있다.

"그야말로 이미르아인이 부엌칼 손에 들고 『본 기체를 속였어』라느니 뭐라느니 하면서 당신을 죽이고 본 기체도 죽겠어틱한—— 으아 눈에 선해! 그렇게 되면 어떻게 수습하냐고?! 이걸!!"

쓸데없이 든든한 초월적 성능이 레알 얀데레로 구사된다면?

——최악의 적, 여기에 탄생.

종 전체와 함께 '너 죽고 나 죽자'로 덤벼들었다간 대처할 방법이 없다.

이 세계에 있을 수 없는 호러에 몸을 떠는 소라.

"하오면 세 번째 제안…… 아니, 마스터께서 '처음에 한 요구대로'——."

그러자 거수한 지브릴이 질문하듯 말했다.

"게임으로 『해제』하라 말씀하지 않으셨나이까……? 아무 데나 굴러다니는 가축(돼지)에게 반하라는 내용을 걸게 하여 승리하시면, 엑스마키나도 어울리는 상대, 사랑하는 돼지와 경사롭게 맺어져 원만히 해결되지 않겠나이까?"

……응, 뭐. 가축 운운은 그렇다 쳐도, 소라가 맨 처음 생각한 아이디어다.

맹약의 힘으로 『하드웨어 록』을 해제시켜, 자주적인 번식을 강요하는 것.

6천 년이나 끌어온 사랑을 강제로 실연(망각시키는)시키는 셈이다.

이를 다시 한 번 하면 되는 것 아니냐고 묻는 지브릴에게, 소라는 되물었다.

"입장을 바꿔서 생각해 볼까, 지브릴? 엑스마키나가 너에게 필승의 자신이 있는 게임을 가져와서, 패배할 경우 아무 데나 굴러다니는 가축을 마스터로서 흠모하고 자식까지 낳으라고 한다면── 어쩔래?"

"심각한 뇌 장애를 연민하며 최소한의 자비로 목을 쳐── 아아……."

미소와 함께 망설임 없이 대답했던 지브릴은, 이내 송구스러워하며 고개를 조아렸다.

"심각했던 것은 소인이었던 듯하옵니다……. 그런 게임에 응할 리가 없군요."

──그렇다. 엑스마키나가 응할 이유(미끼)가 없다.

멸망도 불사하는── 잃을 것이 없기에 얍삽이로 소라를 '필패'의 게임에 빠뜨린 자들.

필승의 확신이 있기에, 소라는 그러한 요구를 제기할 수 있을 뿐이다.

이를 다시 구한다면── 얍삽이로 받아칠 수밖에 없다.

소라와 시로가 지정한 필승 게임에 응하게 하고. 실연시키고,
번식하라는 요구를 받아들이도록 만든다.

잃을 것이 없는 상대를? 그것도 엑스마키나를? ──그런 얍삽한 방법…… 있을까?

──번식에 응해도 『체크』.

번식에 응하지 않아도 『체크』.

심지어 체크를 무너뜨릴 방법은 전혀 떠오르지 않는다──
아니, '있는지' 조차 의심스럽다.

"대체 뭐냐고 이 민폐 종족은! 성가신 것도 정도가 있지!"

차라리 적으로 나타났으면 손쓸 여지라도 있었겠지만.

견디다 못해 다시 외친 소라에게──

──빵빠앙.

"헥?! 앗, 죄, 죄송합니다……."

"……힉…… 다, 당장, 비킬…… 게요…… 흑……."

갑자기 경적 소리가 울려 소라와 시로는── 그렇다, 마치 물

이 흐르듯.

너무나도 자연스럽게 사과하며 스르륵, 뒷골목으로 처박혀 몸을 맞댔다.

"……마, 마스터? ……왜 그러시는 것이옵니까?"

곤혹스러워하는 지브릴에게, 서로를 끌어안고 몸을 움츠린 두 사람은,

"후, 지브릴…… 커뮤니케이션 장애 있는 놈이 『비켜』 소리를 듣고 뭘 할 수 있을까?"

파들파들 떨면서. 그러나—— 숫제 자랑스럽게, 힘차게.

"『앗, 죄송합니다』 한마디를 넘기고 냉큼 비킨다! 이것이 곧
_{커뮤니케이션 장애}
인간의 도리다!!"

"……이웃, 민폐…… 안 돼, 절대로……."

——설마 네놈, 자기 주인이 누구인지 잊은 것은 아니겠지?
_{지브릴}
라며.

아무리 오만하게 행동하려 해도 우린 어차피 골방지기 커뮤니케이션 장애자란 말이다! 라며!!

너무나도 장엄하게, 위풍당당하게 대답하는 모습에 영문 모를 경외를 느낀 지브릴은 무릎을 꿇었다.

"……며, 면목이 없사옵니다……. 우문을 용서하여 주시옵소서——!"

그리하여 소라와 시로 두 사람은 크게 고개를 끄덕여 만족스럽게 생각하고—— 뒤늦게 깨달았다.

…………흐음.

"말야, 시로…… 이 세계에 자동차란 게 있었던가……? 아니 그보다."

너무나도 자연스럽게 소라 일행의 옆에 정차한, 경적 소리를 낸 '흰색 밴' …… 아니.

"……자동차 이전에, 이건 완전히 *하이에ㅇ스잖아…….."

하이에ㅇ스. 두말할 것도 없이 잘 알려진, 화물 수송에 특화된 승합차다.

그 특화성은 화물을 불문한다. 택배나 냉장차 수준은 당연. 아리아케 방면으로 가는 얇은 책이나 AK47, RPG, 어린 여자아이── 등등, 엉뚱한 곳에서 평판에 불똥이 확 튈 정도다.

필연적으로 문제가 되는 것은 현재, 무엇을 적재했느냐.

"……【전개】: 구애성공상황구축병기──『진전: 소라 함락』── Prt. 0010."

운전석에 있던 것은 당연하다는 듯이 이미르아인이었다.

──보아하니 소라의 보물을 참조해 마침내 자동차까지 전개하기에 이른 모양이었다.

대단하긴 하지만 문제는 그 점이 아니다. 이제 와서 엉터리 생물들에게 이 정도로 놀라지는 않는다.

이걸 어디에 쓸지── 불길한 예감밖에 들지 않는 소라는 먼저 질문하려 했지만,

---

* 하이에이스(HIACE): 토요타에서 생산하는 밴 차량의 모델명. 종종 픽션에서 인신매매 범죄에 이용되는 것으로 묘사되는 까닭에, 해당 차량에 납치되는 것을 '하이에이스당한다.'고 표현하기도 한다.

"어──어떻, 게……. 공간균열은── 단절공간의 재전개
는 불가능할 터──?!"

지브릴에게는 '그 정도'로 넘어갈 수 없는 충격이었던 모양
이었다.

너무나도 쉽게 위치를 들킨 데 경악해 허덕이는 지브릴에게,
웃음과 함께.

"【긍정】: 단절공간의 추적은 불가능. 하지만 그 구멍은 장거
리 전이에── 명백하게 과잉."

"…………큭!"

"【역설】: 전이한 곳은 근처. 또한 『번외개체』는 극단적. 근처
라면 섬 내. 그와 동시에 엑스마키나의 수색 범위를 벗어난 위
치. 이상의 조건에 해당하는 '거주지'── 이곳뿐. 지도를 모
르는 것으로 추정."

……요약하자면 지브릴의 위장 공작은 너무 뻔했다고.

그렇게 말한 이미르 아인은, 인형 같은 눈에 명백히── 연민
을 담아,

"……【주지】: 『번외개체』는 지능이 떨어짐. 단순. 바보."

"───────♡"

말없이. 그리고 웃음을 띠며.

순간적으로 부풀어 오른 살기를, 소라와 시로는…… 똑똑히
눈으로 본 것 같았다.

일촉즉발의 분위기로 서로를 노려보는 두 사람. 그러나 이를
가로막은 것은 소라도 시로도 아닌──

"자아, 『사랑스러운 자(슈필러)』여 1503.017초 기다리게 하였구나! 본 기체와 우정부터 키우는 여행을 떠나자꾸나!!"

드르륵————!

슬라이드 도어를 활짝 열어젖히며 웃음과 함께 나타난 아인치히의 외침이었다.

——아아, 왜 불길한 예감은 빗나가질 않는 것일까.

"……역시 그랬군. 제일 참고해선 안 될 걸 참고했겠다…….."

우려하고 문제시했던 대로 나타난 화물에, 소라는 신음하며 머리를 끌어안았다.

선탠이 되어 어두운 차량 내부에는 무엇이 있는지를 알 수가 없다.

그러나 십중팔구…… 터무니없는 모습을 한 작은 엑스마키나(미소녀)를 실었을 것이다.

혹은 이제부터 태우려는 것일지도—— 뭐가 됐든 아웃 오브 디 아웃이었다.

아울러——

어울리지도 않게 소라는 크게 숨을 들이마시고 외쳤다.

"너하고 싹틀 우정도 없고 무엇보다! 강제는 취향이 아니란 말이다!!"

——과대평가였나? 내심 그렇게 덧붙이며 생각했다.

엑스마키나는 이제까지 소라의 취향을 정확하게 파헤치며 어프로치에 반영했다.

그러나 이제 와서 소라가 가장 좋아하지 않는 상황과 전개——

다시 말해.

'국토종단 미소녀 납치 여행' —— 덤으로 싹트는 우정이라니.

그딴 불쾌하기 그지없는 2단 콤보를 들이밀었다는 데 혀를 차지 않을 수 없는 소라. 그러나.

"후…… 안심하도록, 『사랑스러운 자(슈필러)』여. 우리 엑스마키나 —— 같은 실패는 두 번 다시 범하지 않으니…….'

아인치히는 자신의 종족적 특성을 자랑하며 웃음과 함께 대답했다.

흐~음…… 나에게 수치를 주는 실패는 몇 번이나 되풀이하고 있는 것 같은데?

어쩌면 그것은 실패로 카운트되는 게 아닐지도. 그렇게 진심으로 우려하기 시작한 소라를 무시한 채, 아인치히는 여전히 거창한 언동으로 말을 이었다.

"사랑하는 이는 강제로 하는 것을 좋아하지 않는다. 또한 남의 눈에 자신의 성적 취향이 드러나는 것도 선호하지 않는다!!"

——음. 일단 카운트하긴 한 모양이네.

의외로 진심 어린 안도감에 한숨을 쉰 소라에게 이어진 말은.

——『그러나』라는.

앞선 문장과 대립하는 한마디로 시작되는 그것은.

"강제로 당하는 것은 상관없는 듯하며! 또한 본 차량은 밀실이면서 방음일지언저!!"

가공할 학습능력이 역설한 것은 아래와 같았다.

——소라가 납치하는 것이 아니다. 소라가 납치당하는 것이다.

이성은 속삭였다…… 『십조맹약』이 있다고. 그런 일은 불가능하다고.

그러나 변태 호모 로봇에게 납치되어 당한다는…… 생명의 위기와도 같은 공포.

그리고 밴에서 엿보인 무수한 손에, 맹약을 믿을 용기 따위 산산이 부서져,

"지브릴———————! 살려줘헤엘———프!!"

"……빠야, 가…… 빠야, 가 하이에ㅇ스, 당해……?!"

즉시 터져 나온 비명에 즉시 응해—— 지브릴은 소라와 시로를 데리고 공간을 박찼다.

■ ■ ■

소라와 시로의 비명 따위 알 도리도 없이.

스테프는 어깨를 씨근덕거리며 에르키아 성의 바닥을 꿰뚫어 버릴 기세로 달리고 있었다.

분노의 대상은, 보기 드문 일이지만 『현장은 맡기겠다』고 모두 떠넘겨버린 소라와 시로——가 아니라.

"대체 뭐냐고요?! 그렇~게 소란을 떨어놓고는 손바닥을 휘릭~이라니?!"

한 시간쯤 전, 호로의 데뷔 라이브는 무사히 모든 프로그램을 마쳤다.

나름대로 성황을 보인 라이브에 어이가 없었던 스테프는.

다음으로 이어진 『악수회』의 상황에 스테프야말로 손바닥을 뒤집고 외쳤다.

……악수회.

스테프는 의미를 이해할 수 없는── 아니, 누구보다도 호로가 이해할 수 없었겠지만.

소라는 『불손한 놈들이 성희롱을 할 테니 경비 부탁해. 그리고 성에는 안 가는 게 좋을걸』이라느니 말했지만 올드데우스인 호로에게 성희롱 행각을 벌일 강자 따위는 이 세상에 그 남매 말고는 없을 것이다.

성희롱은 고사하고…… 그렇다, 보통은 이렇게 된다.

──호로를 두려워해, 악수는커녕 다가오려고도 하지 않는 대중을 보며, 스테프는 생각했다.

그렇다. 이것이 평범한 반응이다. 이것이 정상이다. 그럴 텐데도.

스테프의 곁에서, 『악수회장』이라고 적힌 부스에 오도카니 앉아,

『……그대…… 스테…… 호로는 대체, 무엇을 하고 있는 것이냐…….』

불안스레 물어 보는 '악수회 참가자 0명' 아이돌, 호로에게,

스테프는——

"그렇게 열심히 애쓴 애가! 그런 표정을 짓게 만들어놓고——
용케도 무시할 수 있네요?!"

도저히 견딜 수가 없어 에르키아 성을 전속력으로 헤집고 있
었다.

소라와 시로의 의도는 알 수 없다. 그러나—— 이대로는 호로
가 너무나도 불쌍했다.

사람은 모였다. 다가오지 않는 것은—— 올드데우스가 무섭
기 때문이다. 그렇다면——!

"무섭지 않다는 걸 이해시키면 되죠—— 도라 가문과 닿는 모
든 가문을 소집하겠어요!!"

도라 가문 파벌의 인맥으로—— 『바람잡이』를 동원하면 된다
고.

왕족이 이권을 남용하는 행위임을 깨닫지도 못하고 선언하며
달려가던 스테프의 귀에—— 문득.

"……흐음. 『사랑스러운 자』가 이번에는 무엇이 마음에 들지
않았는지……."

"【단정】: 우선 귀 기체의 존재가 마음에 들지 않았다. 기타 사
항과는 별도의 문제. 무관계."

"무, 무어라……?! 그, 그러면 본 기체는 어떻게 해야 좋단 말
인가——?!"

"【제안】: 추천 순서대로 말하자면 실종. 자괴. 자폭.『주인 님』의 기호 특정에 최대의 장애는—— 귀 기체."

지극히 진지하게. 그러면서도 매우 무익한 토론을 벌이는 기계들의 목소리가 들렸다.

성에 눌러앉아 무엇을 하나 했더니—— 소라를 어떻게 유혹할지를 하염없이 논의한다.

그리고 소라에게 접근해서는 실패할 때마다 옥좌의 홀에 돌아와 이를 되풀이하는 엑스마키나들의 모습에——

"——아니 그보다도 당신들!! 결국 뭐 하러 온 거예요?!"

대체로 전부 이놈들이 온 것이 문제다. 스테프는 그렇게 생각하고 자기도 모르게 언성을 높였다.

······아니, 원래 애초에 근본을 따지자면 호로에게 아이돌을 시킨 두 사람이 원흉이지만.

적어도 이곳에 소라와 시로가 있었다면, 호로가 그런 표정을 짓지는 않았을 것이다.

"【사양】: 실례. 신경 쓰지 마세요."

"폐를 끼치게 됐으나 엑스마키나 또한 필사적······ 어떻게 『사랑스러운 자_{슈필러}』에게 사랑을 받을지······."

"폐를 끼친다는 자각이 있으면, 열세 명 중에 몇 명은 좀 도와줄 수 없어요?!"

그리하여 평소에는 생각할 수 없는 행동이었음에도.

그저 호로의 불안스러운 표정이 머릿속에 달라붙어, 스테프는.

"그런 쓸데없는 생각할 시간이 있으면 바람잡이로 충분한 인

원————.”

정신이 들고 보니 그렇게 외치고 있었다—— 그리고 직후.

“……【명령】:『쓸데없다』고 단정하는 의도. 의견의 상세를 제시해 주세요.”

“————————————흐윽!”

——일제히 이쪽을 돌아보는 무기질적인 눈에 스테프는 제정신을 차리고 얼어붙었다.

기세에 몸을 맡기고, 소라를 완전히 제쳐버렸던 신살종족에게—— 자신이 무슨 말을 했던 것일까.

몸속까지 들여다보는 듯한 감각에 스테프는 식은땀을 흘리며 —— 그래도, 자문했다.

——내가 뭔가 잘못된 소리를 했던 걸까, 하고.

“거, 『거짓』으로, 꾸민 말에—— 소, 소라의 마음이 움직이겠어요……?!”

——자답. 잘못된 소리는 한마디도 하지 않았어!

그렇게 결연하게, 그러나 뜻과는 달리 갈라져 나온 목소리, 떨리는 다리로 스테프는 대답했다.

엑스마키나가 소라의 취향이니 뭐니 열심히 구색을 갖추어도, 그것은 결국—— 거짓이다.

스테프가 아는 소라라는 사내는, 그런 거짓에 넘어갈 자가 아니다.

그렇기에—— 쓸데없다고 단언한 스테프. 그러나 의외였던 것은.

"……그렇……군……. 『마음에서 우러난 말』이 아니고선 사랑이 닿을 리 없지……!"

아연실색하고 감명을 받아 하늘을 우러러보는 아인치히의 대답이었다.

"이리도 어리석었다니…… 이리도 자명한 논지를 놓치고 있었다니——! 그대!"

"네, 네엣?!"

"이름도 없는 숙녀여, 감사하노라. 『사랑스러운 자』와 자식을 만들 실마리가 보였도다. ——전 기체 전이 준비!"

"도와줄 마음은 역시 없는 거예요?! 그보다 저 이름 있거든요?!"

스테프를 무시하는 것인지 알아차리지 못했는지, 엑스마키나들은 즉시 소라의 곁으로 이동하려다가,

『그런 실마리는 잊어버려냐. 어차~피 헛수고로 끝날 거냐.』

——갑자기 울려 퍼진 그 목소리와 동시에.

무음으로 내달린 충격이 성을—— 아니, 에르키아 전역을 뒤흔들었다.

무슨 일이 일어났는지 스테프는 알 도리가 없었으며. 그저 엑

스마키나만이.

성을 에워싼 단절공간에 모든 관측 및 이동수단이 차단당했음을 인식한 가운데.

"아직도 멸종하지 않았다는 것만으로도 구역질이 나는 쓰레기들에게는 번식이고 양식이고 다 필요 없다냐♪"

그렇게 말하며 무(無)에서 생겨난 듯이 나타난 소녀에게, 스테프는 숨을 멈추었다.

플뤼겔 전익대리──『제1번개체』아즈릴.

그러나 스테프가 숨을 멈춘 이유는, '그 모습' 때문이 아니었다.

성의 창문을 통해 올려다 본 하늘은── 뚜껑을 씌운 것처럼 닫혀 있었으며.

아반트헤임과 함께 에르키아 상공으로 전이한 것으로 보이는 소녀의,

"다들 지브냥처럼 말귀를 잘 알아먹는 착한 애가 아니지냐…… 안 그래냐, 고철?"

그렇게 고하는 두 눈에 장전된 심상찮은── '적의'에 전율한 것이었다.

지브릴이 엑스마키나와 나누었던 것과는 전혀 다른, 이질적인 '그것'은.

"주께 받은 힘을 원숭이처럼 흉내 낸 더러운 위작을 휘둘러다 우리를 야바위에 빠뜨리고, 기습을 해서, 귀여운 동생들을 학살하고, 심지어 주인까지 죽인 쓰레기 인형들──."

그렇게 기분 좋은 듯이 박수까지 치며 아인치히에게 다가가선, 물었다.

"──해체당하지 않을 이유. 있다면 한번 묻고 싶으냐♡"

"………………………."

입을 다문 아인치히의 뺨을 쓰다듬으며 웃음과 함께 말하는 아즈릴의 '그것' 은.

스테프조차── 지브릴도 엑스마키나도, 거짓이 아님을 이해시킬 만했다.

원한도 설움도 없었다고 말하던 그들과는 비슷하려야 비슷할 수도 없는 '그것' 은.

기계보다도 훨씬 기계적인, 무기질적일 만큼 한 치의 망설임도 없는──

순수한── '살의' 였다.

"자, 잠깐만요, 아즈릴 씨?! 그런 건 소라와 시로가, 지브릴도 허락──."

맹약이 있다 해도 눈앞에서 살육전이 시작될 거라고 확신할 만한 해의에.

얼른 목소리를 높여 제지하고자 나섰던 스테프는──

"알 바 아니냐♡"

──죽었구나, 하고 깨달았다.

웃음기 어린 눈빛 한 번에 선명하게 심장을 꿰뚫리는 감각.

시체처럼 쓰러진 스테프는 아랑곳하지 않고, 아즈릴은 웃으며 말을 이었다.

"자, 깡통 로봇들? 얘기 좀 해 보지냐. 규칙은 이래냐♡"

짝, 손바닥을 치며.

"나는 정중~하게 한 가지 질문을 하고, 고물은 거기에 정중~하게 대답해. 이상이냐!"

아즈릴은 엑스마키나를 돌아보곤,

"우리가 만족할 만큼, 재미난 대답을 기대할게냐. 안 그러면 ──."

──가능하다면 그렇게 해줬으면 해, 라고 행간으로 말하며.

"아브 군이랑 나, 상공에 대기한 애들이 티끌 하나 안 남기고 죽일 거냐. 거치적거리는 것들 전부 없애고. 에르키아도 소라네도── 지브냥도. 별을 부숴서라도 근절할 거냐······ 신중하게 대답해냐."

그러나 그렇게 해주지 않으리라고는 별로 기대할 수 없는 분위기로······

"아르토슈 님. 전쟁의 신. 최강의 올드데우스──."

한 박자를 두고, 아르토슈의 첫 번째 깃털은 자신의 주인을 해친 것에 대해 말하라는 명령이었다.

"고작해야 인형이 어떻게── 최강의 『개념^신』을 죽일 수 있었어냐──?"

그런 주인의. 절대적인 왕의. 수긍할 수도 없는 마지막을^{모순}──
──.

■ ■ ■

"플라~이 미 투 더 흐음~ 흠흠흠~ 흠~"

한 소절밖에 들리지 않는 노래를 자포자기한 듯 흥얼거리는 소라와 시로는.

두 사람에게는 큰 한 걸음. 그러나 인류에게는 작은 한 걸음을 새기며.

고즈넉이——달 표면에 서 있었다.

인류의 꿈과 노력, 지혜를 지표에 남겨놓고, 아무렇게나, 노래하듯 지브릴에게 이끌려 온 두 사람은 그곳에 아무런 감회 따위 있을 리 없는 지평선을 둘러보며, 중얼거렸다.

"……그렇, 게…… 파랗지도, 않……네……?"

"게다가 둥글지도 않잖아. 테토의 피스, 저거 자기주장 너무 격렬한 거 아냐?"

지구는 그렇다 쳐도 달에서 보이는 이 세계의 행성, 디스보드 는——푸르지도, 둥글지도 않다는 것을 알 수 있었다.

거대한 체스 피스가 우뚝 솟은 그 행성은 칼이 박힌 해적 룰렛 처럼 생긴 구체였다.

앞으로 몇 개쯤 더 박히면 뭔가 튀어나올까……? 테토가?

그렇게 해적 차림을 한 테토가 하늘을 날아가는 모습을 멍하니 떠올리던 두 사람 곁에서는,

"…… '여기' 라면, 엑스마키나도 오지 못할, 것입니다. 후후…… 허억, 허억……."

그렇게 사납게 중얼거리는, 제법 빈사 상태임 직한 지브릴이 땅에 엎어져 웃고 있었다.

──'여기'가 '어디'인지 지브릴에게 물을 필요도 없이──
달이었다.

그것도 아마, 소라 일행이 늘 올려다보던 그 『붉은 달』일 것이다.

왜냐면 행성을 제외하고는 주위에 펼쳐진 것이 모래, 또 모래와 모래를 뒤집어쓴 돌뿐.

무수한 크레이터가 뚫린 지표에 바람은 없었으며, 한 걸음을 내디디면 튀어오를 만큼 중력도 약하다.

재질의 차이인지 모래가 붉다는 것 말고는 고스란히 지구의 위성──『달』이란 것을 원숭이라도 알 수 있으리라.

필연적으로, 원숭이는 의심하지 않을 문제를 떠올리게 됐다. 이를테면──

"저기…… 우리 기억으로는 『붉은 달』이란── '남의 집'이었던 것 같은데?"

남의 집에 쳐들어가 한참 소란을 떨어놓고 참 새삼스러운 말이지만…… 그것은 무녀의 허가가 있었기에 가능했다.

──【익시드】위계서열 13위, 월영종(月詠種) 『루나마나』.

대전 당시 이미 자신들의 올드데우스가 만든 『붉은 달』에 살고 있었다는 종족── 그렇기에 어떤 종족인지조차 정보가 전혀 없는 그들의 집에, 방문 허가를 받은 기억은 없는데──

문제가 늘어나는 것은 사양하고 싶다고 슬쩍 말한 소라에게,

"아, 마스터. 루나마나의 수도는 달의 뒷면이며── 이곳 앞면은 그 누구의 소유지도 아니옵니다."

지브릴은 공손하게, 안심하라며 무릎을 꿇고 대답했다.

"보다시피 아무것도── 대기도 정령도 없사온지라. 이곳에 올 만한 힘이 있는 종족에게는 오히려 쓸모가 없는 땅이옵니다. 하오나 조용하며, 월령(月齡)으로 보더라도 한동안은 햇빛조차 들지 않을 것이옵니다."

그렇구나. 파동을 전달할 공기가 없구나. 그러니 세계 어느 곳보다도 조용하겠지.

아무튼 소라와 시로의 쾌적함을 추구해 도착한 곳이라고 대답한 지브릴은,

"또한 반경 500미터의 대기를 봉인한 '단절공간과 함께' ──전이하였나이다……."

이어서 씨익, 대담하게 웃음을 지으며 말을 이었다.

"──『단절공간』은 돌파 불가. 또한 이곳 붉은 달까지의 거리는 평균 19만 킬로미터. 이 정도의 극초장거리 전이는 엑스마키나에게도 곤란할 것이옵니다. 또한 붉은 달의 공전속도는 약 초속 3킬로미터. 저의 공간균열을 재전개하더라도 이미 지나간 우주…… 엑스마키나도 이곳에는 오지 못할 것이옵니다…… 후, 후후후!!"

지브릴의 웃음소리가 울려 퍼지는 가운데, 소라와 시로는 생각했다…….

플래그일까?

……뭐, 됐고.

두 사람은 적당히 모래를 치운 후 바위에 등을 기대고 앉아,

"근데 왜 루나마나는 달 뒤에만 있어? 그냥 달 전체를 덮어도 되는 거 아닌가……?"

"……빠야, 저거……."

문득 떠오른 소라의 의문에 대답한 것은, 시로가 가리킨 곳에 있던 것.

그렇다── 무수한 크레이터를 보고, 소라는 뒤늦게 그 위화감을 깨달았다.

지브릴이 앞면과 뒷면이라고 말한 이상, 『붉은 달』 또한 항상 행성 쪽에 앞만을 보인다는 뜻이리라. 지구의 달처럼.

그렇다면 크레이터── '운석충돌 흔적'은 뒷면에 생겨야 하는 것 아닐까?

"아, 예. 어폐가 있었사옵니다. 사과와 함께 정정하겠나이다."

어렴풋한── 아니, 거의 확신에 가까운 소라의 가설에 지브릴이 그렇게 말하며,

"도시가 있는 뒷면에는 물론 대기도 정령도, 풍부한 녹음까지 있나이다."

그러나── 그렇게 전제를 깔며 이어진 웃음은 그 가설이 『정답』임을 알려주었다.

"대전 당시의 '눈먼 공격'이 맞았는지. 이쪽은 『죽은』 듯하옵

니다♡"

……크레이터의 원인은 우주에서가 아니라── 행성에서 날아왔단 소리다.

19만 킬로미터나 떨어진 월면을 죽음의 세계로 바꿔놓는 '눈먼 공격' ……이라굽쇼.

슬슬 왜 우주에서 싸우지 않았냐 하는 의문이── 아, 정령이 없댔지…….

"〜〜아무렴〜 어떠랴! 아무튼 이제 현재 최대의 문제를 조용히 차분하게 생각할 수 있겠군."

그렇게 말하며 소라가 태블릿 PC를 꺼내, 시로와 함께 조작하는 모습을 보며 고개를 끄덕이는 지브릴은.

"엑스마키나를 어떻게 할지…… 말씀이로군요……."

고개를 끄덕이며 심각하게 말했지만…… 소라와 시로는 "?"하고 나란히 고개를 갸웃했다.

"어, 어라? 혹시 아니었는지요……?"

"……어, 그치만…… 엑스마키나…… 생각하면, 어떻게든, 돼?"

"그보다도 당장 절박한 문제가 있잖아! 호로의 세컨드 라이브 무대 연출을 어떻게 할지!!"

안 그래도 태스크 스케줄러에는 예정이 빼곡하게 차 있었다.

심지어 그중 하나──『악수회』는 이미 스테프에게 내팽개치고 온 꼬락서니.

이 이상 『P（프로듀서）』 자격을 잃어버릴 만한 짓이 용납되겠나——!

엑스마키나가 오기 전에 생각했던 대로, 지브릴에게 의존하는 연출을 확고히 다질 필요가 있다.

아울러 엑스마키나에게서 이리저리 도망치며 다른 예정을 수행할 방법도——.

그러나 그것조차도 지극히 어렵다는 데에 머리를 쥐어뜯으며, 소라는 으르렁거리듯 말했다.

"……그렇겠구만. 엑스마키나를 어떻게든 해서 우리 일을 도와주게 만드는 게 이상적이고, 문제도 다 해결되겠지."

그도 그럴 것이 걸어 다니는 『만능 무대 연출 장치』 아닌가. 어떤 연출도 가능하다.

——문제는 걸어 다닌다는 점.

덧붙이자면 말도 한다는 점. 말하는 사고방식이 버그라는 점도 문제고, 그 버그를 상대해도, 방치해도 『체크（아웃）』라는 것도 문제고—— 요컨대 어떻게든 할 아이디어 따위 없다는 것이 문제다.

"……빠야, 가, 부탁하면…… 도와줄……지도? ……사랑스러운 사람, 니까……."

"그 변태 아인치히한테 빚을 지라고?! 오빠야의 정조를 대가로 삼을걸?!"

"……다른, 여자, 한테…… 빼앗기, 느니…… 차라리—— 남자한테——!"

"헤이! 마이 리틀 시스터?! 궁극의 양자택일밖에 없는 타협점은 찾지 말자 우리?!"

손톱을 깨물며 통한의 결단을 내리는 시로에게 소라는 비명을 지르듯 대답했다.

애초에 일시적으로 거들어준다 한들 아무것도 해결되지 않으며, 결국에는──『체크』다.

역시 피할 수 없는 길일까? 소라는 뒷머리에 손을 깍지 끼고 바위에 등을 기댄 채 생각했다.

"……어떤 요구도 받아들일 수밖에 없는 게임에, 엑스마키나를 응하게 만들 방법……이라니……."

그런 게 존재할까? 생각을 해 보려 해도 첫 단서조차 없는 소라와 시로에게,

"그대! 그대와 그대, 그대들!! 소라 및 시로! 이곳에서 무엇을 하는지 대답하거라!!"

──맥락도 없이, 소리도 빛도 없이. 처음부터 있었던 것처럼 자연스럽게, 당연하게.

갑자기 어린 소녀── 아이돌 의상을 입은 호로가 소라와 시로에게 달려와 외쳤다.

"──엑…… 잠깐만, 어, 어떻게 여길 아시고── 아니, 애초에 어떻게 온 겁니까?!"

어느 정도 피로를 감수하면서까지 행했던 도주공작이며 『단절공간』에 절대적인 자신감이 있었는지, 이를 무시하고 나타난 호로에게 지브릴은 자신도 모르게 비명을 질렀다.

"……? 위를 보았느니라. 우연히 그대들이 이곳에 있었기에 불만을 제기하고자 왔을 따름이다만?"

"아, 아니오! 그럴 리가—— 단절공간이옵니다만?! 보일 리 가——!"

——우연히 봤기에 말을 걸었다는 정도의 분위기로 이곳에 왔다고, 약간 언짢게 대답하는 호로에게 지브릴은 여전히 매달렸지만.

"잘은 모르겠다만 『간(間)』이 아니라 『율(律)』을 끊기 전에는 끊을 수 없느니라. 이래서는 『통(筒)』이지 않겠느냐."

……전혀 모르겠지만 다원존재인 호로에게는 그냥 다 보였다는 소리인 모양입니다.

이리하여 그 입에서 그 말을 들을 날이 올 줄은 몰랐던—— 세기의 한순간.

"그, 그럴 수가…… 그럴 수가…… 엉터리이옵니다………!"

그렇게 말하며 무릎을 꿇은 지브릴에게 소라와 시로의 찰칵찰칵 셔터 소리가 쏟아졌다.

"지금 그런 건 아무래도 상관없느니라, 소라, 시로!"

그러나 지브릴의 깊은 절망 따위 냉큼 베어버리고, 호로는 손으로 척 가리키며.

"호로에게 네 시간! 아무도 오지 않는 『악수회』를 시키고 이곳에 있는 이유를 대답하거라!"

——그렇게 소라와 시로가 지정한 시간을 꼬박꼬박 지키고, 악수회장에 오도카니.

나아가서는 『악수회 참가자 0명』인 채로 멍하니 자리를 지킨 것으로 보이는 비인기 아이돌의 힐문―― 아니.

　눈물을 머금은 호소에, 소라와 시로는 무어라 할 말이 없어 고개를 숙이고, 변명을 늘어놓기로 했다.

■ ■ ■

　"후, 후후…… 엑스마키나도, 호로도 따돌리지 못하다니…… 저는 대체 무엇인지요."

　그렇게 중얼중얼 헛소리를 하며 지브릴은 모래 위에 손가락으로 동그라미를 그려댔다.

　약체화했다지만 호로를―― 올드데우스를 상대로 힘에서 밀렸다고 풀이 죽은 걸까.

　그런 소라의 의문은 아랑곳 않고―― 문득.

　"……아니? 생각해 보니 지브릴, 당신은 누굴 상대해야 이길 수 있단 말인가요? 동부연합에게 패하고, 두 분 마스터께 패하고…… 혹시나 지브릴 당신은――『무능력자』 아니온지요?"

　아…… 깨달아선 안 되는 사실을 깨달았구나.

　웃으며 하염없이 풀이 죽는 지브릴의 뒷모습. 그러나 소라와 시로는 굳이 말을 걸지 않았다.

　――우리한테 이겼잖아 망할 녀석아, 라고는.

　그 불평은 마음속에 갈무리하고.

"——흐음. 엑스마키나라면…… 저기 저 인간형 무기생명체 말이더냐?"

"어~…… 달에서 뭘 보고 『저』라고 하는지 감도 안 잡힌다만, 아마 『그』 엑스마키나일 거야."

사정설명을 들은 호로가 눈 위로 손을 대고 중얼거린 목소리에 소라는 어이없다는 목소리로 대답했다.

"아니 근데, 몰라? 엑스마키나는 아르토슈를 잡은 유명한 종족님이시잖아?"

"호, 호로는 올드데우스다! 정보는 있느니라! 허, 허나——."

플뤼겔을 절망케 한 초월자가 의외로 무지하다는 점을 지적한 소라. 그러나 호로는 한순간 말을 더듬더니,

"호로는 현존하는 종족이 창조되기 이전에—— 그게……어…… 윽?! 무, 무엇을 하는 것이냐?!"

"응~? 아니, 마침 딱 좋은 높이에 쓰다듬기 편한 머리가 있길래, 그냥."

"……쓰다듬기 편한, 머리……있는, 게…… 잘못…….""

항의하는 호로에게 소라와 시로는 헤실헤실 대꾸하며—— 두 사람은, 이해했다.

——자해했다, 는 말을 피하려 했던 호로를, 그렇게 적당히 넘어가 주며.

……정신이 아득해질 만큼 먼 옛날, 자신의 『신수』를 파내 가사상태에 빠졌던 호로.

그 소녀가 눈을 뜬 것은—— 고작 반세기 전, 무녀에 의해서였다.

그동안 일어난 일은 아마 전혀 모를 것이다…….

게다가 그 후에도 무녀의 안에서…… 무녀를 통하지 않고서는 아무것도 알 수 없었으리라.

호로의 말 그대로 엑스마키나의 정보—— 지식은 있더라도, 보는 것은 처음인 것이다.

홀로서기를 마친 지금이라면 이렇게 천리안을 방불케 하는 힘도 쓸 수 있지만, 아마 그것도 만능이라고는 할 수 없을 터. 『맹약』에 저촉되어—— 보이지 않는 것이 더 많으리라고 상상하기는 어렵지 않았다.

그렇게 조금 감상적으로 생각하던 소라를 휘릭 돌아본 호로가,

"헌데? 성교 아니더냐? 그렇다면 냉큼 교미하고 번식하거라. 약속은 지켜야 하니라!"

티 한 점 없는 눈으로 아슬아슬한 단어를 연발하는 바람에 소라는 무사히 개그틱한 생각으로 돌아갈 수 있었다.

——흐음. '지성개념'인지 뭔지, 철저하게 이해를 거부하는 존재, 올드데우스인 호로는.
킹 오브 엉터리

생물의 번식행위 따위 생각할 바도 못 되는지—— 단순히 상상하지 못하는 것뿐인지.

확실하게 후자라고 확신한 소라의 생각은, 하지만 일단은 제쳐 놓고서.

"『사람 잘못 봤다』고 몇 번이나 말했습니까요……. 그러니까 록 해제를 조건으로 받아——."

——들이게 만들 방법을 생각하는 거잖아.

그렇게 이어지려던 소라의 말을 가로막으며, 호로가 물었다.

"어찌『잘못 보았다』고 단언할 수 있느냐?"

…….

————뭐?

"아니아니, 보라고 이 촉촉한 피부! 내가 6천 년짜리 화석으로 보여?!"

"……송구스럽기 그지없사옵니다, 마스터……. 무능력자의^{짐 짝} 화석이라도, 부, 부디 곁에……!"

"응? 헉, 아니, 아니거든?! 인간 기준으로—— 아니 그게 아니고! 애초에——!!"

마침 6천 년짜리 화석인 지브릴이 달 한구석에서 더욱 침통한 소리를 내는 바람에 소라는 황급히 부정하고, 말을 이었다.

"나인지 아닌지는 내가 알지! 그럼 뭐, 내가 나를 호로라고 착 각하기라도 하겠어?"

그렇게 '자명' 하다고 역설하는 소라에게, 호로는 지극히 진 지한 표정으로 고개를 갸웃하더니,

"호로는 착각할 수 있느니라. 소라, 그대는 아니더냐?"

그 말과 함께—— 카드가 넘어가듯, 호로의 모습이 바뀌었다.

눈 한 번 깜빡할 사이도 못 되는 찰나.

소라의 앞에 서 있던 것은, 아이돌 의상을 입은 어린 소녀가 아니라.

검은 머리카락에 검은 눈을 가진 『I ♡ 인류』 셔츠 차림의 청년──

"……이와 같이 호로가 기억을 날조하면 호로는 『소라』라 자청하고, 쉽게 착각할 수 있느니라."

그렇게 소라의 목소리로, 소라의 얼굴로, '소라가 아닌 소라'는 소라에게 물었다.

"주관도 시간도 인과도 관계가 없느니라. 저것들이 무엇으로 『그대 : 소라』를 『통칭 : 의지자』라는 자와 동일시하며, 그대가 무엇으로 그 인식을 『부정』할 수 있는지를 묻고자 함이니라."

"…………………………."

……침묵. 아니…… 한숨으로 대답하고, 소라는 생각했다.

알고 있다. 호로에게 악의는 없다. 악의란 개념을 아는지조차 의심스럽다.

그저 여느 때처럼 의문에── 호기심에 대한 대답을 기대하는 것뿐이다.

그 증거로 어느새 붓과 두루마리까지 들고 있다── 하지만 그게 아니거든.

──그래. 『자기의 정의와 그 증명 문제』……라고나 할까.

참으로 고상하기 그지없게 들리는 말이지만── 정말로 시시껄렁한 이야기다.

그도 그럴 것이, 어떻게 논쟁한들 『증명불가』 말고 다른 결론에는 이를 수 없다.

그런 말에 굳이 『해답』을 내려 한다면—— 방법 따위 '하나밖에 없다'.

그러기 위해 아이돌을 시키고 있는 소라는 호로에게 대답할 수도 없었고——.

그러나—— 소라의 침묵이 불만스러운 듯, 원래의 어린 모습으로 돌아간 호로의 거듭되는 물음에,

"애초에 그대는 무엇으로 하여금 그대를 그대라 정의하느냐."

……,

……스윽, 하고.

——마치 딱 하나, 빠졌던 톱니바퀴가 맞물리듯.

어디에도 이어지지 않은 채 정지했던 시계가 갑작스럽게 움직이듯.

엑스마키나의 언동, 말, 의도, 진의—— 그 모든 것을 내다보는 감각 속에서.

엑스마키나를 어떻게 얍삽이로 몰아넣을까? 그런 일로 고민했던 것이 매우 바보 같아서.

소라와 시로는, 시선을 나누고 손을 맞잡고—— 자신도 모르게, 자학하듯 쓴웃음을 지었다.

마음을 얻은 기계라고? 마음을 가진 자의 고민 따위, 언제나

단순하며──

──시시한 것이 아니었던가──!!

"무, 무엇인가? 어찌 호로에게 슬금슬금 다가오느냐? 지, 질
문에 대답── 냐악?!"

깨닫게 해준 하느님을 헹가래치면서 소라와 시로는 웃었다.

"역시 대단해! 멋으로 하느님 하는 게 아니구만?! 이게 소문
으로만 들었던 계시란 거야?!"

"……호로, 파인플레이…….『 ^{공 백} 』의 이름, 나눠줄 만,
해……!"

"으, 으음?! 머, 멋으로 하느님을 하는 경우도 있느냐?!"

달의 희박한 중력에서 헹가레를 당해 둥실둥실 오르내리는 호
로는 무슨 이야기인지 알아들을 수 없었는지.

당황해 붓과 두루마리를 꺼내 의문을 적으려 했지만, 그 물음
에는 대답하지 않고.

호로를 땅에 내려놓은 소라와 시로는 냉큼 몸을 돌리며 내뱉
었다.

"지브릴! 한참 방해를 받았다만 일을 재개하자── 에르키아
로 전이 부탁해!"

"……아 네…… 저, 저 따위가, 마스터께 도움이 될지 어떨
지…… 흐흑……."

"──일? 그, 그대들, 노동을 하겠다는 것이냐──?!"

지동설을 처음 들은 옛날 학자는 이런 표정을 지었으리라.

그렇게 경악과 의심에 물든 호로에게 소라와 시로는 검지를 척 세우며, 쯧쯧쯧.

"호로~ 뭐야~ 그 표정은. 나랑 시로도 일을 한다고…… 우리 일이 뭐지?"

"…………가정:『왕제군주』……아닌가? 그러한 행동은 확인하지 못하였으나…… ."

그 가정을 뒷받침해줄 근거가 희박하다는 데에 의문형으로 대답한 호로에게, 소라와 시로는,

"이~봐이봐이봐…… 제발 이러지 말자, 미래의 톱 아이돌!"

"……시로랑, 빠야…… 일…… 그건……!『 P 』^{프로듀서}……!"

거창하게 『NO』라 대답하고, 분명 왕이었던 자── 소라는 스마트폰을 들어.

빼곡하게 찬 태스크 스케줄러에 한 건을 추가로 입력했다.

──『걸어 다니는 만능 무대 연출 장치 조달』……이라고.

그리고 소라는 손가락을 멈추고, 쓴웃음을 한 번 짓더니── 다시 한 건.

"뭐…… 겸사겸사『수리』도 해야겠지……. 가능할지는 그 녀석들에게 달렸지만."

그렇게 추가로 입력한 화면의 빛을 끄며, 달 표면에서 모든 사람의 그림자는 사라졌다.

──『엑스마키나의 소원을 들어준다』고 입력한, 그 빛을…….

■　■　■

자. 울적했던 모든 분노여── 지금 이 자리에서 해방되어라!!

"야음마짜샤쉐캬아!! 오지게 우릴 방해했겠다 엑스마키나^(메이드로봇) &
기계성 인간형 자동변태^(아인치히)!!"

옥좌의 홀에 공간전이한 것과 동시에 소라의 노성이 에르키아
성을 뒤흔들었다.

"미안하다만 이제부터는 영원히 우리 턴!! 제행무상!! 만물유
전의 섭리에 따라 주로 아인치히!! 네놈에게는 티끌로 환생할
것을 명하── 으악스테프가죽었어으어?!"

디스보드에서는 있을 수 없는 살인 현장에 조우해, 그것은 곧
비명으로 바뀌었으며,

"──뭐 그런 거야 아무렴 어때!! 야, 아인치히──."

"아무렴 어때 소리를 들어야 할 만큼 제 목숨이 가벼운가요오
～～～?!"

그렇게 바닥에 굴러다니던 주검, 스테프는 너무 심한 대접에
지옥의 심연에서 노성을 터뜨렸다.

……아니. 뭐. 호흡을 하니 살아 있다는 건 알았지만.

"걱정……은 바라지도 않아요!! 이상사태라고요?! 위기감 같
은 건 없나요?!"

그래도 간신히 목숨이 남아, 쥐어짜내듯 달관한 고함을 지르는 스테프에게,

"아닌데? 아즈릴이었지? 피난하길 잘했다~ 생각했습죠. 네."

"……그래, 서…… 빠야가…… 성에…… 안 가는, 게 좋을 거라고…… 했는, 데."

"안 그래도 융통성 없는 선배. 엑스마키나라면 그 바보 아반트헤임도 소란을 떨 것이 분명하니까요."

소라와 시로, 지브릴에게는 너무나 쉽게 이해된 사태── 아니. 상정했던 사태를 들려주었다.

……역시 남의 충고는 들어야 해. 설령 그것이 소라의 충고라 해도──

그렇게 하늘을 우러러보며 반성하는 스테프를 내버려둔 채.

"오오, 『사랑스러운 자』여! 마침내 스스로 엑스마키나를 찾아와 주었는가!!"

꿈실꿈실 춤을 추며 소라에게 다가온 고철은 자신만만하게 부르짖었다.

"그 기대에 호응하겠다! 이번의 엑스마키나는 무언가 다를 것이기에── 전 기체!!"

"안 돼. 그 전에── 아인치히랑, 엑스마키나에게 확인하고 싶은 게 있어."

다시 경치를 바꾸려 하던 엑스마키나를 말리고── 소라는 물었다.

"내가 『의지자[슈필러]』인지 뭔지가 틀림없다고 단언하는데…… 그걸 어떻게 증명할 거야?"

"이미 논하였—— 아니, 그렇군. 몇 번이고 말하리오. 나의 이 『사랑[마음]』이——."

"나와 『의지자[슈필러]』가 동일한 인물이라고, 100퍼센트, 나도, 시로도, 물론 너희 자신도, 그리고 제삼자인 스테프나 지브릴도 수긍할 만한 '완전증명'이—— 가능해?"

그러나 아인치히를 무시하고 진지하게 거듭 묻는 소라에게,

"흐음…… 불가능하지. 그러나 증명은 불필요! 왜냐면 틀림없기 때문이다."

아인치히조차 진지하게 대답했다—— 불가능하다고.

자기의 증명—— 그것은 타차라 해도 '절대로 불가능한 이야기'이기 때문이다.

따라서 엑스마키나는 소라를 『의지자[슈필러]』와 동일하다고 『증명』하기는 불가능하며.

따라서 소라 또한 자신이 『의지자[슈필러]』와 동일하지 않다고 『증명』하기는 불가능하다.

————그렇다. 원래대로라면.

"틀렸어. 왜냐면 나는 『의지자[슈필러]』가 아니고—— '완전증명'이 가능해."

입을 다문 아인치히와 엑스마키나 전 기체의 눈—— 아니, 온갖 관측기기가 소라를 향했다.

모든 거짓말을 밝혀낼 수 있는 기계를 앞에 두고도, 소라는 그저——『그렇게 나와야지』라고 비웃었다.

소라는 거짓말은 고사하고 허위도, 궤변도 쓰지 않았으니까.

그저 엄연한 사실로. 100퍼센트. 시로도. 엑스마키나도. 물론 소라 자신도. 그야말로 제삼자인 스테프나 지브릴조차 수긍할 만한 '완전증명' 이—— 정말로 가능하기 때문에.

그것을 알기에, 엑스마키나는 겨우 그것만으로도.

소라가 기이하게 사악하게 웃음을 지으며 꺼낸 어떤 말에도.

—— '어떤 요구에도' 거역할 수 없을 만큼 쉽게 『체크』에 걸려드는 것이다.

"자—— 게임을 시작해 볼까."

겨우 주도권을 탈환한 소라는 그처럼 불손하게, 오만하게 웃으며 선언했다.

"게임도 규칙도 판돈도! 전부 이쪽에서 결정하겠어."

자신을 얍삽이에 빠뜨린 데다 이리저리 휘두르기까지 한 앙갚음이라고,

"나는 시로랑 둘이서. 그쪽은 전부. 참고로 거부권은 없어."

사적인 원념을 감추려고도 하지 않고, 일방적으로, 담담하게, 소라는 요구를 하나하나 들이댔다.

"우리가 이기면 『신조장치』의 하드웨어 록을 해제! 그리고! 누구누구가 아니면 자식을 만들지 않겠다느니 그런 쓸데없이

믿음직한 사랑을 포기하고! 확실하게 자발적으로 번식해서 멸망하지 않겠다고 맹세해!!"

"…………흐음. 엑스마키나가 이기면 무엇을 얻을 수 있지?"
6천 년을 이어왔던 사랑을 포기할—— 그에 걸맞은 대가란?
눈을 가늘게 뜨며 그렇게 묻는 아인치히에게, 소라는 갑자기 뺨을 붉히더니 몸을 꼼지락거리며——.
"우, 우선『부상』으로…… 내 누드 사진을, 찌, 찍어도…… 좋아♡"
"음. 잘알겠다확실히받아들였다. 그러면 게임을 시작하지."
"【요구】: 해당『부상』의 보유에 대해. 본 기체의 점유권 주장."
"그걸로 낚여요?! 그랬을 거면 냉큼 했으면 됐잖아요?!"
바로 낚인 고철들에게 스테프가 비명을 지른다—— 그러나.
소라와 엑스마키나 사이에서는 다른—— 아니, '전제'가 이미 오가고 있었다.
소라의 누드 사진 따위 말 그대로 단순한 부상. 원래는 걸 필요조차 없다.
이쪽의 판돈은—— '없어도'되는 것이다.
"또한 게임을 하면서—— 나는『의지자』와는 다른 사람이란 사실을…… '완전증명'하겠어."
왜냐면, 진짜는.
"실패한다면, 혹은 너희가 반증이 가능하다면 무조건 내 패배로 간주하고——."

"『특별상』······ 처음으로 반증한 녀석과, 바라는 대로──즉시 번식을 해주지."

──······

"후······ 후후······『사랑스러운 자(슈필러)』에게 어울리는가 아닌가, 란 말이로군. 사랑의 도전장이렷다!"

"【자명】: 해당『특별상』도 본 기체에 점유권이 있음을 주장. 거부권은 기각한다. 퇴짜."

보아하니 생각지도 못한 진짜 상품······ 전제였던 모양이었다.

기분 탓인지 실내 온도까지 상승하는 것을 누구나가 어이없이 바라보는 가운데── 오로지.

소라와 시로만은 알고 있었다. ──패배하면 마음을 잃는다는. 그런 위험을 무릅쓸 이유가,

단순히 누드 사진이나 번식상대 결정과 맞먹을 리 있겠느냐고.

──정말로 소라의 말 그대로 사람을 잘못 본 것이고, 그것이 증명될 수 있다면.

번식 따위는 아무래도 좋은 일로 전락하는── '절망적인 문제' 가 엑스마키나에게 발생하고 말기에──.

"그러면 다들 파악했다고 보고. 가장 중요한『게임 내용』을 발표하지."

스테프와 지브릴······ 아니, 아인치히를 비롯한 엑스마키나들조차도 그 말에 귀를 기울였다.

무한히 대응과 학습을 거듭해 제한 없이 강해지는── 신탁

기계조차 초월한 컴퓨터.

　——어떤 게임이라면 그런 괴물들을 꺾을 수 있을까……

　그렇게 주시하는 시선을 느끼며, 소라는 그 게임의 이름을——
태평하게 선언했다.

"——『체스』야. 뭐, 당연하겠지~?"

"……당했, 으면…… 갚아, 준다…… 게이머의…… 상식."

……

…………?

　모두가 머리 위에 물음표를 띄우는 것이 보였지만,

"그딴 시시한 표정 짓지 말라고. 당연히 『평범한 체스』는 아
니니까♪"

　그 반응이 오히려 재미있었던 소라는 그렇게 말하며 시로와
함께 선드러지게 발을 돌려 걸어 나갔다.

"날짜는 닷새 후, 호로의 세컨드 라이브와 동시!! 게임 제작,
선전, 무대 설치에 기재까지!!"

"……빠릿빠릿…… 일, 해…… 『만능 무대 연출 장치』……
파이팅……."

　그렇게 일동의 의문을 내팽개쳐두고 말하며, 드높이——

"바빠질 거다~!! 최고로 신나는 라이브로 만들 테니까——!!"

⏻ 제3장 연역적결정
Oracle Maker

　닷새가 흘러, 오랫동안 매달렸던 『휴업중』 간판은—— 마침
내 철거됐다.

　그리고 새로이 첨탑에 내걸린 간판에는 이번에도 당당하게,
이렇게 적혀 있었다.

　——『라이브 공연장』이라고…….

　"아아…… 유서와 전통을 자랑하는 에르키아 왕국의, 옥좌
가, 옥좌의 홀이……!"

　그렇게 탄식하는 스테프가 바라보는 것은 얼마 전 라이브와는
완전히 바뀐—— 훌륭한 무대.

　엑스마키나가 무수한 기재와 조명 등등을 설치해 준, 그야말
로 완벽한 라이브 공간.

　그러나—— 『높이가 딱 좋아서』라는 이유로 우선 옥좌가 철
거되고 무대로 바뀌었으며.

　이어서—— 『수용인원이 늘어났으면 해서』라는 이유로 벽을
허물고 복도와 연결하는 확장공사를 거쳐.

　이제는 본래의 모습—— '전통을 자랑하는 옥좌의 홀' 은 어

디서도 볼 수 없었다.

그리고 눈물 없이는 볼 수 없는 스테프의 비탄에 현재진행형으로 추가공격을 가하고 있었던 것이――

"……진. 짜. 로! 왜 모인 거예요?! 이분들은――!!"

완전히 변해버린 옥좌의 홀, 무대를 앞에 두고 공연 개시를 기다리는 수천 명의 모습이었다.

스테프의 그 비통한 물음에 대답하는 목소리는―― 뒤에서 들려왔다.

"지난번에 발코니에서 했을 때는 지나가던 사람도 있었지만, 이번에는 『성내』잖아."

스테이지 사이드에서 고개를 내밀고 밖을 보던 스테프가 돌아본 곳, 짧은 계단을 내려간 안쪽.

백스테이지에서 테이블에 앉아 있던 남자와 그 정위치, 무릎 위에 있는 소녀―― 헤실헤실 웃는 소라와 시로였다.

"……엑스마키나, 한테.…… 확실하게, 선전…… 시키, 기는…… 했지만――."

"그렇다고 일부러 올 녀석이라면―― 사랑스러운, 잘 훈련된 멍청이들뿐이겠지?"

"……국가의 미래가 걱정되지 않을 수 없네요…….'

그런 쓸데없는 훈련이 끝난 국민의 숫자에 스테프는 정신이 아득해졌다.

한숨을 쉬며 짧은 계단을 내려가 백스테이지로 들어섰다.

──그 백스테이지에는 스테프를 탄식하게 만든 원흉들이 책상을 끼고 나란히 앉아 있었다.

이 참상을 만들게 한 소라와 시로── 두 사람의 배후에 대동한 지브릴과 대치한 것은.

이 참상을 만들어 낸 아인치히와── 마찬가지로 등 뒤에 대동한, 이미르아인을 비롯한 12기의 엑스마키나.

그리고 이번에도 변함없이 피해자로 보이는──

"……소라와 시로. 그대들에게 몇 번이고 묻노라. 호로는 어찌 이러한 의미불명을^{아 이 돌} 해야 하는 것이냐."

무대 의상을 입은 채 스테프와 나란히 서서 자기 차례를 기다리는, 이리저리 휘둘리기만 하는 하느님이 부루퉁한 표정으로 물었다.

"음~…… 그렇게 싫어? 상당히 잘 어울리는 것 같은데?"

"……아이돌, 오라…… 불끈불끈…… 느껴져……."

"싫은지 아닌지 가정할 재료조차 부족하도다! 그렇기에 어찌 된 노릇인지를 묻는 것이니라!"

마찬가지로 몇 번이나, 대답 같지도 않은 대답으로 응하는 소라와 시로에게 으르렁거리는 호로.

그러나 그 모습에 소라는── 참으로 보기 드문 웃음으로.

"괜찮아…… 그 대답은 호로, 네가 찾을 테니까. 말했지?"

속셈이 전혀 없는 것 같은 웃음으로, 호로의 머리를 쓰다듬으며 말한다.

"우리도 어떻게 될지 모르겠거든 ♪ 자, 슬슬 시간 됐다. 멋지게 보여주고 와!"

"……호로…… 완전, 파이팅……. 응원, 할게……."

"──모르겠느니라…… 아무것도 모르겠느니라……. 그대들은 호로가 대체 어찌하기를 바라는 것이냐……."

여전히 투덜거리면서도 고분고분 계단으로 향하는 호로를 지켜보고.

소라와 시로는 다시 한 번── 아인치히 일행과 마주보며 테이블 위의 '본론' ──

"그럼 뭐── 이쪽도 게임을 시작해 볼까?"

다시 말해── 테이블 위의 『체스판(게임)』을 노려보며 확인하듯 고했다.

이 무대를 만든 이유, 호로가 무대로 향하는 이유, 모두가 여기 있는 이유.

그 모든 것에 대답해 줄 게임에 임하고자, 일단은 한마디.

"우선 게임 중──『게임 규칙을 벗어난 마법이나 레젠 사용』은 부정으로 간주하겠어."

지브릴에게 잘 감시하라고 은연중에 말하고, 다음으로──

"그 이외의 규칙은…… 뭐, 새삼 확인할 것까지도 없겠지?"

그렇게 대담하게 선고하는 소라에게 이의를 제기하려는 목소리는 없었다── 당연했다.

왜냐면 소라 일행이 지정한 내용^{규 칙}이고, 엑스마키나와 지브릴이 합작한 『체스판』이니까.

그 자리에 있는 모두가 누구보다도 잘 파악하고 있을 규칙──기본은, 단순한 체스였다.

어디까지나 기본은, 이지만.

단 한 가지, 지브릴이나 스테프까지 포함해 누구나 품고 있을 의문.

그것은 곧── 아무리 생각해도 소라와 시로에게 압도적으로 불리한 게임이라는 의문은.

정작 당사자인 소라와 시로만이 개의치도 않고, 침묵을 승낙이라 받아들였는지,

"그러면 피차의 판돈…… 지불할 준비가 다 됐다면──."

"……손, 을…… 들고…… 이엽~……."

소라와 시로 두 사람이 손을 들고── 내기의 확인과 선서를 요구하는 목소리에.

"【긍정】: 패배할 경우 『신조장치』의 하드웨어 록 해제. 사랑의 포기. 자주적 번식과 멸망 회피."

"반드시 승리해 부상도 특별상도 본 기체가 손에 넣겠노라. 기대하라, 『사랑스러운 자^{슈 필 러}』여."

이에 따르듯 이미르아인, 아인치히에 이어 엑스마키나 전 기체가 손을 들고,

──공연 개시 시각을 알리는 소리에, 호로가 무대로 이어지는 계단을 뛰어나갔다.

　한순간의, 그러나 공연히 길게 느껴지는 침묵을 끼고── 요란한 음악이 울려 퍼졌다.

　폭음처럼 터진 음악과 동시에, 선언도 지지 않겠노라 절규로 이루어졌다.

『──맹약에 맹세코──!!』

■ ■ ■

　시로의 스마트폰이 재생하고, 엑스마키나의 스피커를 통해 증폭된 음악.

　인트로가 폭음으로 울려 퍼진 그 무대에 올라간 호로를 맞이한 것은,

『와아～～～～～～～～～～～～！！』

　어두운 관객석에서 울려 퍼진, 폭음의 음악마저도 지워버릴 만한 환성이었다.

　────.

　그 모습에 호로는 한순간── 사고가 온통 하얗게 물들었다.

　인간에게는 한순간, 그러나 올드데우스에게는 영원이나 다를 바 없는 경직 속에서.

　얼어붙었던 호로의 사고를 메운 것은 그저 『의미불명』이었다.

——지난번에는 호로도 영문을 모른 채, 그저 소라와 시로의 애매한 지시에 따랐다.

그러나 지난번과는 다른 열기에, 호로는 도열한 '관객' 이——무언가를 원한다는 사실을 느꼈다.

그 증거로——『무언가를 기대받고 있다』는 가정에 생각이 머물렀다. ^{이 해}

——무엇을, 기대받고 있는 것인가.

기대란 무엇인지조차 아직까지 명확하게 정의를 내리지 못하고 있는 신에게…… 대체 무엇을. ^{존재}

만들어진 몸을 떨기는 했지만 그것이 무엇인지도 알지 못해 호로는 말없이 허덕였다.

——불안, 공포, 긴장.

신에게는 있을 수 없는 감정이 소용돌이쳐, 자각조차 못한 채 마이크를 쥔 손이 떨렸다.

구원을 청해——그것조차 자각하지 못하고——이리저리 돌아간 신의 눈은, 문득.

어둠 속에서 환성을 지르는 사람들 속에서 낯익은 모습을. 잘 아는 모습을 발견했다.

————숙주……?

역시 기대하는 듯한 눈으로 호로를 쳐다보는 벗의, 친구의——무녀의 모습에.

"……호, 호로는, 호로라고 하느니라! 아, 아무튼…… 노래하고 춤추고, 하느니라!"

호로는 역시 무엇을 어찌해야 좋을지 아직 알 수 없었다.

그러나. 하지만. 그래도! 적어도 예전의—— 호로를!

——의문에 허덕이기만 하던 호로를!! 보고는 싫지 않을 터이니——!!

그렇게 『가정』을 한 가지 제시하고.

더듬더듬 자신을 소개한 호로는, 배운 대로 입을, 몸을 움직였다.

■ ■ ■

그리하여 호로가 서툴게나마 노래하고 춤추기 시작한 동안.

백스테이지의 소라와 시로. 그리고 아인치히 세 사람은 맹렬히 손을 움직이고 있었다.

아인치히는 엑스마키나 『클러스터』의 병렬사고를 동원해, 두 개의 손으로.

이를 상대하는 소라와 시로도, 그러나 마찬가지로 병렬사고를 하듯 둘이서 네 개의 손으로.

양측 모두 빠른 속도로, 그러나 찰나의 흐트러짐도 없이 피스를 움직이는 순서를 거듭해 나갔다.

그것의 기본은 단순한 체스.

몇 가지 '특수한 규칙'이 있는 체스.

예를 들자면 첫 번째는—— 『순서 없음』——.

"……뭐, 뭐가 어떻게 돌아가고 있는 거죠……? 지, 지브릴,
지금 어느 쪽이 우세한가요?!"

"……두 분 마스터께서 미미하나마 열세…… 아니, 지금은
우세── 아니…… 유도……?"

보드 위에서 교차하는 손에 이해가 따라가지 못하는 두 사람
이 고함을 지를 만한── 하이스피드 체스.

초당 평균 4수가 오가는 보드에서── 소라와 시로는 서로 의
논조차 하지 않고 번갈아 손을 움직였다.

그렇게 엑스마키나와 겨룬다는 것이 이미 스테프나 지브릴에
게는 경이로운 모양이었지만.

……놀라도 난처하다. 그 규칙에 딱히 의미는 없었으니까.

단순히 『음악 게임 요소』를 넣었더니 이렇게 됐을 뿐이다.

마찬가지로 또 한 가지 예를 들자면──

"……『리듬을 놓친 수는 무효』라는 규칙, 이제 알겠군. 단순
한 '족쇄'가 아닌가."

아인치히의 말처럼 이 또한 딱히 의미는 없는 규칙이었다.

그렇다── 음악 게임이다. 리듬 게임이다.

──호로가 무대에서 노래하는 음악에 맞춰, 체스보드 위를
빛이 파도치며 달려간다.

그 파도에 맞춰 피스를 두어야 하고, 빗나간 수는 무효── 피
스가 되돌아간다는 규칙은,

"당연한 거 아냐? 너희가 음속이니 광속으로 두는 엉터리 같

은 짓을 했다간 속수무책인걸.”

“……하지만…… 이쪽, 도…… 리듬 게임, 은…… 퍼펙트 컴
플리트가…… 전제…….”

그러나 『 ^{공 백} 』과 엑스마키나에 한해선, ‘속도제한’ 이상의
의미는 없는 규칙이다.

호로의 라이브 세트 리스트는──『13곡(曲)』.

음악과 동기화된 체스도 역시──『13국(局)』.

순서는 없다. 무승부도 없다. 무승부로 만든 사람의 패배다.

이리하여 호로의 한 곡이 소라 일행의 한 국과 연동되어 결판
이 나게 한 것이다.

그렇다── 여기까지는 모두 그 정도의 의도로 결정한 규칙
이었다.

진짜 규칙은, 이곳에는 없다.

진짜 규칙은, 그렇다── 그곳에 있었다.

스테프와 지브릴이 불안스레 올려다본 곳── 허공에 『게이
지』가 존재했다.

코미컬한 디자인, 이미르아인의 SD 캐릭터가 덧붙어 표시된
그것은.

이름하여──『텐션 게이지』.

엑스마키나의 『관측체』가 관객의 ‘흥분, 환희, 만족성’을 수
치화한 것이다.

단적으로 말하자면 라이브의 열기를 나타내며── 그것이 지

금 천천히 줄어들고 있었다.

별다른 연출도 없이, 호로가 서툴게 노래하고 춤을 출 뿐……
분위기가 달아오르기 힘든 것은 당연했다.

자, 그러면 정리해 보자━━소라와 시로의 승리조건은 세 가지다.

첫째, 체스에서 7국 이상 승리하는 것.

둘째, 소라가 『의지자가 아님』을 증명하는 것.

셋째, 라이브 성공━━다시 말해 『텐션 게이지』를 0으로 만들지 않는 것.

반대로 엑스마키나는 그 세 가지 중 어느 하나라도 막을 수 있으면 승리다.

━━애초에, 엑스마키나를 상대로 체스에서, 『최선의 수 예상』에서 승리해야 한다.

찰나도 안 되는 시간 동안 대응과 학습을 되풀이해 무한히 강해지는 하이퍼컴퓨터에게━━ 일곱 번이나.

그 시점에서 이미 소라와 시로에게는 압도적으로 불리━━
아니. 한없이 불가능에 가까운 게임.

하물며 이대로 가다가는 머잖아 바닥이 날 『텐션 게이지』를
오르내리게 할 방법(규칙)……

다시 말해 마지막 규칙은…….

"……흐음. 역시 모르겠도다…… 이것의 의도는 대체 무엇인지……."

──갑자기 극채색으로 '빛나는 칸'.

의문을 내비친 아인치히가 본 그것이── 그렇다, 마지막 규칙.

대국 도중 완전히 랜덤으로 빛나는 칸에 피스를 두어 발생하는──『연출타』였다.

──그러나 순서 없는 하이스피드 체스에서『여기 두겠습니다』같은 선언은.

부디 잡아 잡수세요, 라고 말하는 것과 같은── 자살행위다.

하물며 빛나는 칸은 랜덤. 자칫하면 치명적인 악수를 둘 수도 있다.

그리고 엑스마키나는── 그런 수를 둘 이유가── 전혀 없다.

『텐션 게이지』같은 것은 그것이 바닥나면 패하는 소라와 시로에게만 상관이 있는 이야기.

엑스마키나는 라이브 따위 무시하고, 그저 최선의 수를 두어, 체스에서 이기기만 해도 된다.

그렇기에 지브릴이나, 스테프마저 포함한 모든 이가 생각했으리라.

아무리 봐도 소라와 시로에게 압도적으로 불리한 게임이라고. 그렇다, 아인치히마저도,

"설마 엑스마키나가 이곳에 둘 것을 노릴 『사랑스러운 자』도 아닐 터."

그 쓸데없는 노림수를 의심하는 목소리에, 소라와 시로는 그저 조소로 얼굴을 일그러뜨렸다.

————정답. 그 말이 옳다고.

"바로 그 설마야. 아, 조금 다른가? 왜냐면—— 우리도 둘 거거든."

온 얼굴에 사악한 웃음을 지은 소라가 손에 든 피스를 옮기며.

이곳에 두겠습니다, 하는 선언을.

따먹어 주세요, 라는 자살행위를.

의심할 여지 없는 악수를. 다시 말해——

빛나는 칸에 주저 없이 피스를 두고—— 이어서 건넨 말에,

"너희도 두게 될 거라고. 반드시."

엑스마키나 전 기체가, 스테프가, 지브릴조차 기가 막혀 입을 다물고 소라를 보았다.

그러거나 말거나 소라는 생각한다.

당연하지. 그 한 수가 악수 중의 악수라는 것은 소라와 시로도 이미 잘 알고 있으니까.

그러나 그것이야말로——!

——이 게임의 의미 그 자체다…… 그렇기에——!!

"무언가 착각하고 있는 모양인데, 변태 메카^(아인치히)! 우리에게 너희
는——!!"
"……어디, 까지나…… 단순, 한…… 『무대 연출 장치』……
야……."
그렇게 외친 두 사람에게 호응해 마지막 규칙——『연출타』
가 발동했다.
지브릴의 구현화 끝말잇기 보드를 빌려 업데이트한 그 규칙은.
문자 그대로 『연출』을—— 둔 사람의 이미지에 따라 발생시
킨다.
엑스마키나의 주특기인, 한껏 쓸데없이 활용됐던 『공간중첩』
으로.
경치가 소라의 생각대로 바뀌어가는 가운데, 소라와 시로는
드높이 비웃었다.

"자아—— 동부연합의 아이돌 사무소 놈들아! 발 동동 구를
준비는 됐냐?!"
"……989 프로…… 우습게, 본 거…… 반성하고…… 눈물이
나…… 짜!"
——『십조맹약』으로 호로와 플레이어, 관객에게 해를 미치
기란 불가능하다.
그러나 반대로 말하자면—— 그것 말고는 뭐든지 가능!

지브릴과 벌인 끝말잇기 게임에서도 실존하지 않는 것은 나올 수 없었다.

그 제약조차 없이 자유로이 연출할 수 있는 그 『규칙』은——!!

"이 라이브는 전설로 만들 거다!! 소리지를 준비는 됐냐, 시로——?!"

"……오~ 이예~에……!"

망설임 없이 악수를 둔 소라를 보고 아직도 경악에서 헤어나지 못한 엑스마키나에게, 추가공격을.

지브릴과 스테프에게도 경악에 경악을 덧씌워주는 그 경치 위로—— 소라와 시로의 환호성이 울려 퍼졌다.

""리피트 애프터 어스!!""

에르키아 성 옥좌의 홀에서 라이브 공연장으로 바뀐 실내가.

이어서 외친 소라와 시로에 의해 재구축되어—— 지금 다시 한 번 바뀌었다.

무대를, 객석을, 백스테이지를 폭광이 휩쓸고 지나간 그곳은—— 다시 말해——!!

""*야크 데카르차———————————!!!!""

……『디스보드』조차 아니었다.

---

* 야크 데카르차: 애니메이션 『초시공요새 마크로스』 등 「마크로스」 시리즈에 등장하는 외계종족 젠트라디의 말. 감탄사 관용구로 활용. "참으로 무시무시한.", "믿을 수 없다."라는 뜻.

누구나—— 엄밀히 말하자면 소라와 시로조차 모르는——
우주 어딘가였으며.

관객도, 백스테이지 멤버들조차, 바라보는 것은—— 호로뿐.

인간형 가변전투기의 팔 위를 무대로, 하늘까지 닿을 듯한 거
대한 투영 스크린에서 노래하고 춤추는 호로.

그리고—— 이를 돋보이게 한다는 말로 표현하기에는 과도하
다 싶은 연출.

복잡기괴한 궤도를 그리는 미사일, 빔과 레이저가 오가며 천
지를 장식한다.

전투기가 그리는 은색의 나선 궤적이며 쏟아지는 탄환마저 아
름답다. 그러나 그것은——.

…………,

틀림없는 천장이어서, 호로와, 소라와 시로를 제외한 모두가
그저 아연실색 침묵했다.

……뭐, 당연하겠지…… 소라와 시로조차 픽션 속에서가 아
니고서는 모르는 광경.

하물며 모른다 해도 본능적으로 도망칠지언정 흥분할 요소는
없다.

그렇게 모두가 생각하는 가운데, 소라와 시로만은 확신하며
비웃었다.

관객이 스크린 속 문자를 본다면, 그 순간 우레가 터지듯 환성
이 일어나리라고.

그것은──

【안심하세요. 연출^{안전합니다}입니다.】

"어떻게 저거 가지고 수긍할 수 있냐고요~~~~~?!?!?!"

모든 것을 떨쳐버릴 기세로 상승하는 『텐션 게이지』에 절규하는 스테프를 내버려둔 채.

"하하──!! 사랑스러운 바보들이여! 기대해라 이번 라이브에는 신이 강림했다!!"

"……왜냐, 면…… 진짜 신…… 이니, 까…… ♪"

"은하 아이돌? 하!! 좀스럽긴! 초차원 아이돌께서 납셨다 길을 비켜라!!"

너무나 신이 난 것처럼 그렇게── 그러나 한순간도 체스를 두는 손은 멈추지 않으면서, 소라와 시로는 웃었다.

마찬가지로 흐트러짐 없이 체스를 두는, 그러나 경악을 감추지 못하는 아인치히 및 엑스마키나들을 내버려둔 채,

──정말로 오로지 연출을 위해서 악수를 두었다고 하는.

소라의 행동에 기시감이 드는 스테프와 지브릴은, 살짝 소리를 질렀다.

"……아……앗, 설마──!"

"그때와 똑같은…… 것이옵니까……?!"

──『연출타』.

둔 사람의 이미지로 경치, 광경을 연출해 공연장에 반영한다.

공연장. 그렇다. 경치 개변이며 충격 및 진동 등은 백스테이지의 자신들^{플레이어}에게도 미친다.

그렇다면 그때와—— 다시 말해 지브릴과의 『구현화 끝말잇기』 때와 같다.

패배를 각오한 한 수로, 무엇이 나올지를 확신하고—— 그리고 노리는 것은 그 다음.

극초신성폭발^{하이퍼노바}로 지브릴을 끝말잇기 속행불능으로 만들어 승리했을 때와 같은 작전.

엑스마키나를—— 『연출타』로 방해하여 속행불능으로 만들어 이길 생각……이라든가?

아마도 그런 생각을 하고 있을 두 사람의 생각을——

"……연출을 이용한 방해…… 엑스마키나^{우리}를 체스를 속행하기 곤란한 상태로 만들겠다는 책략인가……?"

너무나도 쉽게 따라잡은 아인치히는 그렇게 중얼거렸다.

뒤에서 스테프와 지브릴이 흠칫 숨을 멈추는 기척이 느껴졌지만 아랑곳하지 않고, 더욱 담담하게.

"【부정】: 플레이어에게 위해를 미치는 연출은 불가능. 따라서 엑스마키나에게는 효과 미약. 의미 없음."

이미르아인은 두 사람이 놓쳤던 점을 포착해 반론까지 했다.

——그렇다. 구현화 끝말잇기를 했던 그때와는 상황이 다르다.

이곳은 현실공간—— 『십조맹약』에 따라 위해는 가할 수 없다.

방해하고 집중을 흐트러뜨리는 것이 고작이며, 그것조차 엑스마키나에게는 효과가 없다.

엑스마키나가 경악과 대국을 분리시킬 수 있다는 것은 흐트러짐 없는 손길이 증명해준다.

"……그러면 『사랑스러운 자』가 일부러 '패배를 선택한' 진의는 무엇인가……."

엑스마키나가 경악한 것은 어디까지나── 소라가 악수를 둔 이유.

라이브를 위해서이긴 하지만 패배가 확실한 규칙을 제시한 의도였으며──

그렇게 의심하는 물음에 다만 소라와 시로는 다시 조소로 얼굴을 일그러뜨렸다.

──오답. 이번에는 완전히 헛짚었어, 라고.

"아직도 착각하고 있냐? 한 번만 더 말하지. 우리에게, 너희는──."

"……처음, 부터…… 쭈〜〜욱…… 『무대 연출 장치』……였어……."

사악한 웃음으로 그렇게 말하고, 소라와 시로가 미끄러뜨린 수에.

──이번에야말로,

──────.

"······『전연결 지휘체(아인치히)』로부터 전 기체에게. 무엇이 일어났나. 보고하라······."

아인치히는 진지한 표정으로 중얼거리고, 엑스마키나 전 기체가 경악(에러)에 허덕였다.

그 모습에 소라는 한껏 빈정거리는 웃음을 지어주며,

" '일부러 패배를 선택' 해? 연출이 필요해서 둔 거야. 진의도 뭣도 없다니깐?"

그렇게 말하며 내심, 대신 대답하기로 했다── 뭐가 일어났냐고?

소라가, 이곳에 두겠다고, 선언하고.

잡아 잡수세요, 라는 자살행위를 하고.

틀림없는 악수 중의 악수──『연출타』를 두고.

이번 대국의 승리를 확신했을 아인치히 일행을 비웃으며──
4수.

소라와 시로가 번갈아 둔 겨우 4수에── 형세는 역전됐다.

그리고──

"보세요~? 나 하나한테 고작해야 비겼던 주제에 거 아~주 으스대셨더랬죠~?"

그 사실을 겨우 이해하고, 그럼에도 여전히 믿지 못하겠다는 표정으로.

아인치히와 이미르아인── 엑스마키나 전 기체의 시선을 받은 두 사람은.

여전히 실소하듯, 미안한 듯, 숫제 빈정거리듯——

"시로와 함께라면——『 돌이서 』라면, 우리는 말이야, 체스로
는 유일신한테도 이겼다고."
"……엑스마키나 따위, 에게…… 지면…… 유희의 신, 테
토…… 체면 구겨."

호로의 라이브—— 첫 곡이 끝났음을 알리는 소리와 거의 동
시에.
——《체크 메이트—— 승자『 공백 』, 1승》
체스보드도 콜하는 가운데, 악수를 두고도 엑스마키나를 꺾
은 두 사람이 한 말은.
유일신이자 유희의 신. 즉—— 최강의 게이머조차 꺾었다는.
그런 평범한, 그러나 엄연한—— 단순한 사실이었다.
『_____.』
소라와 시로. 두 사람의 말에 거짓 따위 한 점도 없었다고.
누구보다도 잘 해석할 수 있는, 그렇기에 혼란에 빠진 기계들
의 경악은 그저 내팽개친 채.
"자, 제2국이다. 쉬고 있을 틈 없다고, 엑스마키나!"
곧바로 무대에서 울려 퍼진 호로의 두 번째 곡, 그리고 환성을
신호로.
소라는 시로와 함께 사납게, 대담하게, 불손하게 웃음을 지으
며—— 단언했다.

"편리하게 이용당하셔. 이 게임에서, 너희의 역할은 까놓고 말해── 그게 전부♪"

"……파이팅…… 만능 무대 연출 장치…… 연출, 계속, 계속…… 더 많이, 둘 거야……♪"

엑스마키나 일행과 지브릴, 스테프의 예상과 사고를 모조리 일축하고.

"──미안해, 엑스마키나…… 너희는, 우리한테── 절대로 못 이겨."

소라와 시로는 제2국을 시작하고── 담담히 피스를 옮겼다.

■ ■ ■

이리하여 아인치히는── 아니. 이미르아인도 포함한『클러스터』는.

이해의 범주를 한참 엇나간 의심을『사실』로 가정하고 받아들일 수밖에 없었다.

제2국── 간신히 승리한 아인치히 휘하 엑스마키나 일동. 그러나.

제3국── 지금 현재…… 눈앞에서 어지러이 수가 오가는 대국의 양상은.

전 기체로 하여금『이해불능』이라 외치게 하고 받아들이도록 만들기에 충분한 것이었다.

"아자! 그럼~ 다음은 시로 차례지?! 무슨 『연출』로 할지 맡겨 보겠어!"

"······오~예에~······ 빠야, 를······ 깜짝, 놀라게······ 할 래······ ♪"

의논도 없이, 소라와 그의 여동생은 서로 수를 두며 진심으로 즐거워하듯.

다음 『연출타』를 두겠다고── 당당하게 선언까지 했다.

그렇다── 다음이다. 제3국에서, 소라와 그 동생은 이미 한 번씩 『연출타』를 두었던 것이다.

──치명적인 악수. 분명 그랬어야 했다.

병렬연산으로 '필패'라고까지 도출됐던 그 『연출타』를 두고 도── 여전히.

아직도 우세한 두 사람에게 아인치히와 엑스마키나들은 마침 내 어떤 가설을 검토하기 시작했다.

가설······ 『연출타』라는 규칙의 '정체'──

『아인치히로부터 전 기체에게. 이제부터 「검증」을 실시한다. 악수를 둔 후의 보충연산을 요구한다.』

『──야볼.』

클러스터에 서포트를 지시하고, 아인치히는 가설이 검증될 기회를 기다렸다.

가설──『너희도 두게 될 거라고. 반드시.』라는 소라의 말.

하지만 그 말에서 추측할 수 있는 소라의 의도, 진의를 읽을 검증의 기회는 금세 찾아왔다.

──극채색으로 빛나는 칸의 출현.

치명적인 위치. 두었다가는 높은 확률로 필패의 사로(死路)에 들어간다고 클러스터가 보고했다.

그러나 아인치히는 주저 없이 피스를 움직여──『연출타』를 두었다.

가설대로라면 이번 국의 패배 정도가 아니라── 모든 국의 패배를 의미할 수도 있기에.

검증은 필수. 그렇게 각오한 아인치히의 이미지를 반영한 연출은──

──파칙.

동력이 끊어진 것처럼 대회장의 모든 빛과 소리가 사라지는 ── '연출정지' 의 연출이었다.

소리도 빛도 없으면 라이브는 중지된다. 『텐션 게이지』 따위 이미 무의미하다.

아인치히 일행에게는 가차 없이 '이번 국' 의 패배를 결정지은 최악의 수.

그러나 라이브를 끝내 가차 없이 '이 게임' 의 승리를 결정지은 최선의 수는──

"그래…… 그렇게 나와야지."

체스판의 빛만이 어스름히 비추는 미소── 흉악한 소라의 웃음소리와.

몇 초 후, 다시 나타난 빛나는 칸에 그 동생이 받아친 『연출타』에 의해.

──모두 차단됐다.

아인치히가 가져온 무음의 어둠, 그것마저 연출의 일부분이었던 것처럼.

빛이 깜빡이고, 호로의 의상이 변하고, 음악도 변조되는 연출에── 환성이 응했다.

라이브 강제 종료에 따른 승리도, 악수에 반격을 당해 찾아올 이번 국의 패배도.

양쪽 모두 차단당한 아인치히에게, 소라는 비아냥거리며 웃음을 짓고, 말했다.

"그쪽도 『연출타』를 두셔야지, 안 그러면 우리가 마음껏 할 수가 없잖아? ♪"

"_____."

이러한 소라의 말로, 아인치히와 엑스마키나의 가설은 『참』으로 결론이 났다.

──제2국, 소라와 그 동생이 졌던 이유는.

단순히 『연출타』를 연속으로 두어 『텐션 게이지』를 올리는 데에 전념했기 때문.

그러나, 그렇다면 『연출타』를 두지 않고…… 혹은 한 번 두는 정도로 끝났다면——

"오손도손 악수 두기로 가 보자고. 최선의 수 예상 따위 시시하잖아?"

"……그딴, 틱택토…… 이겨, 도…… 재미, 없……어……."

흉흉한—— 이마니티라고는 도저히 생각할 수 없는—— 압도적인 강자가 사냥감을 포식하려는 웃음과 함께.

확신에 가득 찬 그 말은 아인치히와 엑스마키나들에게 이렇게 선언한 것임을 깨달았다.

——너희에게 이기는 건 쉬워, 라고.

실제로 제1국에서 엑스마키나는 패배했다. 단판승부였다면 그 순간 끝이 났다.

——그딴 것보다도 우릴 좀 즐겁게 하라고.

편리하게 이용당하서. 엑스마키나의 역할 따위 그게 전부—— 그 말에 거짓은 없었다.

——연출타를 두게 해 줘. 라이브를 고조시키게 해 줘.

그 대신—— '너희도 두게 해 줄 테니까' 라고——!!

"최악의 수 예상이야……. 어디까지 따라올 수 있으려나, 초월 기계 나리들?"

도발하는 소라의, 사냥감을 일부러 놓아주는 포식자의 웃음이 대놓고 긍정했다.

가설대로——『연출타』라는 규칙의 '정체' 는.

소라가 즐기기 위해, 엑스마키나^{우리}가 이길 여지를 일부러 남긴 것.

다시 말해── 엑스마키나^{우리}를 상대로.
──── '핸디캡 대전' ──을 했단 말인가────?!

이해를 넘어선 검증 결과에 『클러스터』가 병렬사고를 실시했다.

엑스마키나도, 아니, 유희의 신조차 따라오지 못하는 강함?

이해거부. 아니, 받아들여라! 신빙성 결핍. 아니, 최소한 일부는 사실이다!

그렇다면 해석하라. 해명하라. 학습하라. 대응하라── 종국에는 초월하라!!

종의 본질을, 그 진수를 증명해라──!!

대국 스타일은 역시 소라── 닷새 전에 보았던 『의지자^{슈필러}』와 역시 동일했다.

지난번에는 봐주었던 것인가? 아니다. 그렇다면 지난번과 이번의 상이점은──.

"……호오? 겨우 우리 자랑스러운 여동생을 무시하지 않게 된 거냐, 고철?"

"────?!"

고찰하는 엑스마키나들의 시선이 소라의 동생을 포착했음을 눈치챘는지,

"솔직히 상당히 짜증났거든. 꼭 좀 사과했으면 좋겠는데?"

"……누구…… 무시했는, 지…… 분수…… 가르쳐 줄……
거야……."

──이 소녀는…… 누구인가?

아니── 소라의 동생이다. 가족이다. 이름은 『시로』다. 인
식했다. 무시하지 않았다.

그저 중시하지 않았을 뿐이다. 어째서? 자명한 이치. 『타인』
이기 때문이다.

체스를 타인과, 둘이서 둔다고? 그것이 어쨌단 말인가.

병렬사고가 가능한 것도 아니거니와 논의할 할 틈도 없다.

그저 서로 다른 개체가 같이 둘 뿐…… 여기에 의미 따위 없
다. 없어야 한다. 그런데도……

"……빠야, 혼자, 나…… 시로, 혼자…… 상대, 하는 거면,
몰라도……."

"『우리』에게 이길 생각이라면, 기어오르지 말라고 대답하지."

그렇게 단언하는 두 사람의, 논리성 따위 조금도 없는 그 말에.

다른 것도 아닌 비논리가 수긍해버릴 것 같은 이유는── 무
엇인가────

──《체크 메이트── 승자 『공백』, 2승》

체스보드에서 흘러나온 콜과, 세 번째 곡이 끝났음을 알리는
소리에.

의자 등받이에 몸을 기대고, 시로를 안은 소라는 말했다.

"버그 난 그 머리에 잘 새겨. 『　　』에게 패배란 두 글자는 없
─── ."

거기서 말을 끊은 소라는 문득…… 시로와 나란히 하늘을 우
러러보았다.

"……있었, 어…… 한 번…… 있어버렸, 어…….."

"그렇구나. 이 말도 이제는 못 쓰겠구나…… 갑자기 분위기
팍 다운되네."

"며, 면목이 없사옵니다 마스터!! 소인이 부족하고 무능력한
탓에──!!"

뭔가 갑자기 우울증 스위치라도 들어갔는지 의자에 몸을 푸욱
묻듯 좌절하는 두 사람에게.

어째서인지 지브릴이 황급히 오체투지 사죄를 했지만── 엑
스마키나 일동은 생각을 이어나갔다.

──역시, 알 수 없다.

소라를 이만한 강자로 바꿔놓은 시로가 어떤 자인지도, 그 원
리도.

그러나── 침착 가는 구석이 있어, 아인치히는 『클러스터』
에 지시를 내렸다.

『전 기체── 해석을 대상의 대국 스타일에서 체스 이외의 승
리법으로 우선순위를 변경하라.』

가령, 시로가 아인치히가 짐작한 그런 존재에 해당한다면.

최악의 경우에도 4국 이내에, 두 사람의 수를 파악하고 넘어서기란 지극히 어려울 것이다.

그러나 지극히 어려울지언정 불가능할지언정, 그것이 무엇이든—— 대응하고 초월할 뿐이다.

다른 이도 아닌 『의지자_{슈 필 러}』가 6천 년이나 정체됐을 리가 없지 않은가!

"후후후. 사랑의 도전장은 확실하게 받아들였다! 지금의 『사랑스러운 자_{슈 필 러}』를 넘어서겠노라고!"

그렇게 산뜻하게 불타오르는 아인치히에게, 소라와 시로는 싸늘한 눈빛으로만 대답했다.

■ ■ ■

백스테이지를 침묵만이 에워싸고 있었다.

의자에 깊이 몸을 묻고 쉬는 소라와 시로, 그리고 엑스마키나 일동은 피차 말없는 한순간을 보냈다.

제3국, 다시 말해 라이브 세 번째 곡이 끝난 다음에 편성된—— 『막간_{인터벌}』이었다.

환성을 등지고 호로가 무대에서 계단을 내려오는 모습을 본 지브릴은.

"……마스터. 올드데우스라면 피로와는 무관하며 의상 변경도 순식간에 가능하지 않을는지요……."

머리 위의 『텐션 게이지』가 아주 조금씩 줄어드는 모습에 그렇게 물었다.

——『인터벌』…… 일반적인 라이브에서는 의상을 변경하거나 휴식을 취하기 위한 시간.

그러나 이 게임에서는, 그 시간에도 『텐션 게이지』가 변동한다.

원래는 불필요한 휴식을 왜 굳이 두었는가 묻는 지브릴에게,

"관객은 치치잖아! 신의 세트 리스트니까 일부러 간격을 만드는 것도 중요하다고. 이해했어?!"

"…… 일단, 물러나게, 해서…… 다음에는…… 뭐가 나올까…… 무슨 옷일까…… 기대, 부추겨."

그렇게 진지한 얼굴로 대답하는 소라와 시로에게.

——이 두 사람은 정말로 엑스마키나도, 체스도, 안중에 없는 것 아닐까?

그렇게 저마다 감회가 깃든 시선을 느끼면서도, 소라는 반짝이를 빛내고.

"그런고로! 스테프!! 공연장 분위기 좀 띄우고 와. 기대할게!!"

"………………네~에?"

갑자기 총알받이가 된 스테프가 괴상한 목소리를 내, 소라는 냉엄한 눈을 돌리며 말을 이었다.

"바람잡이라고, 바람잡이! 호로가 스테이지에서 내려가면 누가 관객들의 분위기를 붙잡아 놓을 거야?"

"……스테프, 왜…… 여기, 있는……지…… 잊었, 어……?"

소라와 시로, 두 사람이 날카로운 안광으로 그렇게 묻는 바람에 스테프의 시선은 이리저리 흔들렸다.

기억을 더듬는지 몇 번 고개를 끄덕이더니 "잊어버리지 않았어요."라고 대답한다. 그야 그럴 것이.

"가르쳐 추지도 않은 걸 잊다니, 그런 일은 불가능하죠?!"

그렇게 외치고, 문득 흠칫하더니.

"그보다도! 그러고 보니 전 왜 여기 있는 거예요?!"

이제 와서 고함을 지르는 스테프. 그러나 소라와 시로는 깊~은 한숨으로 대답했다.

"……이봐이봐, 저매니. 세트 리스트. 세 번째 곡이 끝난 다음에 뭐라고 적혀 있나?"

"엑, 제가 매니저였어요?! ……아, 딱 한 번이지만 그렇게 불렸던 기분이── 아니 잠깐. 『인터벌, 5분 MC』네요, 확인했어요! 어디에 제 이름이 있단 말이에요?!"

소라에게 딱 한 번 불렸던 포지션에 놀라면서.

그러나 그래도 확인했던 근면함을 주장하는 스테프에게,

"카아~~~! 이러니까 상식이 없는 것들은…… 잘 들어."

철썩~. 자기 이마를 두드리고, 상식을 말할 권리가 있는지조차 미심쩍은 두 사람이 그 상식을 역설했다.

"……시로, 랑…… 빠야, 는…… 사람들, 앞에…… 못, 나가……."

"그렇다고 지브릴은 무슨 짓을 저지를지 알 수 없고~!"

"……엑스마키나, 는…… 더, 말도, 안 돼……."

——그렇다면. 이제 남은 상식인은 스테프 이외에 누가 있겠느냐고.

상식적으로 당연한 소거법의 귀결에 스테프는 하늘을 우러러 보았으나.

"밴드 소개든 만담이든, 뭣하면 재미난 얘기라도 좋으니까! 자, GO!"

"소개할 밴드가 없잖아요! 만담할 상대역도 없잖아요! 재미난 얘기라니 너무 추상적이에요!"

그렇게 어떻게든 거부를 시도해본 스테프는—— 이내.

천천히 착실하게 줄어들고 있는 『텐션 게이지』에 고개를 절 레절레 흔들고는——

"〰〰〰〰〰아~ 진짜! 부, 분위기 다운돼도 책임 안 져요!!"

그렇게 자포자기하듯, 무대로 이어지는 계단을 뛰어올라갔다.

"……마스터, 괜찮으시겠습니까? 정말로 『텐션 게이지』가 바닥나면……."

호로와 교대해서 무대에 선 그 모습을 보고 지브릴이 물었다 —— 그러나.

"괜찮아. 뭘 해도 뜨게 돼 있어…… 스테프한테는 사람을 끌 어들이는 힘이 있거든."

마음 푹 놓은 표정으로 대답한 소라의 말에, 일동은 나란히 무 대를 보았다.

"……스테프도 자각은 없지만, 노력으로는 결코 얻지 못하는 ── '재능' 이지."

무대 위에 선 스테프는── 팔다리가 떨리고 있었다. 눈도 이리저리 흔들렸다.

그러나── 얼굴에는 누구나가 반할 만큼, 한 점의 악의도 없는 미소가 있었다.

스테프는── 분명 별다른 말은 못할 것이다.

재미난 농담이나, 재치 있는 말장난 같은 것은 본인이 어려워하는 분야다.

그러나 그래도 무대 한가운데에 서서, 자기 생각대로, 마음을 표현하는 말을.

혹은 언어 이외의 무언가를 자아내려 하는 스테프는,

──그 의욕 탓에 아무것도 없는 곳에서 걸려 넘어지고.

그 기세 탓에 요란하게 자세가 허물어져, 관성 그대로 무대에 있었던 기재를 향해.

그 성격을 나타내주듯 똑바로…… 안면부터 처박혔다.

기재에 안면을 미끄러뜨리며 쓰러진 스테프의 스커트가 올라가 속옷을 드러냈다.

＿ㅇ／ㅣ＿……이렇게.

특수기호로 표현할 수 있는 포즈로 기절한 모습에── 폭소가 터졌다.

　"……응…… 개그담당, 하는…… 엄청난…… '속성^{재능}'……."

　그 재능을 밝힌 시로에게 호응하듯 『텐션 게이지』는 상한을 쳤다.

　가차 없는 수수께끼의 설득력에 모두가 수긍한, 그 옆에서.

　"……이리하여도 되는 것이냐? 이것이 그대들이 말하는 『완벽한 아이돌』이더냐?"

　스테프와 교대해 의상을 주섬주섬 갈아입던 호로가 중얼거렸다.

　할 수 있는 한은 하고 있다고.

　입을 비죽거리며 호소하는 추정 수억 살, 화려한 학생복 차림의 어린 여신이 건넨 물음은.

　"아직 멀었어! 이래선 고작해야 『아이돌 랭크 A』지. 표현력이 부족해!"

　"……『S』조차 통과점…… 정점, 서고, 싶다고…… 호로의 마음, 전하고, 와!"

　"전하지 못하는 것도 당연하지 않느냐?! 호로도 마음의 정의조차 내리지 못하고 있으니!!"

　그러나 지나치게 냉엄한 『Ｐ^{프로듀서}』가 퇴짜를 내려, 호로는 눈물을 머금고 거듭 물었다.

　──그리고, 문득.

　"…………『의지』일지언저."

대답한 것은 소라와 시로의 맞은편에서 침묵을 관철하던──
아인치히였다.

　생각지도 못한 사람에게서 흘러나온 대답. 의아해하는 호로
에게, 그러나 기계 사내는 말을 이었다.

　"『마음』의 정의를 물었다. 그렇기에 대응한다.^{대 답 한 다} 『마음』 그것
은 곧──『의지』일진저."

　"……의지 ……호로에게 의지가 있다고 말하는 근거는 무엇
이뇨?"

　"묻기 때문이다. 대답을 원하기 때문이다. 그 상념이 있기
에……."

　그렇게 말한 기계는 마음을, 의지를, 상념과 목숨마저도 정의
하고, 단언했다.

　"상념, 의사, 목숨. 불가분의 관계이자 동의어. 목숨 있는 신.
상념도 의지도 마음도 있으리라."

　이를 가지지 못하고 태어난 기계, 그렇기에 가지고 태어난 자
보다도 그것이 사랑스럽다는 듯.

　인간보다도 인간답게 그 정의를 말한 기계는.

　부드러운 미소로── "그렇기에." 라고 말을 이었다.

　"『의지자』^{슈 필 러}와 동일한 의지, 상념이 있다면! 『사랑스러운 자』^{슈 필 러}
또한 동일한 생명임은 자명한 바!"

　"야, 기계!! 컴퓨터가 궤변 구사하지 마! 비약하고 앉았어!!"

　──석유왕은 터번을 썼다. 석유왕은 부자다.

　그러므로 터번을 쓴 부자는 모두 석유왕이다.

그렇게 모범적인 오류 및 궤변을 늘어놓은 아인치히에게, 소라는 언성을 높였다.

"…………."

——역시 아직 이해하지 못한 듯, 호로는 침묵했다.

그러나 무언가를 느꼈는지, 아인치히와 이미르아인, 그리고 엑스마키나 일동을.

순서대로 쳐다보고 살짝 고개를 갸웃한 호로에게—— 시각을 알리는 소리가 울렸다.

"……아, 앞으로…… 두 번은 사양하겠어요……."

"유감이지만 세트 리스트 때문에 앞으로 두 번 더 있어. 다음에도 부탁해♪"

——결국 5분 동안 기절에서 오는 경련. 그 후로도 마이크를 거꾸로 잡는 등.

관객을 웃긴 것이 아니라, 웃음을 사고 만신창이가 된 스테프가 백스테이지로 돌아왔다.

그리고 교대하듯 호로가 스테이지 사이드로 이동해, 기다린다.

호로는 네 번째 곡의 시작을.

소라와 시로는 제4국의 개국을—— 저마다.

"자아? 그러면~ 휴식도 끝났으니, 계속해 보실까?"

"……『연출타』…… 다음, 은…… 빠야…… 차례……♡"

그렇게 웃는 소라와 시로에게, 아인치히는 슬쩍 웃었다.

이 휴식시간 동안 이어졌을 사고의 결론을 말해주듯,

"음. 그렇다면 한동안은 편리하게 이용당하고 있도록 하지,
『사랑스러운 자^{슈필러}』여……."

──그래도 여전히. 결연히 말을 잇는다.

그렇다, 대담하게. 체스에서도 『연출』에서도,

"우리 엑스마키나. 무엇이 됐든, 존재한다면 대응하리라……
초월하리라."

──거듭되면 초월에 이르리라는 자부심을 선언하며──.

울려 퍼진 네 번째 곡의 신호에, 제4국에 임하는 세 사람의 손
이 움직이기 시작했다.

■ ■ ■

──그리하여 라이브와 게임은 함께 이어지고── 일곱 번
째 곡, 일곱 번째 대국.

체스판 위에서 고속의 공방을 나누던 일동은 지금── 넓은
하늘을, 자유로이 날고 있었다.

정정. 분명히 자유이기는 했다. 그러나 정확하게는 날고 있는
것이 아니었다. 그저.

"이건 말도 안 돼요~~!! 그보다 두 분은 왜 멋 부리면서 여유
작작한 거예요?!"

"홋, 여유 따위 없어. 다만 그것이 규칙이기에."

"……스테프…… 꼴, 사나워……."

그렇게 멋들어진 얼굴로 냉정하게── '자유 낙하' 하는 소라와 시로에게 스테프의 비명이 날아들었다.

아니, 소라와 시로 둘만이 아니었다.

스테프도, 관객도, 게임 중에는 마법의 사용이 불가능한 이상 지브릴도.

──마추픽추에 우주전함^{데 스 스 타}, 나아가 소라와 시로에게는 뭐가 뭔지 모를 것까지도.

이처럼 소라와 시로, 아인치히의 『연출타』 응수 때문에 발생한 모든 것들을 데리고.

조금 전 아인치히의 『연출타』에 따라 '땅' 이 사라져── 무한한 하늘을 떨어지고 있었다.

……따라서, 뭐…… 기왕 이렇게 된 거.

"여러……여러분은, 어떻게 이러고도, 게임에 집중할 수 있는 거예요〜〜〜오?!"

"후. 스카이다이빙 따위, 이 세계에 오고 나서 몇 번이나 당해 봤는데…… 적응했지."

그렇게 스테프에게 대답하는 소라의 얼굴 또한 역시 멋들어진 것이었으며.

예전부터 해 보고 싶다고 생각은 하면서도 골방지기인 탓에 이루지 못했던 게임.

다시 말해 『익스트림 체스』를, 소라와 시로는 즐기고 있었다.

──익스트림 체스.

하늘에서, 절벽에서, 물속에서, 유원지의 놀이기구에서……
아무튼 위험한 곳에서 벌이는 체스를 말한다.

그뿐이다. 승패조차 관계없다. 그저 그뿐인, 그러나 유일하고
도 불가침한 규칙이 바로!

멋들어진 표정 유지! 이상이다!!

"과, 과연 마스터…… 아니…… 과, 관객 분들도 어지간하옵
니다만……."

"바로 그거예요!! 어째서── 좋아하는 거예요?! 훈련이 돼
도 너무 잘됐잖아요?!"

지브릴조차 감탄하고 스테프가 제정신을 의심했던 것은, 상
한을 친 『텐션 게이지』.

그것이 의미하는 바는, 자유낙하조차도 즐기며 호로의 노래
와 춤에 열광하는 관객들이었다.

그러나 그도 당연한 노릇.

손을 멈추지 않으며 소라는 내심 의미심장하게 웃었다.

엑스마키나는 어떻게 해야 분위기가 다운되는지를 모르는 것
이다……!

소라를 향한 구애행위^{어프로치}를 통해서도, 그들이 『사람의 마음』을
이해하지 못했다는 것은 자명!!

……뭐, 스테프조차 이해하기 어려워하는 마음^{관객}이라면 더욱.

따라서—— 시행착오를 되풀이하며, 상대의 반응을 통해 보정해 나갈 수밖에 없다.

땅을 없앤 것도, 소라 일행의 방해와 관객의 공포를 동시에 노린 시도였으리라.

그러나 소라는 첫 번째 『연출타』에서 더할 나위 없는 공포를 주었고—— 안심시켰다.

이제 와서 땅이 꺼지든 하늘이 무너지든 관객은 연출의 일종으로밖에 인식하지 않는다.

이리하여 모조리 불발로 그친 아인치히의 수가 다시 빛나는 칸으로 뻗어나가는 모습에,

"호오~? 이번에는 어떤 악수를 또 둬서 어떤 허탕을 보여 주시려나~?"

이처럼 아주 재수 없게, 최대한 조롱하는 목소리를 의식해 도발하는 소라에게,

"『사랑스러운 자』여…… 그대를 우습게 본 적은 없다. 그대의 강함도 아직까지 이해의 범주 밖에 있다. 그러나."

대답하는 아인치히의 웃음은, 목소리는…… 부드러웠다.

"부디 엑스마키나도 우습게 보지 말기를. 선언대로, 우리를 이용하게 해 주는 것은 잠시뿐."

그렇기에 소라와 시로의 등에 싸늘한 땀이 흐르기에 충분했다.

"——우리 엑스마키나. 무엇이든, 존재한다면 대응하리라."

그 말과 함께 아인치히—— 병렬된 초월 기계가 둔 『연출타』에.

"제한 없이. 한계 없이—— 끝도 없이. 그리하여 초월에 이르리라."

엑스마키나의 해답, 이미지에 경치가 재구축되고, 하늘과 땅이 되살아난 라이브 공연장에서 소라는 생각했다.

——문제는 없어…… 엑스마키나는 '사람을 잘못 보았다'.

그 착각을 깨닫지 못하는 한, 엑스마키나의 연산속도가 예상의 범주를 넘어서더라도.

무한조차 넘어서는 속도라 해도! 엑스마키나는, 소라와 시로에게는—— 절대로 이기지 못한다!

그러나 확신을 다진 듯한 아인치히의 웃음에, 소라는 일말의 불안이 고개를 드는 것을 느꼈고——

그 순간————!!

……찌~직찌직찌직좌좌~자좌자좌작~.

"…………에으?"

평범~하게 원래의 라이브 공연장으로 돌아간, 평범~한 무대 위에서.

호로의 의상만이 평범~하지 않게 부자연스러운 모습으로, 소리를 내며 찢어졌다.

…………………

"후. 후후후…… 이제는 말도 나오지 않나? 그것도 당연하리라, 『사랑스러운 자』여——!!"

소라와 시로의 침묵을 경악으로 받아들였는지, 아인치히는 드높이 웃으며 부르짖었다.

'무한초월'이라고까지 가늠했던, 엑스마키나의 이치를 벗어난 연산력, 정보처리력과.

소라의 반찬을 통해 편향될 대로 편향된 정보로부터 산출된 그 수를 보고── 소라는, 인정했다.

"……그래, 맞아. 상당히 적절했어. 나쁘지 않은 수야……."

그렇게, 체스판 위로 미끄러뜨리는 손을 멈추지도 않은 채, 솔직하게 칭송의 말을 바쳤다.

그러나──『아직 멀었다』고 이어져야 할 소라의 말은──

『**우우와아아아아아아아아아아아아아아아아아아아아아
아아아아아아아~아아아!!**』

천둥 같은 환호성, 한계를 돌파해 빛까지 내기 시작한 『텐션게이지』가 대변해 주었다.

"어, 어떻게 된 노릇이냐…… 가설은 완벽했을 터── 이럴 리가──?!"

아인치히가── 아니, 전 엑스마키나가 병렬연산했던 해답이었는지.

그것이 불발로 그친 데에는 이미르아인도, 모든 기체가 경악에 허덕이는 가운데.

"큭큭…… 흐하하하…… 아하하하! 너희의 놀라움이 손에 잡힐 듯이 보이는구나!!"

견본과도 같은 삼단웃음을 시전하고,

"파손된 의상으로 계속 춤을 추면 노출 해금! 이는 곧 아이돌 생명의 끝!!"

그리고 스테프의 쏘아보는 눈은 무시하고 소라는 뜨겁게 말을 이었다.

"춤을 멈출 수밖에 없다. 라이브는 중단! 『텐션 게이지』 다운 —— 그러나."

여기서 말을 끊은 소라는 짓궂게, 아인치히를 향해 웃음을 지었다.

"그게 아니지. 노림수는 '그다음' —— 의상이 찢어져도 계속 춤을 추는경우다내말이틀렸나?!"

——모든 것을 읽혔다. 그 사실에 아인치히는 입을 딱 벌린 채 경악에 허덕였다.

소라와 엑스마키나. 인간과 기계의 뜨거운 밀당에! 눈을 빛내는 지브릴!!

절대영도보다 더 아래가 있다면 이런 눈이 되지 않을까 싶은 스테프!!

그러한 것들을 아랑곳하지 않고 소라는 역설한다!

"호로가 올드데우스답게 『수치심』을 모른다면! 전라 댄스 따위 관객들도 모조리 질려서 『텐션 게이지』는 떨어지리라고—— 그

렇게 생각했겠지?! 노림수는 나쁘지 않았다. 멋진 '이중구속'이
라고 칭찬해주마변태훈남호모로봇아!"

──춤을 멈추면 관객들은 불만을 품는다. 그러나 춤을 계속
해도 짜게 식는다.

역시 예상 이상으로 인간의 마음을 이해하고 있다. 역시 방심
할 수 없는 상대다.

"하지만 얄팍하구나, 철학하는 기계여…… 그 정도의 해프
닝, 『 P 』가 고려하지 않았을까?!"

소라의 말에 아인치히를 포함한 모든 엑스마키나가 일제히 무
대를 바라보았다.

그곳에는 부자연스럽게 찢어지고 뜯겨나간 의상……의, 바
로 안쪽에──!!

악의로 넘실거리는 미세 면적의 수영복을 입고, 호로가 노래
하고 춤추는 있었다…….

의상이 찢어진 것 이상으로, 그 수영복이 보이는 쪽이 훨씬 창
피한지.

필사적으로 찢어진 의상을 손에 잡고 어떻게든 몸을 가리며
춤을 추는 그 모습에──

"……후. 그래, 맞았어. 원래의 호로라면 알몸으로도 계속 춤
을 추었을지 모르지……."

소라는 마무리를 짓듯 자신의 심모원려를 밝혔다── 그 말
인즉슨!

"그렇기에 알몸보다 부끄러운 트릭을 숨겨놓았던 거다…….
호로조차 자각하지 못하는 수치심에 곤혹스러워하는 모습! 여
기에야말로 텐션이 올라가는 법!! **두우~ 유~ 언더스탠~?!**"

말없이 고개를 숙인 기계. 그러나 소라는 분명 들은 것 같았다.

──깊다고. 너무나도 깊다고.

이 정도로 심원한 이해에 정말로 도달할 수 있을까, 하고…….

무한히 성장하는 기계의 자부심이 살짝 흔들린 모습에──

그러나, 흠칫.

"……큭! 후후후, 과연 『사랑스러운 자』로군……. 그러나 정
정하도록──!!"

머리 위를 올려다보고 그것을 본 아인치히는 절망의 늪에서
되살아나 외쳤다.

"이번 한 수는 '이중구속'으로 끝나지 않는…… '삼중구속'
이었다──!!"

그렇다. 지극히 미미하지만── 줄어드는 『텐션 게이지』.

그 의미를 깨달은 가공할 하이퍼컴퓨터를 보며, 소라는 자신
도 모르게 목을 꼴깍 울렸다.

그렇다── 과도한 서비스였다, 고……!!

탈의── 그것은 어디까지나 '해프닝'이기에 불타오르는 법
이라고!

팬티가 살짝 비치는 것이 행복이기에 존엄하듯! 팬티가 홀러 덩 노출되는 것이 짜게 식는 논외대상이듯!

심원한 그 이치를 이해한 기계는 깨달았던 것이다── 소라 와 시로는 두어야만 한다고.

호로의 의상을 되돌릴 『연출타』를. 대국 종반에서의 악수를. 절망적인 불리함을 초래할 한 수를!

그리고 마치 그 생각을 반영한 것처럼 하나의 칸이 극채색으 로 빛났다.

그러나 그 칸. 그 위치는. 소라와 시로도 눈짓을 나누고 단언 할 만한 것이었다.

── '필패의 한 수' 라고…….

두었다간 피할 수 없는 체크. 아무리 발버둥 쳐도 남은 것은 무 승부── 패배뿐.

이중구속에서 삼중구속으로, 상황을 이용하고 더욱 변천시켰 다.

그 대응력, 그 발전에 소라는 경악할 만하다고 절찬하고, 경의 를 표하며, 말했다.

"……그래. 보아하니 이번 국은 우리가 질 수밖에 없겠군."

그렇게 솔직하게 인정하며, 빛나는 칸으로 피스를 옮기면서,

"그러니 다음 국의 승리로 타협하지── 준비 됐냐, 시로?"

그 의미 깊은 선언에 의아해하는 일동을 무시한 채,

"……응…… 새로운, 희망(반찬)…… 같, 이…… 찾기로…… 약 속, 했지?"

"——크으~ 이렇게 훌륭한 동생이 어디 있나요?! 이 오빠 너무 행복하다!!"

그렇게 웃으며 고개를 끄덕인 시로와 얼굴을 마주보고, 눈물을 머금은 소라는 피스를 빛나는 칸으로.

이 대국의 패배를 결정하는 『연출타』를 두었다.

——그와 동시에.

의자를 박차고 달려 나간 소라와 시로의 발진속도는—— 빛을 능가했다.

'게임 포기'를 의미하는 그 행위에 모두가 그렇게 착각했고, 이해할 틈도 주지 않은 채.

소라의 『연출타』가 경치에 반영되기도 전에. 그보다도 빠르게. 무엇보다도 빠르게!

호로의 옷이 수복…… 아니. 다음 곡을 위한 의상으로 바뀌어 간다—— 이어서!!

——좌좌좌~좌지지좌지좌~좌지지지직~찌이직~~~하고.

호로의 의상이 찢어졌을 때의 부자연스러운 소리가—— 십사 중주로 울려 퍼졌다.

"""……………………어?"""

여성형 엑스마키나 12기와 스테프, 지브릴 두 사람—— 시로를 제외한 모든 여성의 옷이.

소중한 일부, 양말이며 가터벨트 정도만 남긴 채 산산이 찢겨 날아간 데에 의아해하는 목소리가 흘러나왔다.

그리고 한 박자 후, 여성형 엑스마키나 여성형들은 1기에 하나씩 눈앞에 출현한 괴이——

"——【공포】: ……히이잉?!"

이들의 알몸을 자애로운 눈으로 뚫어져라 보는, 무풍에 나부끼는 훈도시 바람의 꿈틀대는 근육덩어리.

그렇다…… 속칭 『하츠세 이노』라 불리는 사악한 재앙이 1기당 하나씩.

합계 열둘이나—— 연출(짝퉁)이라고는 하나 출현했다는 악몽에 비명을 질렀을 무렵에는—— 이미 때가 늦어.

소라는 스마트폰으로, 시로는 태블릿 PC로 이미르아인의——'다리 아래'로 미끄러져 들어가!

버스트모드(연속 접사)로 잡은 화상을 들고 다음 목표로 달려갔다……!!

——네, 아웃~ 이라고 생각했는가?

무수정 로우앵글 접사. 즉시 레드카드 먹고 F○FA에서 제명처분을 당하리라고.

BUT 하지만 헌데 그러나! ——아니. 아니었다!

레드카드는 고사하고 심판의 호각조차 울리지 않는다! 왜냐면——!!

"마, 마스터?! 이, 이 수수께끼의 광선은—— 무슨 원리이옵니까?!"

"딴죽 걸 구석이 너무 많지만──왜 제 옷이 벗겨진 거죠?!"

그렇다. 지브릴이(스테프는 무시한다) 물었듯 모든 여자들에게 떠도는 『광선』──

전방위, 어느 각도에서 보더라도 아슬아슬하게 국부를 감추는 빛!

비 유클리드 기하학적으로 믿음직하신──『수수께끼의 광선님』이 등장해 주셨기에!

이것이 『모자이크님』이었다면 오히려, 아니 뭐랄까, 아웃일 것 같다는 기분도 들 것이다.

그러나 『수수께끼의 광선님』은 지상파 방송 가능! 따라서 이 자리는 확정적으로 건전!! 증명종료!!

……이리하여 소라와 시로가 도전한 것은.

패배가 확정되는 제7국 종료까지 최소 3.2초, 제8국 개시까지 8초, 합계 11.2초!

그 얼마 안 되는 시간 동안 하츠세 이노의 사악한 허상이 비치지 않는 각도, 구도를 밝혀내!

14인분, 1장 이상! 새로운 희망을 카메라에 담고, 자리에 돌아가는 것…….

가능할까? 자문에 소라와 시로는 시선을 나누고 단언하며 웃었다. 멍청한 의문이라고.

무수히 솟아난 수많은 바늘구멍에 정확하게 실을 꿰고, 그 너머에 있는 표적을 꿰뚫는 난제의 극치라 한들──

돌파하고 말리라. 『 ^{우 리} 』는 이루리라——!!

…………

"조, 좋~아…… 그러면 제8국, 승리는 확실하다만, 간다……
헥, 헤엑……."

"그, 그쪽, 이…… 선수…… 『연출타』…… 니까…… 히익,
후우……."

……저스트 11.2초. 다 이루었다는 표정으로 테이블에 앉아,
숨을 헐떡이며.

그러나 손은 흐트러짐 없이 제8국을 두기 시작한 소라와 시로
의 '승리 선언' 에.

"——【명령】: 최고 속도로 『연출타』. 얼른 둬."

"뭣……?! 귀 기체는 대체 무슨 소리를 하나——?!"

그러나 아인치히가 의아해할 틈도 없이 이미르아인의 사무적
인 목소리가 날아들었다.

아니. 아인치히를 제외한 엑스마키나 전 기체가 힐문하듯 노
려보며 명령하는 그 모습을 통해,

"『사랑스러운 자』여…… 이것이 '다음 국의 승리로 타협' 이
란 말의 정체였는가——?!"

마침내 소라의 의도를 깨달은 아인치히에게, 소라는 말없이
의미심장한 웃음을 지어 주었다.

그렇다—— 왜 이런 연출을 두었는가?

그야 뭐…… 물론 취미를 위해서지만. 취미는 실익을 겸비해야 가치가 있는 법이지?

다소 난이도를 높여서라도. 『장애물(이노)』을 설치해서라도——여기에서 얻은 실익이, 바로 이것이었다.

"【채결】: 12기 찬동. 최대한 신속히 『연출타』. 관측 기피 물체 X의 영구적 배제. 파괴. 살해."

"전 기체, 이것은 함정이다! 그 연출은 반격 불필요!! 우리가 불리해질——."

"【경고】: 『주인님』 이외에게 몸을 보이는 것은 논외사항. 이쪽을 보았다간 『아인치히』의 시각기를 파괴하겠다. 12기 찬동. 최종권고—— 최대한 신속히 『연출타』. 명령. 빨랑 해."

이성적인 아인치히의 주장. 그러나 여성형 엑스마키나들에게는 들리지 않았다.

이미르아인은 사무적인 어조와 달리 명백히 냉정함을 잃——었다기보다는 화를 내고 있었다.

——여성형 엑스마키나 여성형들의 수치심을 부추겨 선수에서 악수를 두게 한다.

상당한 도박이라고 생각했다. 우선 그 무엇보다도 엑스마키나에게 수치심이 있는지부터 의심스러웠다.

그러나 어디로 도망쳐도 쫓아오는 추잡한 근육, 태동하는 열두 괴이(怪異)가.

훈도시 하나 걸친 채로 포즈를 잡으면서(가슴을 중점적으로) 자애로운 눈빛으로 꼬나본다면.

기계라 한들, 마음이 있다면. 아니, 마음조차 없더라도!

풀꽃조차 말라 비틀어질 섭리가! 그들에게 그러한 생각을 심어 주리라 파악한 것이다…… 다시 말해.

——뭐가 어쨌든 이것을 제거해야만 한다고——!!

그러나…… 보아하니 도박도 무엇도 아니었던 듯.

수치심은 명확히 있었는지, 심지어——『수수께끼의 광선 님』이 있어도 아인치히에게조차 보이기를 거부하는 여성형 엑스마키나들은 그저 담담히 말을 이었다.

"【채결】: 만장일치. 『아인치히』의 제어권 박탈. 일시적으로 본 기체가 조작하겠다."

우주 의지가 거부하는 근육체의 배척에 나서는 엑스마키나의 한뜻—— 아니, 결정에.

"으아————아아아! 전 기체! 이러지 마라! 생각을 바꾸란 말이다으아——아아!!"

아인치히의 저항도 허무하게, 그 손은 가장 먼저 빛난 칸으로 망설임 없이 피스를 옮겼다.

그와 동시에—— 여성형 엑스마키나들의 이미지를 반영한 『연출타』에…… 어, 으음…….

……그…… 뭐냐,

형용하기조차 끔찍한 방법으로, 하츠세 이노의 허상은 문자 그대로 '참살' 당했다.

창졸간에 시로의 시야를 체스판에 집중시켜 간신히 시인을 거부할 수 있었던 광경에, 불쑥.

"【미소】: 안심하세요. 연출입니다."
^{안 전 합 니 다}

알몸에 피──비슷한 무언가일 거야 아마도──를 뒤집어쓴 이미르아인이 그렇게 중얼거리고.

한순간 늦게 전 기체에게서 『수수께끼의 광선님』이 떨어져나가며 메이드복으로 돌아가는 가운데, 버럭.

"전 기체! 사고이상이라도 일으켰는가?! 고작 귀 기체들의 나체를 승산과 맞바꾸다니?!"

상당히 진심으로 겁을 먹은 소라와 시로는 그렇게 고함을 질러준 아인치히에게 내심 감사했다. 그러나──

"【통달】: 전 기체로부터 『아인치히』에게. 자괴해. 자폭해. 바보. 멍청이…… 아우스."

기계라고는 하나 여성의 알몸을 '고작'이라고 내뱉은 죄에 대해 여성형 대표, 이미르아인은 완곡하게 『죽어』라고 말했다. 그러나…… 죄인이란 역시 죄를 자각할 수 없어 죄인인가…….

"어째서냐?! 본 기체라면 나체 따위 얼마든지 멋대로 보일 수──."

말하자마자 옷을 벗어던진 아인치히는── 느닷없이 소라와 시로의 시야에서 사라지고,

"【부고】: 대국 기체에게 사고 발생. 유감. 게임은 본 기체가 인계. 속행에 지장 없음."
^{아 인 치 히}

그곳에 처음부터 이미르아인이 있었던 것처럼, 교대하고 자리에 앉았다.

……어, 뭐. 애초에 대전 상대는 '엑스마키나'── 연결된 전 기체였다.

체스를 두는 기체가 바뀌었다고는 해도 대전 상대임은 마찬가지. 규칙 위반은 아닌데……그보다도.

이번에도 역시 시인할 수는 없었지만, 역시 이미르아인에게 걷어차였는지.

이번에는 박히지 않고 벽의 크레이터에 파묻혔던 것으로 보이는 자의 안부를 한순간 근심하고──

"……귀, 귀 기체들…… 패, 패배해도, 좋은, 가……!"

노이즈가 섞여 울려 퍼진 아인치히의 목소리에, 소라와 시로는 가슴을 쓸어내렸다.

"【태평】:『주인님』의 누드 사진. 본 기체가 얻겠다. 꼭 이길 거야."

"각오에 담긴 기백에 비해 동기가 너무 불순하잖아?!"

새삼 대치한 이미르아인의── 호국출병과도 같은 기백에 소라는 자신도 모르게 소리를 질렀고,

하지만 이어지는 말에는 살짝 경계를 다졌다.

"【추정】:『주인님』에 대해 유효한 방해를 산출. 이 대국의 승리는 충분히 가능."

"…………호오?"

그것은 다시 한 번──『연출타』를 두겠다는 선언.

이미 한 번 두는 바람에 승산이 희박해진 현재의 상황에서, 더욱 악수를 거듭하겠다니.

그것이 의미하는 바는—— 절대적인 자신이 있는 책략이거나, 패배를 확정시킬 각오가 있거나.

어느 쪽이든 그 말을 한 것이 이미르아인이라면.

그렇게 생각하며, 소라만이 아니라 시로도 경계했다.

——이미르아인.

요령부득이었던 엑스마키나 중에서도—— 아직까지 소라가 파악하지 못한 유일한 기체.

그녀는 소라에게 들이대지도 않았고, 그렇다고 떨어지지도 않은 채. 중립 혹은 방관자인 것처럼 행동했다.

그 특이성도 맞물려 기분마저 으스스해지는, 이질적인 기계 중에서도 이질적인 소녀가.

인형처럼 고운 얼굴에 미소를 지으며.

하프가 울리는 듯한 음색을 띤 목소리로 자아낸 말은——

"【사실】: 『주인님』은 숫총각."

"그래 맞는데! 왜 뭐! 그럼 안 되냐?!"

안도한 나머지 맥 빠진 고함을 지르게 만들었으며.

이어서—— 지저세계로 떨어뜨릴 만한 말이었다.

"【필연】: 여성에 면역 없음. 그러나 관심은 지극히 높음. 구애 행동 때마다 거듭 당혹감을 드러낸 점으로도 확인 완료. 부수적으로『주인님』의 취향 용모, 속성 등을 고정밀도로 특정 완료."

한마디를 할 때마다── 야단났다.

한마디를 거듭할 때마다── 야단났다, 야단났다.

소라의 이마에서 핏기가 가시고 얼굴은 창백해져간다── 야단났다. 야단났다야단났다야단났다!

초조함에 물든 머리로 소라는 생각했다. 과소평가했다! 정말로 최악의 수를 두려고?!

그런 동요를 억누르고 손을 움직이기만 하는 소라. 그러나 이미르아인은.

──빛나는 칸이 출현한 것을 확인하자마자, 물 흐르듯 피스를 옮겨.

그 자명하고도 변할 수 없는 진리를 역설하며『연출타』를 두었다── 그것은 곧.

"【결론】:『주인님』에게 다수의 미소녀를 들이대면『체크』…… 속행불능에 빠진다."

여자가 에로틱하게 돌격하면 집중하지 못하겠지〰〰?! 라고……

……………………아앙?

이미르아인과 소라, 두 사람을 제외한 모두가 그렇게 말하고 싶은 양 아연실색한 가운데.

소라는 주위에, 다수의 워비스트^{짐승귀소녀}로 보이는 것들의 윤곽이 떠오르는 것을 확인하고.

"젠장 당했다!! 시로, 다음 『연출타』로 없앨 때까지 어떻게든 혼자서 버텨!!"

"……빠, 빠야……. 그런 이유, 로…… 전투불능, 빠져도…… 돼……?!"

오로지 혼자 비통한 비명을 지르는 소라에게 전원을 대표하는 시로의 항의가 날아들었다.

얌마, 자칭 최강 게이머의 반쪽. 이라든가.

너 진짜 그래도 되는 거냐. 라든가.

그렇게 묻는 시선. 그러나 소라는 내심 외쳤다── 나한테 무슨 잘못이 있는데?!

아~ 그래. 숫총각인 게 잘못이야? 그게 그렇게 심한 죄냐고?!

미소녀들이 돌격하는데 남자가 명경지수로 있을 수 있다면, 그건 깨달음의 경지지!
<small>니 르 바 나</small>

속행불능은 불가피! 그렇게 단언하고 차선책에 의식을 집중하는 소라의 주위에 나타난 것은──

"프로듀서님 ♪ 오늘도 수고하셨어요~♡"

"저기저기, 저요! 사실은 먼저 샤워 하고 왔는데……♡"

"오늘도 듬~뿍! 안에서 레슨…… 부탁드려요 ♡"

이미르아인의 이미지를 반영한 연출이 구축됐다…… 그렇다.

"【확신】: 아이돌 『 P 』의 바람. 『베갯머리 영업』의 선망을 통한 방해. 지체. 지극히 유효."
<small>프로듀서</small>
<small>한 밤 의 레 슨</small>

경쟁하듯 소라에게 '거시기한 그것'을 조르는 짐승귀 소녀,
48명의…… 아이돌.

————————

…………훗…….

"아~ 시시해. 괜히 조바심 냈네…… 나 원, 사람 쫄게 만들고
앉았어. 시로, 계속하자."

"……응…… 뭐…… 그렇게, 되겠지……."

그러나 그 광경을 조소 한 번으로 흘려 넘기고. 게임에 다시 집
중하는 소라를 보며.

시로를 제외한 전원이—— 그건 그거대로 경악해 목소리를
높였다.

"마, 마스터?! 어, 어디 기분이라도 좋지 않으십니까? 과로하
신 것이옵니까?!"

"당신—— 알겠어요, 소라가 아닌 거군요……?! 대체 누구죠
——?!"

"어느 쪽이 됐든 불만인 거야?! 나더러 뭘 어쩌라고?!"

떨리는 목소리로 지브릴은 컨디션을 걱정하고, 심지어 스테
프는 가짜라고 확신하는 모습에.

소라는 부르짖고—— 생각했다. 그래, 맞은 말이지. 노린 포
인트는 나쁘지 않았어.

하지만 『시추에이션』을 잘못 잡았다. 그것도—— 지극히 불
쾌하게!!

"P도(道)의 극의에 이른 나에게. 베갯머리 영업이라고? 자기가 육성하는 아이돌에게 손을 대라고?"

그렇게── 적확하게 소라의 지뢰를 밟아버린 이미르아인을 노려보며.

긍지를 모욕당했다고 부르짖는 소라의 처절한 기백은,

"다른 사람도 아닌 나에게, 개만도 못한 저열한 짓을 하는 족속이 되라고……? **무엄하다, 엑스마키나!!**"

대기마저 뒤흔들어, 폭풍(착각)에 날아간 자들이 목을 꼴깍 울리게 만들었다.

물론 『 P 』일은 놀이로 시작한 것. 그러나 소라와 시로가 놀 때는 항상.

──진짜보다도 진심인 것이다!

모두에게 그 사실을 상기시키고, 혹은 이해시키고 소라가 피스를 쥐며 쳐든 주먹은──

"베갯머리 영업 따위 하지 않아도 모두 한꺼번에 챙겨주겠다 이거야! 다녀와라!"

똑바로── '빛나는 칸' 을 향해. 내리친 『연출타』가 바닥을 치는 소리는.

이미르아인 일행의 경악을 백스테이지에, 그리고──

『여러분────!! 즐거우신가요────?!』

폭음을 수반한 짐승귀 소녀 아이돌 48명의 환성을 무대 위에 터뜨렸다.

형형색색의 연기와 함께 소라의 주위에서 전이된 48명의 워비스트 아이돌.

그 갑작스런 출현에 관객도, 아니, 호로마저도 한순간 경악해 굳어버리고.

그러나 물 흐르듯 호로의 뒤에서 춤추기 시작한 모습에——백댄서구나, 하고.

하나같이 귀여운 미소녀 아이돌의 대량 출현을 이해한 관객들의 열기와——

"저기요?! 지금! 지금! 제 옷도 되돌릴 수 있었던 거잖아요?! 그렇죠?!"

그렇게 『수수께끼의 광선님』은 정시를 지나서도 여전히 잔업 중이라고.

스테프와 지브릴이 알몸이란 사실을 상기시켜 주는 고함도 덤으로 울려 퍼졌으나.

신경을 쓰는 이는 제로. 마찬가지로 알몸인 지브릴조차 소라와 시로만을 보고 있었다.

공교롭게도 소라, 시로와 대치해 대국을 이어나가는 이미르아인과 똑같은 감정에 얼굴을 물들이며.

——경악. 곤혹. 의문. 나아가서는 더욱 깊어져가는 분위기의 그런 감정에,

"어째서 네가 만든 아이돌들을 일부러 백댄서로 보냈느냐고?"

손을 멈추지 않은 채, 소라는 그 감정의 이유를 대변해주었다.

호로의 의상파괴에서 이어진 일련의 연출에 『텐션 게이지』는 이미 상한을 찍었다.

또한 이미르아인 일행의 두 번에 걸친 『연출타』로, 이번 국은 소라와 시로의 승리가 거의 확실해졌다.

그런데도 어째서. 불리하게 돌아갈 필요가 없는데 『연출타』로 받아쳤는가──그리고,

"게다가 왜 치고 있는가. 이상해서 견딜 수가 없다는 표정인 걸…… 정답이야?"

"───【긍정】…… 이해불능……!"

랜덤하게 출현하는 『연출타』── 악수는 당연하게도 대국 종반에 가까울수록 치명적이다.

이미르아인 일행이 두었던 두 번의 악수를 무마하고도 남을 만큼, 소라와 시로가 불리해지는 악수.

그러나── 상황은 눈 깜짝할 사이에 다시, 소라와 시로의 우세로 기울어져 갔다.

그렇다── 악수를 두고서도.

엑스마키나를 넘어서는 소라와 시로에게, 이미르아인은 곤혹스러운 얼굴로 신음했다.

──체스. 대표적인 2인 제로섬 유한확정완전정보 게임.

그러나 '랜덤' 하게 빛나는 칸의 개입하면서 불확정이 게임이

된 이번 게임은.

소라가 선언했듯 『최악의 수 예상』으로── 연산을 극한까지 복잡하게 만들었다.

언제 둘 수 있는가? 그것조차 정확하게 예상할 수 없다.

어디에 두는가? 칸이 빛날 때까지는 위험성을 예상할 수 없다.

언제 두는가? 어디에 둘지를 알릴 위험성은 막대하다.

정말로 둘까? 어디에 둘지 예상하게 해서 역으로 이용할까?

이리하여 10의 120승이 존재하는 체스의 수는 '무한근사치'에 이른다.

하지만 최대의 문제는── 그게 아닐 텐데?

그렇게 말하며 소라는 웃음과 함께 말을 이었다.

"이제까지 8국, 700수 이상. 우리의 대국 스타일을 아직도 해석하지 못했을걸…… 아니지."

그렇게 말을 꺼낸 소라는── 어디까지고 기계의 심리를 예상했는지.

게이머로서도 인간으로서도, 가슴이 두방망이질치는 도전의 말을── 이어나갔다.

"해석할수록 우리가 강해진다는…… 그걸 이해할 수 없는 게 문제, 아닐까?"

……한순간.

무에 가까운, 찰나에도 미치지 못하는 시간이었으나── 이미르아인의 손이, 분명히…… 멈추었다.

그것은 전 기체가, 벽에 파묻힌 아인치히마저도—— 문자 그대로 얼어붙은^{작동을 멈춘} 증거.

보아하니 도전에 이기고 있는지, 그 증거로—— 소라는 기계들의 사고를 상상했다.

정말로 이 게임은 불확정성에 극한까지 연산이 곤란해졌다.

그러나. 그렇다면. 같은 조건—— 읽기 힘든 것은 '피차일반'일, 소라와 시로에게.

어떤 존재라도 해석과 대응을 거듭해—— 무한히 성장하는, 그런 종족이.

어째서—— 일방적으로 지고만 있으며, 모든 대응은 한 수 뒤지고 마는가——?!

그런 정도 아니겠어?

소라는 딸깍 피스를 두며, 말했다.

"엑스마키나가 『그런 종족이니까』 그렇지. 그리고 『피차일반이 아니니까』 그렇지."

그렇게, 이 미르아인 일행이 일제히 눈을 크게 뜰 만한 말을 태연하게 내뱉었다.

내뱉을 수 있었다. 내뱉을 수 있었던 것이다. '환희^{속 내}'를 해석당하는 것을 알면서도, 그러나 그래야만 한다고.

소라는 마음속으로—— 『앗싸아 간파했다아!!』 하고 승리 포즈를 지었다.

나중에 시로에게 자랑해야지. 지겹다고, 그만하라고 해도 자랑해야지.

　그렇게 결의한 소라의 기척을 눈치챘는지, 이미 눈을 흘기며 시로는——

　"……『우리 엑스마키나. 무엇이 됐든, 존재한다면 대응하리라』……."

　한 글자 한 마디도 틀리지 않고, 아인치히의 말을 따라했다.

　그리고 두 사람은, 손을 멈추고 생각했다—— 그 말에 거짓은 없다.

　원래 같으면『 $_{\text{공}}\,^{\text{백}}$ 』조차 한 번 이길 수 있을지 어떨지 모를 상대.

　그 무시무시한 종족에게, 유일하게 파고들만 한 허점이 있었다——

　'구멍'.

　분명 원래 같으면…… 있지도 않았을 치명적인 $_{\text{결}}\,^{\text{함}}$'구멍'.

　——《체크 메이트—— 승자『 $_{\text{공}}\,^{\text{백}}$ 』, 3승》

　그렇게 체스판이 콜하며 알린 소리 속에, 소라는—— 말했다.

　"…… '존재하지 않는 것' 에는 대응할 도리가 없겠지……?"

　호로의 여덟 번째 곡이 끝나는 소리가 울리고, 다음 국 개시를 기다리는…… 짧은 시간.

　소라의 말이 무슨 의미인지를 묻는 듯한 엑스마키나의 침묵에, 소라와 시로는——

"그게 말야~ 엑스마키나가 소문대로라면,『우리』라도 승산은 희박하다고 봤거든~."

"………………하지마안, 아니었어어…… 엑스마키나, 느은…… 지나치게, 강해……."

조금이라도 쉬고자 녹아드는 것처럼 힘을 빼며 대답했다.

"——『최강』을 죽일 수 있었다면 나 하나하고 붙어서 무승부로 끝날 리가 없지~."

그렇다. 소라가 단독으로 치렀던 첫 대전부터 일관되게 존재했던 위화감.

이제는 확신으로 바뀐 그 의혹을 소라는 치즈처럼 흐물흐물해진 목소리와 얼굴로.

——그러나 누구보다도 지브릴이 경악할 만한 말을, 입에 담았다.

"엑스마키나, 너희에게는 무리야. 아르토슈를 죽인 건——너희가 아니지?"

⏻ 제4장 희망적관측
Life Game

——그것은 닷새 전. 에르키아 성, 옥좌의 홀에서.

자신의 주인. 최강의 신. 전쟁의 신을. 어떻게 죽였는가를 묻는 제1번개체에게.

"『불명』—— 아니. 정정하겠노라…… 아마도 엑스마키나는, 전쟁의 신을 토벌하지 못했을 것이다."

부풀어 오른 제1번개체의 살의에도 개의치 않고, 아인치히는 그렇게 대답했으며…… 말을 이었다.

"재정정하겠노라. 애초에 그 개념을 토벌—— '멸하는' 것은 원리적으로 불가능하다."

그리하여 아인치히가 들려주었던 것은, 6천 년 전의 가설.

아르토슈 앞에 선 엑스마키나의 고찰. 다시 말해 신이란. 신수란 무엇인가 하는 가설.

자아를 얻은 개념. 의지를 가진 법칙. 존재할 수 없어야 하는, 존재해서는 안 될 존재.

이러한 부조리를 『최강』이라는 『개념』을 통해 검증했다. 그 가설의 결론은—— 아래와 같았다.

——『최강이란 최강이기에 최강이다.』

그렇듯 그 진리가 항상 참인 명제야말로 『신』, 다시 말해 『신수』라고.

그렇다면 최강이라 일컬어지는 개념을 앞에 두고—— 힘의 대소는 전혀 관계없다.

무한대응을 거듭해 무한히 강해져—— 마침내 상대적 최강에 도달할 수 있었던 엑스마키나는.

그래도 최강이라는 개념…… 절대적 최강을 초월하는 것이 원리적으로 불가능했다.

"그렇기에 고차원에서…… 물리적으로는 존재했던 『신수』 만을 파괴했다—— 그러나."

그렇게 하면 개념의 현현은 일시적으로 정지된다—— 비활성화는 가능하다고 추정했으나.

"그것조차 어찌 이루었는지는 『불명』하다…… 힘으로 이기는 것 따위 무의미했을 터."

——그렇다면 어떻게 아르토슈의 신수를 파괴할 수 있었나?

그 기록은, 사실상 상실한 것이나 다름없었다.

——섭리도, 법칙도, 사상(事象)마저도 초 단위로 변동시키는 『최강』을 상대로.

701기의 기계는 대 미지용 전투 알고리듬을 동원해—— 미지인 채로 연산해서.

축적되는 방대한 에러를—— 그대로 둔 채 추상연산하여.

반논리연산마저── 마지막에는 무한분의 1초에 이르는 대응속도로 거듭했고……

이리하여 아인치히를 포함해, 간신히 대파 상태로 살아남은 28기는.

기록도, 사고도, 파손되고 파탄되어, 의미를 소실하고, 시계열마저 확실치 않은 가운데.

그저…… 세계가 다시 구축되는 모습을 관측하고.

신수파괴에 성공했던 듯하다고…… 상황으로 추측했던 것이…… 한계였다…….

그렇기에── 아인치히는 제1번개체(아즈릴)를 바라보며 대답했다.

"어찌 꺾었는가를 묻는다면 해답불능. 그러나 어찌 멸하였는가를 묻는다면 대답하겠노라."

"……멸하지 않았다. 존재하지 않는 개념을 쳐서 멸하다니, 결코 불가능하기에."

개념은 존재하지 않는다. 그저 정의를 바꾸어, 함의시키고, 이행시키고…… 혹은 풍화할 뿐.

'가장 강한 존재라는 환상'이 사라지지 않는 이상, 이러한 개념이 사라지는 일은 결코 없다.

"……그렇기에. 본 기체는 이렇게 추측한다."

결코 사라질 수 없는 개념── 상념, 생명이라면──

"이렇게 『의지자(슈필러)』가 재래하였듯, 『최강(아르토슈)』 또한 재래할 수 있지 않겠느냐고."

　유일신 테토, 그리고 성배 『수니아스타』에 의해 새로운 신은
태어나지 않는다.

　전쟁신의 『신수』가 재활성화되는 일은 없다. 그렇게 반론하
는 제1번개체. 그러나.

　"전쟁의 신이 재활성화된다고 말한 것이 아니다. 『의지자』또
한 현재는 '소라' 이다."

　그렇게 대답하는 아인치히에게는 신기하게도…… 확신이 있
었다.

　파탄된 기억, 전쟁의 신 최후의 모습에, 그 근거가 있겠지만
──

　"……『최강』과 동일한 다른 이름, 다른 형태가 재래한다
는…… 그런 말이다."

■ ■ ■

　──극한의 집중에 공기가 삐걱거리는 백스테이지에 울려 퍼
진 것은 체스를 이리저리 두는 소리.

　가경으로 다가선 라이브── 11번째 곡의 끝으로 달려가는
음악과 환성…… 그리고,

　──《체크 메이트── 승자 『공백』. 5승》

　"아싸아! 이제 5승 6패! 앞으로 두 번이면 우리가 이긴다!!"

"……빠, 빠야…… 조금, 만…… 쉬게, 해 줘……지, 지쳤, 어……."

체스판이 알려준 승리에, 짙은 피로의 기색과 함께 소라와 시로가 낸 소리였다.

전 13곡. 전 13국—— 다시 말해 앞으로 2국 연승한다고.

엑스마키나의 모든 관측기를 동원해도 『확신하고 있다』고 해석하게 되는 목소리였다.

…………

"좋~아, 스테프!! 드디어 마지막 『인터벌』이다. MC 잘하고 와!!"

"……『텐션 게이지』는 계속 MAX인걸요? 5분 정도는 비워도……."

"야야, 이제부터 두 곡은 엔딩까지 논스톱 클라이맥스라고!!"

"…오히, 려…… 이제까지, 보다…… 분위기, 띄워……야……."

"말만 하는 분들은 참 팔자 피셨네요! 이번에는 무슨 추태를 보이라고——후억?!"

"이 각진 인형 의상은 이 순간을 위해 『연출타』로 만드셨던 것이리라 파악했나이다♡"

"YES다 지브릴! 자아, 진짜로 GO 스테————프!!"

"……이름 댈 때는…… 살짝 『제에—트』, 처럼……『프』……발음 안 하는, 느낌……으로."

"그런다고 뭐가 분위기가 달아오르──우왁 무거워! 너무 무겁잖아요?! 이거 쇠로 만든 거 아니에요?!"

"음? 이미지가 너무 리얼했나…… 암튼 신경쓰지마라GO스테─────프!!"

그런 소란에도 아랑곳 않고, 아인치히를 비롯한 엑스마키나들은 묵묵히 생각하고 있었다.

소라의 말──『존재하지 않는 것에는 대응할 수 없다』는 그 말을.

이상할 정도로 강한 두 사람의 모습과, 그날 제1번개체(아즈릴)에게 했던 말이 겹쳐져 느껴졌다.

존재하지 않는 것…… 개념.

어떻게 꺾었는지는 불명이며, 소라가 말하길, 꺾은 것은 엑스마키나조차 아니었다는 개념(신).

엑스마키나가 대응하고, 아무리 상대적으로 강해진들, 그 위에 존재하는, 절대적인 강함.

다른 이름, 다른 형태로 재래를 확신했던 『최강』이(그것)── 다시 말해 『이것(이것)』이라면.

──『의지자(슈필러)』가 수수께끼의 소녀와 합류했던 이 형태(시로)가, 예감했던 최강이라면──

【……『사랑스러운 자(슈필러)』의 말대로…… 엑스마키나는 이길 수 없을(우리), 지도 모르겠군…….】

체스로도, 라이브로도. 그러나── 그것이 어쨌단 말인가?

소라가 『의지자ᵍ슈ᵖ필ʳ러』라는 것과 『최강』에 이르렀다는 것은 전혀 모순되지 않는다!

소라가 『의지자ᵍ슈ᵖ필ʳ러』가 아니라 증명하지 못한다면 패배이며, 자기증명은 불가능――?

【그럴 리가 없다! 그렇지 않은가? 『사랑스러운 자ᵍ슈ᵖ필ʳ러』여――?!】

――가능하다. 방법은 알 수 없지만.

궤변인가? 함정인가? 엑스마키나를 반증이 불가능한 패러독스에 빠뜨릴 수 있는가―― 그러나!!

어쨌거나 소라가, 자신들의 패배를 전제로 한 게임을 짰다. 단언컨대 그것만은 있을 수 없다!

하물며 사랑의 도전장―― 『우리에게 이겨봐라』라는 말에 『무리입니다』라 말하라고――?!

【――전 기체에게 묻는다!! 그런 자가 『사랑스러운 자ᵍ슈ᵖ필ʳ러』의 사랑을 얻기에 적합한가?!】

【【【부정!! 부정!! 부정!!】】】

아인치히의 영혼이 담긴 포효ᵖ울ᵒ음에 사고를 공유하는 전 기체가 뜨겁게 대답한다!!

【전 기체에 명령한다―― 승리법을 제시하라! 모든 장애물을 배제하며 수단을 가리지 말고 이를 완수하라!!】

그리고 시간도 멈출 만한 속도로 『클러스터』 내에 고찰이 오가는 가운데―― 문득.

"……【승낙】: ……내키지는 않음. 그러나 도리가 없음. 실행

한다.”

원통하다는 듯 그렇게 중얼거리고 무대로 걸어 나간 것은, 이미르아인이었다.

──『클러스터』에 접속은 했으면서도 자신의 생각을 공유하지는 않은 기체.

그렇기에 그 말과 행동에 담긴 의도를 엑스마키나들조차 이해하지 못하는 가운데,

이미르아인은, 우뚝.

강철 인형 의상을 입고 꼼짝도 못한 채 흐으읍~~~! 끙끙거리는 이름 없는 여성의 곁에서── 아니.

“【보고】: 본 기체가 MC를 맡겠다. 『주인님』…… 동행을.”

소라 이외의 아무도 인식조차 하지 못할 분위기로, 멈춰 서서 그렇게 말했다.

“【확인】: 본 기체를 포함한 플레이어가 무대 위에 올라가는 내용을 금지하는 규칙은 미설정. 위반은 아니다.”

……분명 그렇다. 아인치히는 생각하고, 소라와 시로는 눈을 가늘게 떴다.

그러나 무대에 올라간다 한들 무엇을 할 수 있는가. 아니── 그뿐이 아니라,

“우리가? 무대에? 아하앙~ 정신 공격으로 살해승리를 노리시겠다!! **거부한다아아!!**”

“……군중…… 시선…… 사람, 많이? ……덜덜 부들부들……!”

그렇다. 소라 일행을 동행시키다니, 가능할 리 없다.

상상만 해도 이미 떨기 시작하는 두 사람의 모습에——그러나.

"【고지】: 요컨대 이기면 그만. 그렇다면 용이함. 이기는 것뿐
이라면. 언제든 가능. 여유~."

————뭐?

아인치히와 다른 엑스마키나들도, 소라와 시로도, 그 누구도
그 발언의 진의를 이해하려 애쓰는 눈에.

그러나 이미르아인은 원통하다는 듯, 그렇기에 진실미를 띤
목소리를 이었다.

"【선택】: 동행 거부. 그렇다면 그래도 좋음. 본 기체가 승리한
다. 결과는 동일."

■ ■ ■

이미르아인의 노림수는 소라도 읽을 수 없었다.

그렇기에 소라는 최악을 상정하고—— 막을 수 있는 위치에
있어야 한다고 판단했다.

시로와 함께라는 조건을 내세워 동행에 승낙은 했지만, 소라
는 자신의 판단 미스를 우려하고 있었다.

먼저 동행을 요구한 것은—— 이미르아인이다.

……막을 수 있을까? 아니. 그 이전에……

""우우우우우우우우우우우우우우우웅………….""

술렁이는 관객들의 무수한 시선과, 스포트라이트를 한 몸에 받으며.

무대 가운데에서 『매너 모드』라고 호소하듯 진동하며, 소라와 시로는 우려하고 있었다.

……그 이전에…… 움직일 수 있을까……?! 라고.

슬슬 KHz 대에 도달할 것 같은 진동으로 그렇게 고뇌한 두 사람은, 그러나 우뚝.

_{초당 1000번}

공연장 내를 두드리는 소리와, 이어서 나타난 것에 소라와 시로, 그리고 공연장의 모든 이들이.

눈길을 빼앗기고 숨을 멈추며…… 시간을 잊은 듯, 정적에 잠겼다.

──그것은 눈 속에서 피어난 꽃과도 같은 소녀였다.

몇 겹으로 겹쳐진 백장미와도 같은 예복과, 베일에서 엿보이는…… 창포꽃.

공예품과도 같은 얼굴을 공손히 숙이고, 오르골의 음색을 이끌며 완만히 걷는 그것은──

아니…… 그것, 이라기보다는. 어째서인지 웨딩드레스를 빼입은, 이미르아인인데.

아무튼 관객들을 매료시키고 소라와 시로를 곤혹에 빠뜨리며 천천히, 소라의 곁에 서서.

이미르아인이 꾸벅 고개를 숙여 인사한 후, 처음 꺼낸 말은.

"【고지】: 본 기체는 이미르아인.『주인님』── 소라 님의 '아내'."

　……

　…………뭐라고?

　공연장의 정적을 곤혹의 침묵으로 바꿔놓고, 이어진 두 번째 말로.

　"【사죄】: 주인님의 불륜을 위한 촌극에 말려들게 해, 죄송합니다."

　……

　…………

　왓 더 ○?

　촌극이라 단언해 공연장, 관객 전체를 얼어붙게 만들었다.

　그리고── 끼기긱.

　자칭 '아내' 에게, 자동으로 확정 '남편' 이 된 소라에게, 관객들의 시선이 이동했다.

　쏘아 죽일 수도 있을 듯한 시선이 묻는 말은 단 한 가지──『이게 뭐 하자는 거야?』

　그러나 소라는 그저 눈물을 흘리며 속으로 대답할 수밖에 없었다──『죄송합니다모르겠어요』

　그렇게 지금 당장에라도 끊어질 듯한 정신줄을, 시로가 손을 잡아준 덕에 간신히 붙들고 있는 자칭 '남편' 의 정신 상태는 알지도 못한 채.

무대 뒤에 수수께끼의 『동영상』을 투영하며, 이미르아인은 그저 담담하게.

무언가 편지를 꺼내—— 천천히 낭독하기 시작했다.

"【낭독】: 시작은 느닷없이. 극적인 만남에 『주인님』은 의식 상실. 본 기체는 경악."

——응, 하기야 느닷없었지. 느닷없는 데에도 정도가 있다고 하고 싶을 만큼.

갑자기 전화가 울리더니 성이 무너지고…… 그런 시작은 전 대미문이다.

그러나 호모로이드^{아인치히}가 사랑을 속삭이는 바람에 기절했던 것은 결코 극적이지 않았다—— 충격적이었다.

……그렇게 만연히…… 소라는 꺼져버릴 것 같은 의식 속에 서 생각하고, 꿈속을 헤매는 듯한 감각으로.

이미르아인의 길고 긴 낭독을 내버려둔 채, 등 뒤의 『동영상』 을 멀거니 바라보고 있었다.

그것이 무언가와 비슷하다고 생각하며——.

——동영상에 비친 것은…… 소라가 기절에서 부활했을 때 의 영상인지.

이미르아인과 마주 보듯이 구도가 변경된 그곳에서는—— 시 로가 잘려 있었다.

이어진 것은 소라가 『이미르아인』이라고 약칭을 붙여주었을 때의 영상인지.

영상 효과가 듬뿍 들어가, 마주 보고 웃는 연인처럼 보이지 않을 것도 없는 그 장면에서도── 시로는 잘려 있었다.

다음은…… 태블릿 PC를 건네주었을 때. 정전기를 확인했을 때의 영상……인가?

더욱 풍성해진 영상 효과와 장식 때문에 손을 맞잡은 것처럼 보여서 단언은 불가능하지만,

어쨌거나 역시── 시로는 잘려 있었고, 심지어 블러(blur) 처리됐다.

그리고 편지, 낭독 쪽을 볼작시면.

"【낭독】: 그리고 주인님은 본 기체의 약지를 잡고 영원한 사랑을 서약. 본 기체도 이를 수락."

드디어 전혀 기억도 없는 이야기에까지 이르러──

"【낭독】: 여기에 한 쌍의 부부가 성립. 본 기체는 현재 행복의 절정에 있음을 확신. 보고."

──마침내 부부가 성립되어버린 듯, 소라는 보고를 받았다.

그러나 한편으로 소라는…… 그제야 '무슨 일이 벌어지고 있는지'를 이해하고 있었다.

그렇구나. 이것은 끔찍한 트레일러 사기 수준의, 그렇게 보일 수도 있는 짜집기 편집 동영상이다.

그러나 줄곧 무언가와 비슷하다고 생각했던 그 동영상이, 마침내 어떤 것인지를 깨달았다.

이따금 동영상 사이트에 굴러다니는, 심지어 어째서인지 전체공개로 설정해 둔, 망할 리얼충들의 산물.

그렇다. 결혼한 커플의, 진심으로 아무럼 어떠냐 싶은 정보⋯⋯『두 사람의 첫 만남 동영상』이었다.

이미지 비디오

여기에 이미르아인의 편지 낭독, 웨딩드레스까지 나오면 '무슨 일이 벌어지고 있는지'는 명료.

"【낭독】: 어머니, 아버지⋯⋯는 없지만."

다만 문제는 '왜 벌어지고 있는가' 였으며——

"【선언】: 본 기체. 행복——해지겠음⋯⋯."

감개무량한 듯, 이미르아인이 편지를 접는 모습에 더해.

공연장을 에워싼 무어라 형언할 수도 없는 정적에, 소라는 금세기 최대의 용기를 쥐어짜서, 물었다.

"야⋯⋯ '피로연'은 원래 '식' 다음에 하는 거⋯⋯ 아니, 나도 잘 모르지만."

결혼한 적도, 애인이 있었던 적도, 식에 초대해 줄 친구조차 없는 소라는 잘 모르지만.

지식에 비추어—— 아마도 피로연이리라 짐작되는 이것이, 왜 갑자기 시작됐는지를 묻는 소라에게.

"⋯⋯?【불해】: 식은 완료."

그러나 어리둥절, 고개를 갸웃하며 대답한 이미르아인에 의해.

――동영상은 마침내 트레일러 사기를 넘어선 날조 영상으로 바뀌었다.

　본 적도 없는 어떤 곳에서, 반지를 교환하는 소라와 이미르아인의 행복한 영상.

　이제는 잘려나갈 시로조차 없고, 기억에는 스치지도 않는 그 영상. 그러나,

　"【파악】: 이 승리법은 최후의 수단. 본 기체는 『주인님』의 도전에 응할 수 없었음."

　아쉬운 듯―― 그래도, 라고. 드레스를 나부끼며 돌아본 이미르아인의――

　"【확정】: 그러나 『주인님』은 이 한 수에 패배. 본 기체의 승리."

　웃으며 단언한 『승리 선언』에――

　소라는 이제 와서, 너무나도 늦었다고, 초조함에 타들어가는 속으로 외쳤다.

　실수했다―― 영문 모를 전개 때문에 혼란에 빠져서, 얼빠진 표정으로 뭘 하고 있었지?!

　엑스마키나가. 하물며 이미르아인이 단순히 무의미한 행동을 할 리가 없잖아――?!

　탈력 상태에서 급회복. 맹렬히 생각을 굴리는 소라를 내버려 둔 채.

　"【전제】: 『주인님』이 『의지자』와 동일하다고 증명하면 엑스마키나의 승리."

이미르아인은 그저 미소를 지은 채 담담히 말했다.

……그래…… 그 말이 맞지.

정확하게는, 소라의 증명을 반증할 수 있다면 엑스마키나의 승리…… 그러나 반대로!

반증하지 않더라도—— 엑스마키나가 소라에게 반증이 불가능한 증명을 한다면 마찬가지!!

불가능할 터…… 그러나 설마, 있었단 말인가? 지금 영상 속에 그 일련의 증명이?!

전율하는 소라에게 이미르아인은 미소를 지으며, 그 확실한 증명을…… 밝혔다————

"【사실】:『주인님』은—— 본 기체를 번식상대[아내]로 선택했다."

…………

……뭐……어……

————뭐……라고오————?!

"【추인】: 번식 가능한 대상은『의지자[슈필러]』뿐. 본 기체를 아내로 삼아『주인님』은 스스로『의지자[슈필러]』라 인정한 것과 마찬가지. 자신을『의지자[슈필러]』라 정의했음. 반증 불가능—— 이상, 증명완료[w.z.b.w.]."

그렇게 말을 마치고, 마지막으로 한마디를 덧붙인 이미르아인에게, 소라는 아연실색했다.

"【논파】: ——에헴."

그 말이…… 맞다.

소라가 이미르아인을 아내로 선택했다면 스스로 인정한 것과 마찬가지. 반증 따위 불가능!!

──어째서 그런 부분을 놓치고 있었지? 아니, 알고 있다! 그것은──!!!!

············내가, 어? 이미르아인을 아내로 선택했던가요?

아니 그보다······ 그 전에 그녀가 있기나 했나요?

그야 놓칠 만도 하지. 그 논리의 대전제 자체에 짚이는 구석이 없었으니까요······?!

"【비애】: 본 기체는 언제든 승리 가능했다."

그러나 확신을 가지고 말을 이어나가는 이미르아인에게, 소라는 진심으로 자신의 기억을 의심하기 시작했다.

"【해석】:『주인님』의 요구는『신조장치』의 해제와 자주번식. 자주번식의 대상 지정 없음. 따라서『1기 선택하여 번식』이 아닌 전 기체와 번식하고 싶은 욕망. 역시나『주인님』."

──엑······ 아니, 아닌데······? 아니지······?

"【감탄】: 끝없는 성적 욕망. 싫증낼 줄 모르는 치적(恥的) 호기심. 그런『주인님』도 좋아요."

기억의 확인을 시로에게 요구했지만 시로도 아직까지 충격에서 헤어나지 못했는지 경직되어.

곡해라고 단정하기 불가능한 이미르아인의 해석은 이어졌다.

"【사죄】: 본 기체가『주인님』의 아내에 어울리는지 실력으로 증명하고, 그렇지 않으면 세컨드임을 인정하라는 시험. 본 기체는 클리어 실패. 죄송합니다. 그러나 본 기체가 12기의 몫까지 진력하겠음. 힘낼게요."

　그렇게 소라에게 고개를 조아린 이미르아인은, 천천히. 무대
위에서━━ 관객 앞에서.

　"【선언】: 엑스마키나 승리. 따라서 보수인 『증명한 기체와 즉
시 번식한다』 실행. 웨딩드레스 플레이는 식을 올리기 전의 대
기실이 바람직. 하지만 '첫날밤'으로 인식을 개찬━━."

　"잠깐잠깐잠까안?! 하, 하다못해 기억이라도 좀 확인하자?!"

　소라의 몸에 올라타서는 임하겠노라 첫날밤, 이라고 지껄이
는 데에는 소라도 마침내 고함을 지를 수밖에 없었다.

　"【반론】: 『주인님』, 아이는 7천 명 요구했다. 급선무. 착의와
탈의 중 어느 쪽이 취━━."

　"그런 말 한 적 없거든?! 그 소리는 절대로 안 했거든?!"

　우주 저편까지 양보해서, 자신이 기억을 상실했다고 치자.

　그러나 그런 단위를 입에 담을 리가 없다는 확신에 소라는 시
로의 손을 잡아끌고 도망쳤으며,

　━━거부할 수 있었다.

　다시 말해 강제력이 작용하지 않았다는 사실에, 소라는 가슴
을 쓸어내렸다.

　역시 게임에 지지 않았어! 역시 내가 잘못 기억했던 게 아니야!

　"얌마, 아인치히! 저거 뭐야! 저 자식━━ '기억을 날초하고
자빠졌잖아'?!"

전속력으로, 구르듯 백스테이지로 뛰어들어, 소라는 그렇게 확신하고 부르짖었다.

이제까지 느꼈던 이미르아인에 대한 무수한 위화감.

소라에게 들이대지 않았던 것, 중립과도 같은 방관. 그 여유 등등이 마침내 하나의 선으로 이어졌다.

다시 말해 저 녀석은, 이미르아인만은――

"……기억 대조. 해당 기체의 기억 내에서는―― 『사랑스러운 자^{슈 필 러}』와 결혼이 끝난 듯하다."

그렇게 미안하다는 듯 말한 아인치히가 소라의 확신을 긍정해 주었다.

이미르아인만은 줄곧 다른 세계, 다른 차원에서 생각하고 있었던 것이다.

깨달았어야 했다…… 미야시로에 있을 때부터, 저 녀석은 '누구를' 안는가가 아니라.

오늘밤. 언제든. 이라고―― '언제 자신을' 안을 거냐고 말했다――!!

아니! 태블릿 PC에서 보물을 뽑아간 후 『이상적인 아내가 되고자 진력하겠다』――고.

그 시점에서도, 이미 자신을 『아내』라 칭하고 있었다――!!

"……언제야. 언제부터였어!! 언제부터 아내라느니 그런 소릴 하게 됐어!!"

그렇게 부르짖은 소라에게, 웨딩드레스가 거치적거렸는지 잠시 뒤늦게.

　백스테이지로 따라온 이미르아인은 웨딩드레스 차림 그대로, 그러나 이상하다는 듯 고개를 갸우했다.

　"【회답】: ……『주인님』은 본 기체를 애칭으로 불렀다."

　"그랬습죠?!『구(舊) E 연결체 제1지휘체』이니! Ec001 Bf9 Ö4 8a 2이니 하는 건 너무 기니까 말이야?!"

　"……빠, 빠야…… 용케, 기억, 했……네……?!"

　"【고찰】: 애칭(愛稱)——'사랑(愛)'을 '부름(稱)'.『주인님』은 본 기체에게 사랑을 품고 있다."

　소라나 시로의 대화는 들리지도 않았던 것처럼.

　그러나 얼굴을 가까이 들이대고, 소라의 물음에는 대답했다. 다시 말해—— 언제부터?

　"【단정】: 본 기체도 사랑을 품고 있다. 이것은 이미 확정적으로 부부. 반려. 커플."

　——눈과 눈이 마주친 순간 사랑함을 깨달았다, 고.

　그렇게 말하며 소라에게 얼굴을 들이대—— 바라보는 두 사람의 입술이, 서서히 다가가고.

　……

　…………타앙!! 웬다~~이아~~.

　"같은 거 없거든?! 뭐야, 다시 말해 처음부터 계속 서로 좋아했다고 착각했단 거야?!"

소라는 BGM 캔슬을 걸고 후퇴해 외쳤다. ——뭐야 그거 무서워.

완전히 얀데레 스토커의 사고방식에 겁을 잔뜩 집어먹은 소라. 그러나.

"【반론】: 착각? ……부정한다. 단순한 사실."

"……귀 기체…… 『클러스터』와의 기록 및 기억정합성 대조를 명한다."

추가타를 가하듯 여전히 육박하는 얀데레 로봇에게, 아인치히가 명령했다.

"【거부】: 필요성을 승복할 수 없다. 『주인님』의 사랑은 공유하지 않——."

"『채결』. 12기 동의. 귀 기체, 즉시 기억 대조 실행을 명한다."

————.

불만스러운 듯, 그러나 『클러스터』의 채결이라면 어쩔 수 없는 것인지.

몇 초의 간격을 두고, 이미르아인은 한숨을 한 차례 쉬더니, 난처한 듯 고개를 가로젓고,

"【보고】: 본 기체 이외의 전 기체에서 기억장애를 확인. 모두 오류. 웃겨. 이상해."

'나 말곤 전부 길을 잃었다.' 고 말하는, 부정할 도리 없는 미아 같은 주장을 들이댔다.

그러나 소라와 시로, 지브릴이며 스테프. 나아가서는 모든 엑스마키나마저.

눈을 흘기며 노려보자, 이미르아인은 고개를 가로저으며 웃었다.

"······【가설】: 가능성은 전무. 부정을 전제로 한, 어디까지나 가설 검토로서——."

아하하. 아니지. 하하. 그럴 리 없다니깐—— 하는 표정으로.

너무나도 인간다운 몸짓과, 뺨을 따라 흘러내리는 땀마저 보일 것처럼 뻣뻣한 웃음으로.

기계소녀는.

행성이 삼각형일 가능성을 의심하듯, 그 가설을 묻고,

"······【극설】: 저기이······ 혹시 『주인님』은 본 기체랑—— 결혼······ 안 했어?"

"안 했어."

소라의 즉답—— 다시 말해 행성이 삼각형이라고 단언당한 기계소녀는.

방대한 에러에 현기증을 일으켰는지, 비틀비틀 흔들리며 거듭 물었다.

"······【확인】: ······예정은 있어?"

"예정도 없어."

"【추인】: 따뜻하고 화목하고 이상적인 가정을 만——."

"——들 예정도 없고, 애인이 된 기억도 예정도 없거든요?!"

그렇게 해 마침내—— 신의 부재를 증명당한, 경건한 신자를 방불케 하며.

기계임에도 절망으로 얼굴을 물들인 이미르아인의 마지막 물음은,

　"⋯⋯⋯⋯【가정】: ──본 기체는 계속 착각했을⋯⋯ 뿐?"

　"⋯⋯그렇, 다구⋯⋯!"
　"그런 뜻이옵니다♡"
　"그게~⋯⋯ 그런 것, 같네요."
　"⋯⋯어⋯⋯ 뭐, 그렇겠지⋯⋯ 하아⋯⋯."
　시로의 노기, 지브릴의 조소, 스테프의 동정, 그리고 소라의 복잡한 표정이 대답해주었다.
　⋯⋯⋯⋯⋯

　"【선택】: 동행 거부. 그렇다면 그것도 좋음. 본 기체가 승리. 결과는 마찬가지."
　몇 초의 간격을 두고 조금 전과 같은 말로 무대로 향하려는 이미르아인에게,
　"『아인치히』로부터 전 기체에. 해당 기체의 '자주기억삭제' 검출. 백업을 업로드하도록."
　『──야볼.』
　그러나 '없었던 일로 해 줘.' 라는 이미르아인의 바람은.
　아인치히 일행에 의해 무자비하게 기각당했──으나.

　"얌마 그딴 것보다아!! 우오오 『텐션 게이지』가 위험해에에!!"

"……빠, 빠야……! 다, 다음, 곡…… 시, 시작해야……!!"

관객의 노성과 격감하는 『텐션 게이지』를 알아차린 소라와 시로가 비명을 질렀다.

당연하다── 문자 그대로 인형 같은 미소녀가 웨딩드레스 차림으로 등장해서.

관객을 매료시켜놓고, 했던 일이라고는── 기혼자 선언이었다.

심지어 라이브가 남편의 바람기에서 비롯된 촌극이었다고 내뱉고. 나아가서는 무대에서 행위를 하려 했으며, 소라는 이를 거부하고 도망쳤으니── 짜게 식는 정도로는 끝나지 않는다.

입장이 반대라면 소라도 빡쳐 폭동 하나쯤은 일으킬 수 있다!!

"호, 호로! 얼른 스테이지로 돌아가! 1분 안으로 연출 보낼게!"

1초라도 빨리 다음 국을 시작해 분위기를 띄우지 않으면, 게이지가 바닥난다.

그렇게 황급히 호로를 내보내는 소라의 모습에, 이미르아인은.

"【보고】: 계산대로. 처음부터 이것이 노림수. 고도한 계산에…… 따라…… 훌쩍."

새침한 표정을, 자세를 바로 하고, 평정을 가장하려다가…… 실패했다.

"【오열】: 본 기체 차였다. 본 기체 매우 상심. 본 기체의 자폭 허가 신청── 기각. 어째서…….."

그러나 그런 이미르아인에게, 아인치히는 냉정히.

그저 슬쩍 웃으며 중얼거렸다.

"자폭이라니 무슨 소릴……. 이것으로 엑스마키나에게——
승산이 생겼거늘."

■ ■ ■

그렇게 시작된 제12국은, 이 상황에 와서야 겨우.

처음으로 아인치히 일행의 계산과 연산대로, 체스판의 전개
가 그려지기 시작했다.

우선 소라와 시로는 바닥이 나면 패배가 확정되는 『텐션 게이
지』 회복이 급선무였다.

따라서 개막 직후 최대한 빠르게 『연출타』—— 선수에서 악
수를 두게 됐다.

초반의 악수. 하물며 한 번 정도, 두 사람에게는 별다른 어려
움이 되지 않았으리라…… 그러나.

무대 위에 현란한 빛이 춤을 추고, 음향 화려한 이펙트가 더해
졌다.

그 연출을 받아 『텐션 게이지』는 상승한다. 상승은 하지만——

"뭐어——야아?! 이랬는데도 겨~우 『텐션 게이지』 절반?!
장난하는 거지?!"

소라가 외친 대로—— 상승은 매우 더딘 반면, 감소는 빠르다.

그것도 당연한 일. 누구보다도 이해하고 있을 소라는 애원하
듯 계속 외쳤다.

"아니, 마음은 이해한다구! 자~알 이해하지만!! 분위기 좀 바꾸고 가 봅시다——?!"

싸늘하게 식어버린 관객을 다시 달구기란 쉽지 않음을, 아인치히를 비롯한 엑스마키나조차 이해했다.

필연적으로 『연출타』 한두 번으로는 언 발에 오줌 누기가 되어——

"……빠, 빠야…… 다음, 『연출타』…… 시로, 한테…… 맡겨, 줘……!"

눈부시게 피스를 두는 두 사람의 말대로, 연타하지 않을 수 없었다.

그렇다—— 틀림없는 악수를. 세 번, 네 번씩…….

"으아~ 우린 필사적인데!! 네놈의 낯짝! 열 받는다고~!!"

"음……? 『사랑스러운 자』에게 사랑의 도전장을 받아 응하고자, 본 기체를 포함한 전 기체가 전력으로 임하고 있거늘."

"슬쩍슬쩍 호모스러운 눈빛 쏘는 게 짱난다고! 대국자 바꿔!!"

"……빠, 빠야…… 지, 집중…… 해야, 지——!"

견디지 못하고 분풀이까지 하는 소라와 시로와는 달리.

아인치히와 엑스마키나들은 『연출타』를 둘 필요가 없다. 그저 두 사람의 악수를 담담히 사냥해나간다.

악수를 맞둘 필요성이 사라진 엑스마키나는 본래대로 돌아가 최선의 수를 거듭했다.

그렇게 우세를 점하며—— 담담히 '기회'를 기다리기만 하면 된다.

단 한 번의 기회를. 아인치히와 엑스마키나에게는 최고의 기회를.

그러나 소라와 시로에게는 치명적인, 또한 최악의—— 타이밍에.

——단 한 번의 『연출타』를 둔다. 그것으로 모두 결판이 난다.

【전 기체를 대표하여 감사를 표한다. 귀 기체의 '착란' 덕에 사랑의 도전장에 보답할 수 있으리라.】

【《명령》: 시끄러워. 자폭해. 도주허가 신청—— 기각…… 《애원》…… 살려줘.】

그렇게 전 기체가 감사를 표했건만, 이미르아인은 이를 내치며 여전히 상심 중이어서.

사고의 동기병렬조차 거부하고 눈 흘겨뜨기 모드로 백스테이지 한구석에서 쪼그리고 앉아 있었으나.

그 희생에 걸맞고도 남을 만한 승산—— 소라와 시로에게 절대적으로 불리한, 이 상황에서.

그렇게—— 기다리고 기다리던 '기회'는.

공교롭게도 열두 번째 곡의 '절정'에 접어들려던 바로 그때,

"『사랑스러운 자』여. 그대가 보낸 사랑의 도전장—— 응할 수 있게 되어 영광이다."

그렇게 『마음』에서 우러난 말을 보내며 아인치히가 피스를 옮긴 곳은, '빛나는 칸'.

엑스마키나 전 기체—— 눈을 흘겨뜨는 이미르아인을 제외한 12기가 병렬연산으로 살폈던 '기회(타이밍)'.

소라와 시로가—— 절대로 만회할 수 없는 상황과 고전의 요령을 만족하는 그 칸에.

"이로써 『부상』——『사랑스러운 자(슈필러)』의 누드 사진을 얻을 수 있게 됐다."

그렇게 말하며 아인치히가 전개시킨 『연출타』는. 다만——

——파칙.

첫 연출과 완전히 똑같은…… 모든 빛과 소리를 앗아가는 '연출정지' 연출이었다.

무음의 정적 속, 관객의 술렁임만이 울리고.

무광의 암흑 속, 체스판이 담담히 비춘 것은 소라와 시로의 얼굴, 그리고,

"다음으로는 『특별상』…… 그대가 『의지자(슈필러)』가 아니라는 '증명'을—— 반증하기 위해 요구한다."

그렇게 불안스레 묻는, 승리가 확정된 아인치히—— 엑스마키나들뿐이었다.

"그렇구만…… 원래대로 되돌릴 『연출타』를 두지 않고선 라이브 실패로 패배."

"……하지만, 『연출타』로…… 카운터, 했다간…… 반드

시…… 패, 배…….”

"흐음. 시로가 '반드시' 라고 하면 반드시겠지. 되돌릴 방법은 없고. 진퇴양난이구만."

그렇게 중얼거리는 두 사람에게, 엑스마키나들은 내심 단언했다――당연하다고.

Rayo(3↑↑3)=Rayo(7625597484987)〈Rayo(10^{100})회에 이르기까지 거듭하고 거듭한 연산.

여기서 도출된, 상황조건기대치를 모두 만족하는, 완벽한 '기회^{한 수}' 였던 것이다.

열두 번째 곡의 남은 시간은 24.2초.

그동안 소라와 시로에게 '빛나는 칸' 이 출현할 횟수, 위치는 엑스마키나조차 특정불능.

그러나 12국을 거듭한 경향 해석을 통해 남은 출현횟수는――평균 3, 중앙값 2.

대국 종반. 둘 수 있는 수가 극단적으로 한정되는, 그것도 압도적으로 열세인 『연출타』……

소라와 시로라 한들 피스의 움직임이 불변이라면 불가피한 패배. 시로조차 반드시라고 단언한 그것은――

"두어서 체스 7패냐, 두지 않고 라이브 실패냐…… 또 '이중 구속' 이군."

그런 소라의 총괄에 아인치히만이 아니라 엑스마키나 전 기체가 생각했다.

——이렇게까지 압도적인 핸디캡을 받고도, 간신히 이겼단 말인가…….

압도적 강자—— 최강에 가까운 영역에조차 이른 『의지자^{슈 필 러}』는, 엑스마키나를 시험했다.

그에게 어울리는지. 그 시련은 간신히 돌파했으나—— 『자기 증명 반증(번식상대 결정)』이 아직 남았다.

소라는…… 틀림없이 『의지자^{슈 필 러}』다. 또한 '완전증명' 따위 불가능하다.

그러나 엑스마키나 전 기체가 이제까지 열심히 생각하지 않으려 했던…… '우려'.

패배하면 그토록 그리워했던 모든 것을 잃는 게임에 응한 이유—— '공포'.

다시 말해—— 정말로 『의지자^{슈 필 러}』가 아니라면……?

그 공포를 억누르고 증명을 요구한 엑스마키나에게—— 돌아온 대답은.

"하지만 이번에는…… '훌륭하다' 고 말할 수 없겠는걸…….."
——뭐야……?
"이래서는 더블바인드가 안 되거든. 그게 말이지——."
"……평범~하게…… 그냥, 이렇게, 하면…… 돼……."
그렇게 말하며 웃은 소라와 시로가. 마치 지극히 당연하다는 듯.

물 흐르듯. 손을. 피스를. 미끄러뜨려—— 둔 수는.

그저—— 불가피하게.

그저—— 무조건.

엑스마키나가 둔 『연출타』를 가차 없이 잡아버리고——

형세를 반전시켜—— 엑스마키나를, 압도적인 열세로 바꿔버리는 수였다.

"대국 종반의 악수는 치명적…… 그건 '피차일반' 이잖아?"

"……시로랑, 빠야, 는…… 이젠 『연출타』…… 안, 둬…….'"

그렇게 웃으며 말하는 두 사람에게, 아인치히 또한 슬쩍 웃었다.

——과연.

이로써 엑스마키나는 압도적 열세에 빠졌다—— 아니. 이번 대국의 패배마저 거의 확실해졌다.

그러나 소라와 시로는 그래도 6승…… 승리에는 이르지 못했으며, 라이브는 실패한다.

그것은 불가피한 패배. 그렇다면 엑스마키나의 연산을 넘어서는, 체스에서 승리한 후의 패배를 선택한 것인가?

과연 『의지자』…… 거저 지지는 않는군——

그러나 그 생각을.

"그러니까 뭐~ '훌륭하다' 는 말 대신 이렇게 말할게."

그저 비웃듯, 소라와 시로는 입을 모아—— 말했다.

"".......수고하셨습니다......♪""

──그와 동시에, 그 말을 기다렸다는 듯.

울려 퍼진 노랫소리에 아인치히와 엑스마키나들은 눈을 크게
뜨고 무대를 보았다.

■ ■ ■

느닷없이 공연장을 에워싼 소리 없는 어둠.

음영에 물든 스테이지에서 호로는 그저 오도카니 선 채 관객
을 바라보고 있었다.

술렁이는 관객을…… 아니. 보이지 않는 것을 보는 신의 눈동
자가 비춘 것은, 관객 중 오로지 한 사람.

금색여우 워비스트. 숙주. 무녀. 호로의── 벗.

마찬가지로 어둠을 꿰뚫어 보는 짐승의 눈으로 무대를. 무대
위의 호로를. 당혹감에 빠진 호로를.

바라보는 그 눈, 그 얼굴은, 호로가 익히 본 얼굴── 잘 아는
얼굴이었다.

──불안함, 걱정. 자신의 무력함을 저주하는 그 얼굴은──

유구한 세월을 거듭하고도 처음으로, 명확히 그 마음을 『단
언』하게 만드는 얼굴이었다.

벗의, 익히 보았던 그 얼굴은── 이제는 보고 싶지 않다고 생
각했던 그 얼굴은!!

———— '싫으니라' ————!!

순간—— 소리 없는 어둠이 에워싼 공연장에. 조그만 빛과. 어렴풋한 노랫소리가 켜졌다.

음악도 연출도 없는, 호로 자신이 밝힌 가녀린 빛 속에서 흘러나온 노랫소리는.

……매우 서툴렀다.

미덥지 못하고, 자신이 없고, 그럼에도 열심히, 무언가를 더듬어나가며 흔들리듯 자아낸 노래는.

그럼에도…… 신기하게도, 무언가가 스며들어가는 감각에…… 모두가 귀를 기울이고 입을 다물었다.

——숙주의. 무녀의. 벗의…… 얼굴에서 웃음을 보고 싶다.

단지 그것뿐인, 너무나도 작은 『마음』으로 자아낸 노래는…… 그래도.

호의(狐疑)의 신. 자신의 신수조차 의심해, 선망과 생각을 거듭했던, 올드데우스의.

수억의 세월을 거듭해 낳은 첫 번째, 조그맣고도 조그만——『변혁』이었다.

확고한 『의지』를 가지고, 『마음』을 담아 『생명』을 표현한—— 그것은……

■ ■ ■

"······호로, *헵탈로그 굿잡······ 아이돌 랭크 S의 벽······ 돌파······."

"그래. 이거야말로 신(神) 아이돌. 11차원을 넘는 아이돌의 영역에 마침내 발을 들인 거야."

백스테이지에서 여전히 대국을 이어나가는 소라와 시로가 진심으로 만족스러운 웃음을 짓게 만들고.

스테프가 눈물을 흘리게 하고, 지브릴조차······ 눈을 감고 도취하게 만드는 노래였다.

"클라이맥스. 트러블 발생에서 이어지는······ 솔로 아카펠라."

"······최고, 의······ 연출······ 잘, 아네······ ♪"

그리고 그렇게 비아냥거리며 웃는, 소라와 시로가 만들어낸 체스판의 상황.

다시 말해—— 두 사람의 승리가 확실시되는 우세와.

이제는 미동도 하지 않을 만큼 상한을 친 『텐션 게이지』가 나타내는 것은 단 하나.

——모두 예상했다.

"······웃기고 있군······. 그러한 부조리가, 있을 수 있나······ 아아!!"

모든 것은 있을 수 있다. 거듭 잘 안다. 그러고도 아인치히는

---

* 헵탈로그(heptalogue): 거대수의 일종. 10↑↑7, 혹은 10^10^10^10^10^10^10으로 표기.

고함을 질렀다.

——엑스마키나가 『연출타』를 두리라 예상했다고?

그런 미적지근한 이야기가 아니다!

두 사람이 『연출타』로 받아칠 수밖에 없다고—— 엑스마키나가 예상하리라 예상했다!

그것이 오히려 라이브에 최상의 결과를 낳으리라고—— 그 연출 내용까지도 예상했다!

그렇기에 그 '악수'를 잡으면 형세가 뒤집히리라고—— 언제 둘지까지도 예상했다!

모두 예상했다. 문자 그대로, 모두!! 하나에서 열까지——!!

말도 안 된다……. 신이라 한들, 아무리 최강이라 한들, 게임이 아닌가?!

명확한 규칙이 있고, 불확정성이 뒤섞인, 수읽기 게임이 아닌가?!

가능성의 세계가 수렴하는 지점—— 불확정성마저 예상하다니, 올드데우스라도 불가능하다!!

그런 일이 가능하다면, 미리 무엇이 일어날치 전부 알고——

……미리…… 알고, 있지, 않다면…… 불가……

——능…….

"어라~ 아차차. 이거 들켜버렸다는 분위기네요~ 시로 씨."

"……으음~…… 앞으로, 1국…… 남았, 는데…… 우~."

병렬사고하는 아인치히와 엑스마키나들, 26개의 관측기가 일제히 그렇게 너스레를 떠는 소라와 시로에게 향했다.

　너무나도 뒤늦게, 아인치히의 마음속에서 모든 것이 이어지는 가운데, 소라는 웃었다.

　소라와 시로에게는 너무 불리한 게임, 너무나도 불리한 규칙.

　압도적인 핸디캡을 짊어지고도 엑스마키나가 전혀 따라갈 수 없었던 강함.

　엑스마키나가 대응할수록 강해져가는, 최강의 개념을 두른 자──

　──라고…… '엑스마키나를 철저히 속인' 두 사람은────!!!!

　"응～ 맞아맞아. 이 게임, 압도적으로 불리했던 건── 우리가 아니었어."

　그렇게, 시시한 어린아이 장난이라도 사과하듯 낼름 혀를 내밀고.

　태평하게, 손은 멈추지 않고, 반성하는 빛 따위 털끝만큼도 없이── 트릭을 공개한다.

　"부조리할 만큼 '압도적인 핸디캡'을 짊어진 건── 그쪽♪ 아, 화내지 말라고?"

　"……속은, 쪽이…… 잘못…… 이거…… 고금동서의, 섭리……."

다시 말해 아인치히도. 이미르아인도. 엑스마키나 전 기체도.

12국 1,047수나 이어지는 동안. 계산불가능수마저 계산한 기계는.

―――그저 그들이 의도한 대로 뒀을 뿐이라고…………

"그, 그게 무슨 말씀이시옵니까, 마스터. 엑스마키나가 압도적으로 불리하다니……?"

"어? 말 그대로인데? 이 규칙은 엑스마키나의 수를 쉽게 읽을 수 있어."

의아해하며 묻는 지브릴에게 소라가 대답하고, 엑스마키나는 내심 동의했다.

――그래, 그야 그렇겠지.

그도 그럴 것이 엑스마키나는 체스의 승산이 희박해, 악수를 두면―― 아니. 두지 않아도 패배한다.

게다가 이기기 위해 일부러 『연출타』를 둔다면, 필연적으로 그 타이밍은――.

"이것들은 『연출타』도 비교적 안전한 칸이 빛날 때만 뒀고?"

"…… 시로랑, 빠야, 한테…… 따먹힐, 전제, 로…… 두고…… 너무 읽기 쉬워…….."

불확정적으로 읽기 어려운 것은 '피차일반' 이라고만 생각했던 엑스마키나에게.

제8국, 소라의―― 『피차일반이 아니니까 그렇지』――라는 의미심장한 발언.

이것이…… 이것이 그 말의 진의였단 말인가——!!

그러나—— 아니!! 아인치히는 속으로 부르짖었다.

그래, 분명, 엑스마키나는 '최선의 수'라는—— 예방선 위에서 두고 있었다.

그러나 그것은 체스로는 엑스마키나의 승산이 희박하다는 대전제가 있었기에 그랬던 것이다!

엑스마키나의 무한근사속도 대응을 모조리 능가하는 압도적인 수준의 강함이 있기에 그랬던 것이다!!

소라와 시로의—— 두 사람의 승리에 대한 확신에, 발언에, 일체 거짓이 없었기에 그랬던 것이다!!!

하지만 이것은—— 이 전법은.

엑스마키나에게 무엇에 대응케 하고, 무엇을 읽게 하고, 어떻게 대응시킬지를, 조작했다……?

그것은, 그런 전법을 구사하는 자는—— 결코—— 강자가 아니다——!!

그렇다면 대체, 어떻게, 엑스마키나를 속였단 말인가——?!

"——미안해, 엑스마키나…… 너희는, 우리한테—— 절대로 못 이겨."

그렇게 엑스마키나들의 사고를 읽듯—— 아니. 이제는 정말로 읽고 있으리라는 생각마저 들지만.

그것은 제1국에서 승리했던 소라의 말. 글자 하나 단어 하나 틀리지 않고 그 말을 되풀이하더니,

" '우리한테는' —— 그래. 너희는, 우리한테 절대로 이길 수 없어."

소라가 들려준 것은 역시 한 치의 거짓도 검출할 수 없는 말.

그러나—— 자명하기에, 말할 필요도 없는 반응을 검출한 말

——

"그야 당연하잖아? 너희가 상대한 건, 우리가 아니었거든."

"……그, 착각…… 없었, 으면…… 아마, 못, 이겼어……."

——착, 각……?

소라와 시로, 두 사람에게서 『최강』이라는 개념의 재래를 본 것이?

아니다—— 그렇지 않다! 소라의 말은 그 전에 했던 말이다!

그렇다면 대체 그들은. 엑스마키나의 어떤 착각을 지적하고 있는가.

그렇게 생각하는 아인치히와 엑스마키나의 뇌리에, 이어진 소라의 말에 의해——

"우리 이마니티가 너희 엑스마키나를 상대로 핸디캡 대전? 하, 농담도 잘 하셔."

——치직.

"너희는 몰라. 이렇게까지 안 하면 못 이길 정도로 압도적인 '약함' 을."

————치직…… 파손되고 파탄되어, 의미를 잃었어야 할.

상실했어야 할 아인치히와 엑스마키나들의 기록에. 사고에. 노이즈가 흘렀다.

"……『최강』을 꺾을 수 있는 건 그 반대―― 『최약』뿐이야."

그렇게 자신들을 『가장 약한 자』라 정의하는 소라의 말을.

――치직, 치지직…… 여전히 이어지는 노이즈 속에서 듣고 있었다.

"이해불능급 엉터리를 상대로, 정면에서 맞붙어서 이길 리가 없잖아."

그렇다―― 최강의 개념인 전쟁의 신을, 힘으로 넘어서기란 불가능했다.

"그걸 몰라. 아르토슈를 죽이지 않은 너희는 확실히 걸려들 거라고 생각했어."

그렇다―― 전쟁의 신이. 그 최강이.

자신의 『천적』이라 부르고, 칭송했던 것은―― 엑스마키나 가, 아니었다.

그것은…… 『의지자(슈 필 러)』………… 그리고――――

――《체크 메이트―― 승자『　（공 백）　』, 6승》

"야. 망할 훈남 변태 고철 호모로이드―― 아이돌이란 게 뭐라고 생각해?"

지독히도 긴 호칭으로, 혼란과 혼탁에 빠진 기록(기 억)을 헤매던 자에게 물은 소라는.

"삼류 P라면 손님의 이상을 연출하는 철저한 인형, 이라고 헛소리를 지껄이겠지. 만!"

"……그러~나…… 초일류…… 『P』인…… 시로랑 빠야,

는······ 아니야······!"

　대답은 필요 없는지, 그저 무대를 바라보며 소라와 시로는 말을 이었다.

　"······호로, 는······ 그냥, 되고 싶은 자신이 돼, 그것, 뿐······
이야······."

　"그 희망에. 되려 하는 모습에, 『손님』이 아니라──『사람』
이 희망을 가지는 거지."

　그렇게 말하는 두 사람을, 아인치히와 엑스마키나들은 소용
돌이치는 기억을 헤매며 보고 있었다.

　최강이 스스로 천적이라 칭송했던, 최약을 자랑하는── '두
사람' ──은──

　"──그래서? 내가 『의지자』^{슈 필 러}가 아니라는 '완전증명' ?"

　"······간단, 해······ 너희, 가······ 알고, 있는······ 거."

　아직도 교차하는 의식 속에서, 아인치히와 엑스마키나들은
그 말을 들었다.

　"······내가 누구인지는 내가 결정해. 나는 『소라』── 시로
와, 둘이서 하나."

　"······빠야랑, 시로가 『^{공　백}　』······ 타인의 정의······ 꺼지라
고, 해."

　소라를 해석하고, 무엇을 정의한들 무의미하다고 선언하는
두 사람의 말을.

아니. 한 게이머들의 말을. 그리고 이어진 말에.

그저.

"아무리 닮았어도, 기억이나 사랑조차 공유해도 ^{똑같아도} 다른 사람이야. 반증? 할 수 있다면——."

"……왜, 아무도…… '그 사람이 사랑했던 사람' 이라고…… 자칭, 안 해……?"

……아아…….

눈을 감고.

"그러니까 나한테 반하는 것도, 행위도, 맹약으로 강제하지 않았던 거지…… 안 그래?"

아인치히는, 이미르아인은, 엑스마키나 전 기체는.

마침내 이해하고, 자신도 모르게…… 고개를 숙이고 웃었다.

"……그렇, 구나……. 엑스마키나는 그저, 하염없이 '유령'을 보고 있었던 것이군……."

——그렇군…… 엑스마키나는, 그들을 절대로 이길 수 없다.

대응할 수 있을 턱이 없다…… 애초에 존재하지 않으니.

엑스마키나는 그저, 눈앞의 두 사람이 아니라…… 환영을 상대하고 있었으므로.

섀도우 복싱에 빠져 그림자만 때려댔던 엑스마키나의 뒷모습은—— 얼마나 우스꽝스럽게 보였을까.

그렇게—— 13번째 국의. 최종국의 개시를 알리는 소리.

13번째 곡의. 마지막 곡의 인트로가 울려 퍼지는 가운데.

자학적으로 중얼거린 아인치히는, 생각했다…….

그러나, 그렇다면…… 엑스마키나는………… 대체………….

■ ■ ■

──13번째 곡. 마지막 곡(라스트 넘버)이 울리는 무대 위.

소라와 시로의 한 수에 소리가, 빛이 되돌아왔지만── 그 이상은 불필요하다고.

이제는 엑스마키나의 기재조차 쓸데없어 보이는 만드는 호로의 노래에, 모두가 도취되고 있었다.

『분위기 띄우고 와라』라고 소라와 시로에게 건성으로, 그러나 즐거움이 묻어나는 지시를 받아 무대에 올라온 두 사람.

의외로 춤을 잘 추는 스테프와, 비치사성 빛을 뿌리며 허공을 노니는 지브릴까지도 더해져.

차분하게 대단원으로 향해가는 공연장과는 달리── 백스테이지는 심해와 같은 정적에 잠겼다.

──제13국. 최종국.

소라와 시로가 표표히 웃으며 들려주고 보여준, 엑스마키나를 꺾을 '유도'.

그러나 그런 두 사람에게, 이제까지 단 한 국도, 단 한 수도──
여유는 없었다.

엑스마키나를 상대로, 무엇을 상정시키고, 어떻게 대응시키며, 들키지 않고, 두게 하며, 잡는가.

그들이 자신들에게 한 '거짓말'. 『의지자^{슈필러}』가 없는 현실세계를 거부했던── 거짓말.

파고들 '거짓말^{구멍}' ── 치명적인 '거짓말'이 있었음에도, 지극히 어려웠다.

초월 기계가 『마음을 읽고 유도해, 그 극한에 도전한 이유는 뻔하다.

아무리 『 공백 』이라도, 엑스마키나와 정면으로 싸워 이기기란 극한을 초월해 불가능하기 때문이다.

──그러나 그 트릭도 이미 드러났다.

해석이 끝난 12국 1,082수를 보정하고, 눈앞에 있는 두 사람의 정체── 소라와 시로에게, 대응할 것이다.

그것만으로도 초월 연산기와 인간의 순수한 수읽기 싸움── 불가능에 대한 도전이 된다.

높은 확률로, 소라와 시로는 7패하여. 승수에서 밀려. 패배한다.

──『이제부터가 진짜』라 각오를 다지는 소라와 시로는, 그렇지만……

"……흐~음. 왜 중간부터 두는 걸 관뒀는지…… 물어봐도 될까?"

백스테이지. 제13국 개시 시점에서는 완만하게나마 울렸던 장기짝 옮기는 소리.

그러나 엑스마키나가 손을 멈추고, 그것마저도 그친 무음공간에, 소라의 물음이 울렸다.

숨막히도록 무거운…… 그러나 냉담하며 체념을 머금은——소라와 시로도 아는 그 정적은.

——『절망』이라 불리는 감정이 낳은 고요함이었다.

"……되묻겠노라. 순서가 없는데도…… 왜 그대들은 두지 않는가."

"그게 말입죠~ 도중에 포기하는 게이머 실격자에게 이겨서 어쩌자는 겁니까요~?"

"……거듭, 되묻겠노라. 엑스마키나가 승리하여…… 그런다고 무엇이 어떻게 된다는 말인가."

그렇게 말하며 웃는 아인치히의 얼굴은, 넘쳐나던 감정이 송두리째 떨어져나가.

정말로—— 단순한 기계. 단순한 인형이 되고 만 것처럼——아니.

아인치히만이 아니었다. 다른 엑스마키나도, 전 기체가 하나같이 그랬다.

"그대는 『의지자(슈필러)』가 아니었다. 그렇다면 엑스마키나가 승리해 무엇을 얻는단 말인가?"

……그래, 알고 있었어.

소라는 내심 이를 갈았다.

그저 증명만 해서는 멸망을 택하리라고…… 알고 있었다.

"아무것도 얻지 못한다. 그저 멸망할 뿐. 그렇다면—— 그대들이 이겨야 할지니."

소라가 의지자^{슈필러}가 아니었다고 증명하면 어떻게 될지도.

문자 그대로—— '절망적인 문제'. 이렇게 될 줄도.

"그대들. 아니—— 그대라 해야겠군. 그대는『계승자^{포첸서}』다. 그리하면 엑스마키나의 피스도 사라지지 않는다."

그렇기에 엑스마키나는 이 게임에 응할 수밖에 없더라도!

이렇게 될 것도 받아들이고서, 소라는『얍삽이』에 끌어들였다—— 그러므로!!

"그렇기에 엑스마키나를 함정에 빠뜨리고, 번식을 강제하고, 『사랑의 포기』를 맹세케 한 것이리라. 괴로운 결단을 시켰구나. 그것이 엑스마키나의 구제가 되리라는 판단은 옳았다. 그대라면 엑스마키나를 잘 이용^{우리}——."

——따악.

소라가 체스판을 부술 기세로 둔 피스가 아인치히의 말을 가로막았다.

——그러니까!! ——『이제부터가 진짜』라고——!!

"……야, 변태 메카. 무슨『마음』에도 없는 소리를 하고 앉았냐?"

빛나는 칸에—— 소라가 둔『연출타』에, 곡이 변조되며 화려한 빛이 소용돌이쳤다.

조용한 대단원에서 '최고조의 엔딩'으로 바꿔놓는 과열된 환성이 울리는 가운데.

중단된 대국── 소라와 시로의 우위로 기울어진 체스판에서, 두 사람은 대담하게 선언했다.

"이러쿵저러쿵 떠들지 말고 온 힘을 다해 이기려고 덤비면 되잖아. 손을 멈출 필요는 없어."

"……시로랑, 빠야가…… 이길 테니까…… 어차피, 지는, 거…… 변함, 없어♡"

──훗.

모든 것을 체념한 듯 아인치히는, 웃었다.

엑스마키나 전 기체와 병렬사고로 손을 움직여── 소라와 시로에게는 미지인 정석을 그려냈다.

초월적으로 적확하고, 섭리를 벗어날 정도로 정확하게, 두 사람을 사로로 몰아 떨어뜨릴 정석이었다.

──그랬다. 정석이었다.

약 2초 전까지는 분명히. 그러나 이제 와서는 과거형이 됐다.

그 한순간의 사건에 살짝 얼굴을 찌푸린 아인치히에게, 소라와 시로는 말했다.

"너희 기억력 괜찮아? 무한학습이란 간판 내려야 하지 않아?"

"……과대광고…… 광고심의협회…… 고발, 당해. 한 번 더, 말할게."

——엑스마키나가 둔 정확무비한, 미래예지에 가까운 정석에 이르는 수를.

소라와 시로는, 숨을 쉬듯 파헤치고, 한 수에 파탄내는 『새로운 수』로 받아쳐.

찰나에 대응해 엑스마키나가 그 『새로운 수』를 한 수에 파탄내는 『새로운 수』로 받아치고.

그리고 소라와 시로는 그것이 새로운 수가 아니라고 주장하는 한 수로 깨뜨리고 우위로 되돌려 응했다.

——그 2초도 안 되는 시간에 벌어진, 한순간의 응수를.

겨우 깨달은 아인치히, 엑스마키나에게.

'얼마나 힘들었는지 좀 이해해 줘라' 라고 호소하는, 지친 웃음으로, 말했다.

"······『   공   백   』에게····· 이길, 생각······이라면♡"

"정중하게 '어디서 기어올라' 라고 대답해드립죠♪"

의지자—— 소라와 같은 대국 스타일을 유지하면서도 강한 척을 연기해.

엑스마키나의 대응과 학습이 되풀이됐던, 이제까지의 12국 —— 전체와.

——제13국. 이 마지막 대국.

소라와 시로의. 다시 말해 『   공   백   』의—— 본래의 대국 스타일······ '진심' 을.

만에 하나 대응을 그르쳐버리면 두 번 다시는 이길 수 없을

'최선'을.
——끝까지 감추는 것이. 그것이 극한으로 어려웠다고.

"이번에야말로 눈앞의 『^{우 리}』를 상대해 보라고. 어차피 질 테니까."
"……전력, 으로…… 덤비는, 거…… 가볍게, 놀아, 줄게?"
게임 포기? 그런 시시한 폐막을 누가 용납한다고.
이길 거라면 『완전승리』지. 그 이외에는 인정할 수 없어.
——덤벼, 엑스마키나. 환영이 아닌 우리에게.
정면에서 꺾어줄 테니까.
그렇게 말하는 소라와 시로의, 짐승 같은 웃음에…… 살짝.
아인치히와 엑스마키나들의 눈에, 감정이 깃든 것이 보여서
————

————………….

"……나인 줄 착각했다는 『^{슈 필 러}』인지 뭔지가—— 누구인지 맞혀 볼까?"
체스판을 오가는 손이 드디어 원래 속도로 가속되는 가운데.
소라는 잡담하듯, 두 가지 생각이 병행하는 감각으로 그 추리를, 확신에 실어 말했다.

"대전을 끝냈다는 남자…… 『열라 멋있는 신급 게이머느님』이지?"

"……………………."

아인치히와 엑스마키나들의 침묵을 긍정으로 받아들이고, 소
라는 그제야 설명이 된다며 고개를 끄덕였다.

지브릴이 이르기를, 이마니티가, 엑스마키나를 이용해 대전
을 끝냈다고 한다.

어떻게 그럴 수 있었는지 완전히 수수께끼였지만.

요컨대──

"엑스마키나는 이용당한 게 아니야. 사랑했던 남자를── 도
와주었을 뿐, 이지."

그때 어떤 것이 오갔는지── 소라가 자세히 알 방법은 없다.

그러나 『유지체』라는 엑스마키나가, 『의지자』라는 이마니티
사내를 사랑했다.

그리고── 그 바람과 생각을, 엑스마키나 전 기체가 공유하
고 이어받은 것이다.

이미르아인이 말했던── '유지체의 바람'.

사랑하는 자의 바람을 실현한다는 바람…… 그렇다── '대
전의 총결' 을.

"하지만 그 남자는 죽었지…… 대전 총결과 동시에…… 너희
가── 죽게 했어."

"……이 경이로움을 표현할 말이 없구나……. 어떻게 거기까
지 알고 있는가……."

마치 신과도 같은 통찰을 의심하는 아인치히와 엑스마키나들. 그러나 소라는 멋쩍은 듯,

"아니, 그렇게 거창한 이야기는 아니고…… 이미르아인이 그 뭐냐~ 신품…… 처녀라고 해서……."

──의지자^{슈필러} 이외에는 받아들일 수 없다.

신조기능의 『하드웨어 록』……?

"살아남았으면 썼겠지!! 한 번쯤은?! 나도──아니암것도아니고요."

시로가 노려보는 바람에 말을 끊은 소라는── 그러나 무슨 일이 있었는지 감을 잡고 있었다.

갑자기 끝나버린 대전. 끝내버린 자. 그러나 그가 유일신이 되지는 않았다. 종전과 동시에 죽었다. 그렇다면 죽음의 원인은 협력자── 아니.

소라는 그 추론이 실례라 생각해 멈추었다.

사랑한 사내를 지키지 못했다…… 어쨌든 그런 뜻이 되리라고.

"게다가…… 너희는 사랑하는 그 사내를 배신하고, 속였지."

────.

아인치히의──엑스마키나 전 기체를 의미하는──손이, 한순간 멈추었으나.

아랑곳 않고 소라는 담담히── 손만은 맹렬히 움직이며, 여전히 말을 이었다.

"하나의 희생도 내지 않고 대전을 끝내려 했던 자. 그 의지와

는 달리…… 많은 이들을 죽였어. 플뤼겔의 절반 이상. 아마 그 외에도. 그리고 다름 아닌── 너희 자신도…… 죽였고.”

말없이 수를 두는 엑스마키나의 떨리는 손. 떨리는 눈동자.

명백한 감정── 곤혹, 동요가 뒤섞인 감정을 엿보였다.

이는 소라의 말에 보인 감정일까. 아니면 소라와 시로를 압도하치 못하고 있다는 데 보인 감정일까.

“그렇게 대전을 끝내서 뭘 생각했는지…… 나는 상상도 못해.”

그도 그럴 것이…… 아이러니한 이야기라고, 소라와 시로는 나란히…… 생각했다.

사람의 마음이란 완전히 비논리적이라, 그렇기에 논리를 짜 『수학』을 발명했듯.

논리의 화신인 그 기계는, 그렇기에 비논리성을 동경해 『마음』을 발명했다.

기계의 종족. 신탁 기계조차 비웃어버릴 수 있는 초월적 연산 기계가.

그렇게 도달한 곳은── 인간과 같았다.

그러므로, 그렇다…… 시시한 이야기다.

달에서 소라와 시로가 깨달았던 엑스마키나의 의도. 마음 있는 기계의 진의…….

6천 년이나 되는 세월 동안, 멸망에 직면하면서까지, 짝사랑 상대를 그저 오로지 고대했던 ‘고뇌’……

마음을 가진 자의 고민은 언제나 단순하고 시시하고──

――절실하며, 존엄하고, 시시한 일이다…… 그렇다……

"……후회인지, 죄책감인지, 원통함인지……."

그 모든 것일 테고, 어느 것도 아닐 터. 소라는 그렇게 생각했다.

그도 그럴 것이, 『감정』에서 오는 고민은…… 비논리적이며,
분리할 수 없으며, 추상적이고 애매하다.

그래도 굳이 그 모든 것을 한마디로 요약한다면 분명, 그것은.

"……그저 다시 한 번 만나고 싶었던 것뿐일까?"

그리하여 소라와 시로의 앞에 나타났다. 호로―― 올드데우
스를 죽이지 않고 꺾은 순간.

"그래서 이번에야말로. 대전 당시에는 이룰 수 없었던 것을
이룰 존재가 나타난다면."

그렇다면, 분명, 아마도…….

"이번에야말로 아무도 죽이지 않고 신을 꺾을 수 있다면, 그
자가 틀림없다고, 고대했지."

그렇게 다분히 상상도 섞어서 말하는 소라에게, 아인치히와
엑스마키나들의 눈이 흔들려 긍정을 나타냈다.

――그 사내는 죽었으며, 아무리 닮았어도 다른 사람임을 알
지만.

소라가, 유지체가 사랑했던 의지자도 아니고.

자신들도, 그 남자가 사랑했던 그녀가 아니고―― 심지어.

그 남자를 사랑했던 것조차 자신들이 아님을…… 알고 있어
도. 여전히.

──『마음』을 얻은, 거짓말조차 할 수 있는 기계…… 거듭거듭 가공할 노릇이라고 소라는 생각했다.

나아가서는 자기 자신에게 거짓말을 하다니…… 그렇게까지 인간을 닮을 필요가 있었을까…….

그런 생각이 들었지만, 소라는 사고를 중지하고.

──그렇기에…… 들이댔다.

"그래서? 그런 소녀회로 풀전개인 기계가? 뭐라고 지껄이셨더라?"

뿌득뿌득 아파오는 가슴을 무시하고, 딱 부러지게.

"엑스마키나를 얍삽이에 빠뜨려 번식강요 땡큐~, 종의 멸망, 세계가『체크』당하는 걸 회피해줘서 메르시~, 실연까지 배려해줘서 캄샤~, 엑스마키나를 잘 이용해 줍쇼~라고?"

──들이대지 않을 수가 없었다────!!

"무슨『마음』에도 없는 소릴 하고 앉았어?! 전자동 보행형 특수 성정체성에 안 어울리게?!"

그렇게── 한계까지 조롱하는 얼굴을 만들며 헹, 코웃음을 치고 외친다.

"얌마!! 마음 있는 기계──『마음』에서 우러난 속내를 들려줘 보라고!!"

그렇게 외친 소라의 명백한 도발, 유도임을── 모두가 알고 있었으리라.

그러나 이 대국 중에『   ^{공 백}   』의 수를 모조리 파헤치기란 불가능하다고 판단했는지.

　최악의 수 예상 쪽이 처리속도에서 뛰어난 엑스마키나가 유리하다고 판단했는지.

　──아니……

　"좋다…… 그러면 들려다오…… 묻겠노라 『계승자(포첸서)』여──!!"

　그런 논리적인 이유나 원칙은…… 분명, 없었을 것이다.

　감정이 끓어오르는 눈(분노)으로, 아인치히는 내리치듯 『연출타』를 두며 부르짖었다.

　그 말을, 이미지를 반영해 경치를 오버라이트한 한 수는……

　"아르토슈의 『신수』를 파헤쳐 대전을 끝내고── 그렇게 해 무엇이 남았나──?!"

　──아무것도 남지 않았다고.

　그렇게 자답하듯, 공연장의 모든 것이 공허하게── 온통 흰색으로 물들었다.

　마치 천지조차도, 온갖 법칙마저도 무가치하다는 것처럼.

　관객도, 소라도 시로도, 모두가 허공을 떠도는 가운데 여전히 울리는 노랫소리에,

　"……『십조맹약』이 남았지. 익시드가 남았지. 그리고── 의지(마음)가 남았지."

　──이 세계가 남았지.

소라가 조용히 웃으며 받아친 『연출타』가 하얀 캔버스를 극채색으로 덧칠했다.

멀리 뿌옇게 흐려진 지평선에 피스가 우뚝 솟고, 열여섯이나 되는 종족이 허공을 누비는 세계를.

그 천지를, 부감하고 떠돌며, 여전히 끓어오르는 환성에,

"그렇다. 우리가 짓밟았던 마음과!! 사랑하는 자를 잃은 세계가 남았다――!!"

――그것이야말로 죄와 회한의 상징이라고.

그리고 그 마음도, 사랑조차도 남에게서 가져온 개념에 불가하다고 통곡하는 기계의 한 수는.

극채색 별에서 오가는 그러한 십육종족과 지평선의 피스를 지워버리고,

"그래서 이번에야말로, 다음에야말로, 그 마음은 유지가 되어 이어질 사람에게 전해졌다."

――사람에게서 사람, 종족조차 불문하고.

소라의 한 수에 다시, 사라졌던 종족과 이마니티가 무리를 지어 국가를 이루고 세계를 덮어 나간다.

마치 대전 종결로부터 부흥을 이어나갔던 세계를, 별마저 눈 아래에 내려다보듯.

"그리고 유지도 배신하고, 자신을 기만하며 이루지 못할 바람을 꿈꾸는 우스꽝스러운 고철이 남았지……!!"

──의지도 유지도 잇지 않았다고.

남에게서 가져온 사랑을 품고, 사랑받지도 않은 자를 그저 잠자며 기다리기만 했던 자신들의 의미를 묻는 눈.

백스테이지에 무수히 나타난 반투명의, 그들이 죽이고 죽게 만든 이들로 보이는 그들의 시선에.

"끄윽?! 시, 시로!! 우스꽝스럽단 말은 반론을 못하겠다?! 그야 저 녀석은 그냥 변태니까!!"

"……힘내, 힘내…… 빠야가, 말발에서, 지, 면…… 이젠, 끝장……."

그러나 개의치 않고, 소라와 시로는 태연히 너스레를 떨었다.

──어지러이 바뀌는 광경. 난잡하게 오가는 최악수.

유도가 불가능한 수읽기. 선제판단. 대처속도 승부── 엑스마키나의 독무대가 된 게임에서.

그러나 엑스마키나는…… 아니. 오히려 소라와 시로, 두 사람 자신마저 경악하고 있었다.

엑스마키나를 상대하며 호각── 아니. 미미하나마 우위에 서기까지 했다는 데에.

소라가 『직감』을 믿고, 소라도 이해하지 못할 선제판단으로 둔 수를.

시로가 『계산』으로 순식간에 따라잡아, 논리적으로 이해하고 정석에 끼워 넣는다.

──연역과 귀납의 동화가. 감각과 논리의 융합이.

엑스마키나의 『미대응수』를, 두 번은 통하지 않을 수의 『첫 번째를』── 모조리 밝혀냈다.

불확정성이기에 그것이 지극히 미미하나마 엑스마키나의 처리를 능가하기에 이르렀다.

그렇기에 경악하는 엑스마키나── 그러나,

"벗뜨 그러나!! 그야 단순히 고철이니까 그렇지!! 책임전가는 못 쓴다구?!"

"……따, 딱히……! '이루지 못할 바람' 도 아니고, ……말이, 지……?!"

비지땀을 흘리는 소라와 시로에게서 이어진 말에, 이번에는 ── 랙이 발생했다.

"이루지 못할 바람이 아니라고? 호오…… 그렇다면 우리의 바람을 이루어 보라──!!"

이리하여 여전히 바뀌어가는 광경 속에서, 엑스마키나가 바란 것은── 그렇다.

이루어질 수 있다면, 오직 의지자^{슈필러}만을. 다시 만날 수 있으리라고 자신마저 속였던 마음을── 제시했다.

"우리의 『 마음^{모든 구성요소} 』에 의미는 있었는가 ── 엑스마키나에게 구원은 있는가──?!"

그렇다…… 요컨대, 그뿐이었던 것이다.

그것이 너무나도 시시한…… 존엄한──그들의 바람이었다.

번식을 거부했던 것도, 멸망을 감수했던 것도, 소라에게 접근했던 것도.

소라가──다시 말해 의지자(슈 필 러)가, 자신들을 받아들일지……

그를 속이고, 배신하고, 함정에 빠뜨리고, 죽고 죽이고 마침내는 죽게 만들었던 자신들이.

그렇게까지 했던 세계에서, 살아도 좋은 것인지, 그는 용서해 줄 것인지.

논리 따위, 털끝만큼도 존재하지 않았던 그것은,

──그저…… 『죄책감』에 빠져서.

어떻게 해야 좋을지 알 수 없었던 기계의.

아니. 마음의, 길을 제시해 주기를 청하는 말(마음)이었다.

──그렇기에. 소라는 웃으며 내쳤다.

그것은 소라에게 물은 것도, 의치차에게 물은 것도 아니었다.

"내가 알 게 뭐야…… 그 물음(바람)은── 너희가 대답하는(이 루 는) 거잖아……."

소라의 시선을 엑스마키나들도 따라가고…… 난타됐던 연출이 낳은 광경을 보았다.

그것은 그들…… 마음 있는 기계가 만들어낸 세계…… 그 자체였다.

모든 것이 게임으로 결판이 나는 세계——『디스보드』를 내려다보며.

무대에서는 올드데우스(호 로)가 노래하고 춤을 춘다.

플뤼겔(지브릴)이 하늘을 난다. 이마니티(스테프)가 우아하게 춤을 춘다.

섬광이 난무하는 가운데, 여러 종족의 아이돌들에게 여러 종족의 관객들이 열광하고 있었다.

그러한 모든 이들의, 모든 얼굴에는 그저 하나같이…… 웃음이 있었다.

"의미가 있었냐고? ……너희가 의미를 찾아낼지 어떨지에 달렸지."

"……용서받을 수, 있는지…… 당신들, 이…… 자신, 용서할 수 있는지, 어떤지."

그렇게 말하는 소라와 시로의 얼굴에도, 그 눈에 비친 아인치히와 엑스마키나들의 얼굴에조차.

자신들과 맞붙었던 두 이마니티를 향해, 언제부터인가 뜨겁게 달아오른 웃음이 맺혀 있었음을 깨닫고.

——그렇다. 웃어넘길 수 있는…… 그런, 세계였다.

"이루고 싶은 대로, 되고 싶은 대로, 살아갈 수밖에 없어."

"……그, 희망(달), 에…… 사람(시로랑 빠야), 은…… 희망(기대), 가져 ♪"

——어차피 바뀌지는 않는다. 절충하며 걸어갈 수밖에 없다.

"그러니. 뭐. 참고 정도로…… 나랑 시로의 개인적인 감상이라도 좋다면——."

"……나쁘치 않은 세계……라고…… 적어, 도…… 시로랑 빠야, 는…… 생각해."

——그런 세계를 만들기 위해 방대한 희생을 치렀던 당사자들.

분명 수긍하며 죽을 수는 없었던 사내. 그는 후회와 원통함을 품고 갔으리라.

그러나 그가, 최후의 순간까지 틀림없이 생각했을 것.

그리고 소라와 시로가, 이 세계에 내려와 처음으로 생각한 것.

그저 감사를 담아, 그들에게 전할 수밖에 없다…… 그것은.

"이번에야말로. 다음에야말로. ……이기고 말겠어. 그렇게 생각할 수 있는 세계지."

체스판이, 소라와 시로의 7승을 알린 것을 끝으로 부서지듯 멈추고.

그리고 공연 끝을 알리는 무대에, 갈채와 열기의 여운만이 남은 가운데…… 그저.

"……라고! 우리는 생각하지만, 엑스마키나—— 너희는 어떻게 생각해?"

모든 것을 다 쥐어짜내, 소라와 시로는 같은 여운에 잠겨, 지친 웃음을 짓고 있었다.

극한의 집중에 뇌는 불타고, 몸은 녹이 슨 것처럼 무겁다…… 그러나 그것을 차치하고서도.

……제14국이 있다면…… 이젠 못 이겨.

그렇게 확신하고. 그렇기에── 한층 즐겁다는 듯 웃음을 짙
게 머금는 소라와 시로의,

──다음에야말로, 우리에게 이길 수 있다는…… 그런 생각
이 들지 않아?

그렇게 말하는 얼굴에, 아인치히와 엑스마키나들은 눈을 감
고, 소리를 내………… 웃었다………….

⏻ Wonder End

──에르카이 성, 옥좌의 홀.

마개조되어 라이브 공연장으로 바뀌었던 날로부터── 벌써 열흘이 지난 그곳은.

마치 모든 것이 꿈이었던 듯 깔끔하게, 원래대로 돌아갔다.

스테프가 말하던 유서와 전통을 자랑하는 정위치로 돌아간 옥좌도,

"음~…… 슬슬『한 턴』도 끝나겠네."

"……아마…… 앞으로, 사흘…… 정, 도……?"

마찬가지로 정위치에서 태블릿 PC를 만지작거리는 에르키아 왕 두 사람── 소라와 시로가 앉아 그렇게 웅얼거리고 있었다.

……『한 턴』…… 다른 플레이어가 다 움직일 무렵이 아니겠느냐고.

그 턴을 그냥 건너뛴 두 사람은, 그런데도 휴식과 거리가 멀었던 그동안을 생각했다…….

──『둘 수 있는 수』가 없어서. 호로의『 P 』업무에 전념해야 했던 턴.

이를 예상치도 못하게 소란스러운 턴으로 바꿔놓았던, 지나치게 의외였던 방문객—— 엑스마키나.

그들은 게임 종료와 동시에…… 말 한마디 남기지 않고 어딘가로 떠나버렸다.

당연하다. 이기면 아군이 되리라고 맹세시켰던 것도 아니고, 오히려 『사랑을 포기』하게 만들었으니.

멸망하지 않도록 엑스마키나에게는 번식을 강요했다—— 그저 그뿐이다.

어딜 가든, 뭣하면 다음에 진짜 적으로 찾아오는 것도 자유다.

——그러나. 그거라면 그거대로. 소라와 시로는 그렇게 웃으며 생각했다.

엑스마키나의 의지대로. 확실하게 『자신들』에게 도전하러 온다면…… 환영한다.

그렇다고는 하지만 엑스마키나의 힘이 낳은 공적은 남았다. 그것은——.

"……소라~…… 시로~…… 굿즈 재고, 이제 다 팔렸어요……."

그렇게 지친 얼굴로 옥좌의 홀에 나타난 반입업자——가 아니라.

노동복을 입은 스테프의 보고에 소라는 번뜩 대답했다.

"훗, 안심하도록. 제18판 증쇄도 수시반입될 테니! 빠릿빠릿하게 팔아달라고!"

그렇다── 호로의 라이브. 그 전설적인 성공이라는 공적에.

소라와 시로는 『굿즈 판매』로 떼돈을 버는 중이었다. 물론, 그렇다고는 해도──

"……하지만 호로의 『판화』랑 『판화집』 뿐이라니…… 어떻게 안 되는건가요?"

그렇게 스테프가 탄식했듯, 현재 이마니티, 에르키아의 기술로는 별다른 물건을 만들 수 없었다.

오히려 그 판화와 판화집^{브로마이드}^{사 진 집}조차── 상당히 무리해 만든 것이다.

구체적으로는── 스마트폰으로 호로를 촬영하고, 지브릴이 마법으로 『판』을 만들어, 아카데미에 연구하게 했던 대량제지 대량인쇄 테스트머신을 풀 가동시켜, 인쇄물에 화가들이 색을 입히는……. 이세계 기술, 마법, 국가권력까지도 남용해 막무가내로 상품화했던 물건이었다.

그 기술과 노력의 낭비에 어이가 없어진 스테프는, 그래도 생각했다.

"저는 호로의 노래를 더 듣고 싶은걸요……. 그건 안 파나요?"

그렇다…… 호로의 노래에 완전히 반한 스테프가── 아니.

모두가 가장 탐내는 것. 호로의 노래──『음원』은 판매하지 않느냐고 물었다.

사진집 정도로도 이 고생을 해야 하는 에르키아에 녹음기술이나 미디어가 존재할 리 없다.

그러나 이종족의 힘을 사용한다면 에르키아 '왕국'에서는 불가능해도──

"으음…… 스테프도 그렇게 생각하지? 누구나 그렇게 생각할 거야. 나도 그렇게 생각하거든."

다종족 에르키아 '연방'의 기술이라면 가능하지 않을까, 그렇게 묻는 스테프에게 소라는 고개를 끄덕이고.

"물론 팔 거야. 그걸로 동부연합의 아이돌 사무소를 짓밟을 거니까 말이지 ♪"

"……네, 네에……?"

너무나도 사악한 웃음에 뒷걸음질을 치는 스테프에게는 아랑곳 않고, 소라와 시로는 옥좌에서 일어나 말을 이었다.

"지난 번 라이브, 무녀님이 있었던 거―― 설마 우연이었다고 생각하진 않겠지?"

"……동부연합, 여기저기, 초대……. 아이돌 사무소…… 관계자…… 특, 히……."

"네? 그래서, 어떻게 되는데요?"

무의미하게 이리저리 돌아다니며 말하는 소라와 시로에게 스테프는 물었다―― 그리고.

"후, 후후후, 모르겠나, 그렇군―― 그렇다면 해설해 주지!"

갑자기 발뒤꿈치를 딱 울린 소라와 시로는 요란하게 그 심원한 책략을 들려주었다――!

"수천 명 규모의 호로 라이브―― 그러나 그 평판은!! 이미 연방 전체에 미쳤다!!"

"……화제, 평판…… 사진집, 정도……가, 날개 돋친 듯이, 팔려, 나가……!"

"벗뜨 그러나——! 정작 중요한 영상도 음성도 없으며! 우리 쪽에선 만들 수 없고 말이지?!"

확실하게 떼돈을 벌 장사 기회를 놓치다니, 장사꾼 실격이다.

따라서——!

"기재 제공을 거부했던 동부연합의 업자는 모조리 음원판매를 타진해 오겠지!"

"아! 역시 협조를 거부했던 동부연합에 부탁——."

"그러나 우리는 기각한다!! 거부하고! 각하하고! 철저히 거절하고 소금까지 뿌리지——!!"

"……천년만년, 꺼져, 라고…… 뱃살, 잡고……웃어줄…… 거야!"

깨달았다는 스테프의 말을 가로막고 전부 부정한 소라와 시로의 고함이 성내에 쩌렁쩌렁 울리고.

아연실색한 스테프를 내버려둔 채 소라는 헤실헤실, 연극적인 투로 말을 이었다.

"우웅~? 그치마안~ 대형 사무소에 꼬리치는 업자자나~? 989 프로보다~ 큰 사무소자나~? 호로는 댁들이 차버렸던 우.리. 소속~♡ 쪼~끔 팔렸다고 손바닥 뒤집어서 꼬리를 치다니 뭐니 그게~!! 완~~~전 바람둥이!! 징그럽거든~?? ♡"

——그러는 소라의 사이비 날라리 말투가 가장 징그럽다고.

시로와 스테프는 목까지 치밀었던 말을 꾹 삼키고, 소라의 결론을 들었다.

새삼 옥좌에 앉아 다리를 꼬며, 그렇게—— 불손하게 말한 결론을.

"암튼 뭐…… 989 프로랑 『전속계약』을 맺으면 생각해 보지 못할 것도 없지만!"

"……그런 조건은 역시 아무도 안 들어줄 것 같은걸요?"

아무리 이익이 된다 해도 다른 거래처 전체와 손을 끊으면 채산이 맞지 않을 것이다. 이쪽에게는 호로밖에 없으니까. 그렇게 호소하는 스테프.

그러나 소라는 단언했다.

"아니, 받아들여. 989 프로가 연방 최대의 아이돌 사무소가 될 테니까."

세이렌의 음악성, 엘프의 예술이론, 이세계 기술을 접목한, 완전히 새로운 음악!

무엇보다도 그런 자들을 통합해, 올드데우스 호로를 프로듀스하는 『^{공　백}』P의 수완을 앞에 두고!!

초대받은 아이돌 관계자 중 일부는 반드시—— 이렇게 생각하리라.

그리고 그 일부 이외에는 까놓고 말해 아무래도 상관없다. 그것은 즉——!

큰 뜻과 영혼을 가진 『^{프로듀서} P 』일수록!

자신의 아이돌을 더욱 높은 곳으로 보내고자 도전하는 뜨거운 영혼을 가진 『 P 』^{프로듀서}일수록!

──989 프로로 『이적』하는 편이 낫겠다고오오──!!

"모여라 우리 동포들이여! 989 프로의 깃발 아래로, 자신의 짐승귀 소녀와 함께──!!"

그렇게 하늘을 우러러 팔을 벌리고 전우들을, 용사들을 소집하는 소라의 호령에.

"……동부연합, 의…… 업자…… 아이돌…… 『P』…… 올 겟~……."

포옥, 정위치── 소라의 무릎 위에 앉은 시로가 맺은 그 말은 ── 결국.

동부연합의 사무소. 인재. 시장까지── 모두 먹어치우겠다는 선언이었다.

뭣하면 관세를 면제해 주고! 뭣하면 감세조치에 공제범위 확대까지 해 주마!

989 프로를 우습게 본 대가다…… 행정에 대든 대가를 그 몸에 새겨라……!!

"……그 교활함. 든든함과 두통이 느껴지네요……."

"그러나!! 그것조차도 시작에 불과하다……!!"

그러나 스테프는 무시한 채 소라는 그 위대한 야망, 끝없는 끝을 제시한다!

"장래에는 국내, 동부연합은 말할 것도 없이 연방 전역에 중

계기를 설치해!!"

TV, 라디오처럼. 그렇게 해 호로의 노래를 천지사방 두루두루 퍼뜨리는 것이다!

"에르키아 연방의 기술을 집결시켜도 아직 불가능…… 그러나——!"

언젠가는 이루고 말리라는 그 야망에 불타는 눈에,

"오오! 아아—— 사랑하는 이여…… 서운하지 않은가…….."

——느닷없이 나타난 기계 사내가 비쳤다.
<small>언짢은 존재</small>

밀착거리까지 육박한 얼굴은 불쑥 소라의 턱을 들어올리더니 치아를 빛내며 말했다.

"그러한 장치…… 후, 본 기체가 가진 사랑의 힘이라면 즉시 가능하지."

"다른 힘의 원천은 없는 거냐! 아니 그보다, 넌 왜 아직 여기 있는데?!"

——엑스마키나는 어디론가 떠나갔다고 했지? 그건 거짓말이었다.

지극히 유감스럽지만. 왠지 하필이면 아인치히가 남았다.

아니…… 분명, 엑스마키나가 돌아가면 아쉽기는 하다.

사실 엑스마키나의 힘이 있으면 모든 것이 해결된다. 무엇보다 만능의 무대 연출 장치다.

다음에는 반드시 연방에 포섭하리라고 결심까지 했는데——.

"어째서? 흐음…… 사랑하는 이의 곁에 있기를 바라는 것이 그 어디가 이상하단 말인가?!"

"사. 람. 잘. 못. 봤. 다. 고 몇 번을 말해야 알아들어! 맹약으로 그 사랑도 파기시켰을 텐데——."

"아니. 그대는 『의지자(슈필러)』가 아니다. 소라임을…… 거듭 이해했다."

감개무량하게, 다 받아들인 웃음을 지으며 말을 잇는다.

"안심하도록. 올바르게. 확실하게 사랑하는 이—— 그대에게 반한 것이기에!!"

"안심할 재료가 전무하다고 짜샤!"

——어째서냐. 어째서 하필이면 이 자식이냔 말이다.

보통 여자들이 남는 패턴 아니냐고. 하다못해 남자가 내뱉을 대사가 아니잖냐고!!

그렇게, 끝까지 패턴을 배신하는 세계를 저주하는 소라에게.

"……미안하군. 아쉬움 탓에 마지막으로 끼치는 민폐라고, 너그러이 넘어가 준다면 고맙겠다."

느닷없이 어딘가 적적하게. 그러나 이를 능가하는 산뜻한 미소를 마지막으로.

"……본 기체도 다른 기체처럼—— 엑스마키나의 거점으로 귀환(우리)한다."

그렇게 발을 돌리며, 아인치히는 선드러진 목소리로 말을 이었다.

"기체신조에 앞서, 현재 최우선과제는『아인치히』…… 이미 한계를 맞은 본 기체의 후속기체다. 이번에야말로 안심하도록…… 그대들과 만나는 것은 이번이 마지막이 될지언저."

"……"

등을 돌리고 걸어가는 아인치히의, 그렇게 말하는 얼굴은 보이지 않았다.

"사랑스러운 자는……『의지자』가 아니었다. 그러나——."

그저 걸어가는 그의 등은, 결연했으며.

"그대들은『계승자』였다. 또한 우리는—— 두 번 다시 맹세를 그르치지 않을 것이다."

——『우리는 그대의 힘이 되고자 온 아군이다.』

처음 만났을 때의 말을 강하게 상기시키는 힘찬 말로,

"엑스마키나는 항상 그대들의 편이다. 세계에 도전할 때가 되면 달려오겠노라."

걸음을 멈추지 않고, 단언했다.

"……본 기체는 아닐지도 모르나. 그대의 손에 반드시 승리를 안기고야 말리라."

그렇게,

"이번에야말로. 다음에야말로—— 결코 그르치지 않을 것이다."

"……오래는 못 기다려."

5,982년 동안, 내구도 한계를 넘어서면서『마음』에 떠밀려

움직인 기계…… 아니.

돌아보지 않고 멀어져 가는── 그 사내의 작별인사에,

"5,982년이나 버텼잖아? 조금만 더 버텨 봐── 또 보자."

"……바이바이…… 또, 같이…… 놀……자……?"

웃으며 대답한 소라와 시로의 말에도, 역시 뒷모습은 멈추지 않고 계속 걸어 나갔다.

당당하게, 멋지게. 살짝 흘린 그 웃음소리가.

어렴풋이 젖어 있었던 것은, 소라도 모르는 척했다…….

────…………

"뭐랄까, 그 녀석들 참 일편단심이네. 엄청나게 민폐에다 요령도 없었지만……."

끝까지 지켜본 뒷모습을. 『마음』을 얻은 기계들을 떠올리며, 소라는 그렇게 결론을 지었다.

모순을 품고, 마침내 인간과 같은── 요령 없는 모습까지 얻어버린 그들은.

──그래도 인간 이상으로 줄곧 순수했으리라.

이미 죽은 상대라는 것을 알면서도 수천 년…… 짝사랑을 했을 정도로.

"……대전을 끝내버린 신급 게이머느님이 반하는 것도 좀 이해가 가."

그렇게 선드러지게 마무리를 내린 소라에게, 시로도 스테프도 살짝 쓴웃음을 지으며 고개를 끄덕이고,

―――느닷없이.

"【가정】: 지난 게임에서 파탄 지정된 사랑. 『의지자』에 대한
것이라 한정한다면."

끼야악――!

옥좌 뒤에서 울려 퍼진 억양 없는 목소리에 일동은 비명을 삼
켰다.

"【추론】: 주인님에 대한 사랑은 파탄되지 않은 본 기체용의
샛길이라 추측. 당연히 그래야만 해."

또 광학미채틱한 어쩌고 엉터리 능력을 썼는지.

옥좌 뒤에서 쑤~욱, 창포꽃 빛깔의 머리카락과 스커트를 나
부끼며 나타난 한 대의 메이드 로봇.

그렇다…… 엑스마키나 최대의 이단아, 이미르아인은 손으
로 소라의 심장을 조준했다.

"【확정】 및 【재인】: 주인님은 본 기체에게 반했다. 빠앙~."

무표정하게 윙크하는, 반대로 요령이 넘쳐나는 몸짓으로 하
트틱한 무언가의 발사음을 입에 담았다.

그러나 빗나간 사격에, 『MISS』 표시를 머리 위에 띄운 소라
는 언성을 높였다.

"이미르아인? 어? 너도 있었어?!"

"【긍정】: 계속."

"아인치히도 갔잖아! 왜 넌 있는데?!"

"【즉답】: 본 기체는 주인님의 아내니까."

"사. 람. 잘. 못. 봤. 다. 고 몇 번을 말해야 알아들어! 또 기억 삭제하고 바꾼 거야?!"

끝이 나지 않는 응수에 소라가 머리를 끌어안으며 탄식하자 황급히—— 아니.

"【초조】: 오해라 추측. 조금 전의 발언은 사실이 아님. 본 기체의 선망."

"아, 일단 알고는 있습니까요……."

말로는 '초조'라고 했으면서 어조는 담담하게 정정을 이어나 간다.

"【정리】: 엑스마키나는 패배. 주인님에게, 차……차여, 서…… 본 기체는 치명적 오인을, 해서…… 기체온도 상승, 『부끄러움』을 감지. 기억 삭제—— 실패. 연결을 해제했는데 왜…… 힐페."

그러나 담담한 목소리는 정리된 인식에 서서히 흔들리며, 연 기까지 내고.

마침내 『헬프』를 뜻하는 말을 남긴 채 실이 끊어진 인형처럼 고개를 푹 숙여버렸다.

흑역사를 떠올리고 몸서리를 치는 사람과도 같은 그것은—— 그러나 소라 일행이 걱정하기도 전에.

"【반항】: 그래도. 이 세계는 재도전을 허용한다. 그러므로. 따라서. 본 기체는."

다시 올라온 얼굴. 소라의 모습을 비춘 유리 눈동자는 결연했으며.

그럼에도 가슴 앞에 맞잡은 두 손의 떨림을, 그녀는 알고 있었을까.

"【희망】: 다시. 주인님에게 마음을 전한다. 이번에야말로, 도전한다. …………안 되나요?"

갈구하는 듯 그렇게 말하는 이미르아인에게.

재도전을 바라는 자에게, 게이머로서 어떻게 『NO』라고 할 수 있으리오.

"……알았어. 하지만 앞으로 딱 한 번만이야. 그러고도 영 미적지근하다 싶으면 다른 게임으로 해."

──애초에. 사람을 잘못 본 것이었으며. 그 연장선상에서 반했을 뿐이었다.

어차피 재도전을 할 거라면 우리와 게임을 해 달라고, 행간으로 말하는 소라에게.

이미르아인은 스커트 끝을 살짝 잡고는 고개를 깊이 숙이며 ──말했다.

"【전개】: ──Org. 『n』── 『진전: 소라 함락』──."

그리고 크게 숨을 들이마셨다.

아니── 엑스마키나는 호흡 따위 필요하지 않다.

그러므로, 무언가…… 각오, 당혹감, 불안을 떨치려는 것처럼 소라에게는 보였다.

　그리고 몇 번을 그랬듯, 인식과 함께 경치를 바꿔버리는 현상에 모두가 긴장했다.

　──그러나.

　"【주저】: 주인님…… 아니. 이 자리에 한해 정정을 요구하는 호칭이라 판단──."

　경치도 시간도, 그 무엇도 변하지 않은 가운데.

　그 모습도, 목소리도, 복장조차도 그대로──『주인님』도. 『의지자』도.

　주인님조차도 아닌── 다른 그 누구도 아닌 그 사람에게, 다가가.

　"【특정】: 유일무이한 대상: 명칭── '소라' ……."

　그렇게── '소라의 이름을 부르며'.

　이미르아인은 그저, 떨리는 손을 쭈뼛쭈뼛 내밀고.

　소라의 등에 감으며, 망설이듯이 힘을 주고, 그 가슴에 얼굴을 묻었다.

　부빗부빗…… 조금이라도 고동을 느끼고 싶은 것처럼 압력을 주며,

　──단 한마디 말을 자아냈다.

　"──【고백】: ……좋아, 해요."

…………

………………아. 이건 위험하다.

반사적으로 마주 안아주고자 움직인 팔을 간신히 억누르는 데 성공했다.

소라는 빠직빠직 균열이 일어난 이성의 다이아몬드를 부여잡고, 마침내 진리에 이른 초월종을 보았다.

진리. 그렇다. 그것은 호로와 마찬가지.

달필로 미사여구를 채워 넣은 사랑의 시도, 오케스트라를 배경 삼아 수천 꽃다발로 바치는 사랑도.

기호를, 상황을, 온갖 취향을 다 맞춰 극한으로 장식한…… 어떤 말도.

──서툴게, 더듬거리며, 그러나 필사적으로 전하고자 하는.

갈망으로 자아낸 여자아이의 마음^말에는 결코 미치지 못한다는 진정한 섭리──

──아니 그 이전에, 비인기남의 변명으로 철저히 논리무장한 숫총각의 다이아몬드 이성을.

똑바로 해머로 내리쳐 깨부수는 자명한 진리에──!!

어떡해…… 좋아한다고 스트레이트하게 고백받은 건 처음이야──라고.

비인기남의 특성, 조건반사적으로 한순간 "나도 좋아했어."라고 말할 뻔한 소라에게,

"【반복】: 좋아해요. 본 기체는 좋아합니다…….."

간신히 분쇄만은 면했던 다이아몬드에 무자비한 추가 공격이
── 아니……

"【비등】: 좋아해요. 좋아해요. 주인님을 좋아해요. 소라를 좋
아해요. 좋아해. 전부 다 좋아해. 가치관이 좋아. 눈이좋아생
각이좋아본기체는주인님하고하나가되고싶어 가설 발의. 정
령 경계 중화에 따른 융합 가능── 본 기체 대단함. 자화자찬.
『설계체^{차 이 헨}』에게 신청. 아, 연결해제됐지──."

──추가타가 아니라 폭주가 엄습해.

소라의 이성에 내달렸던 균열을 수복시키고 고함을 지르게 만
들기에는 충분했다.

그 비명에 겨우 이미르아인도 제 정신을 차렸는지, 흠칫.

"【고찰】: 이『마음』은 아직 제어불능. 슬픈 사고. 아무도 잘
못은 없어요."

그렇게 소라와 거리를 벌리며 황급히 얼버무리려는 듯, 아니,

"【정정】: 주인님이 따뜻한 것이 잘못. 반성해야 함. 하지만 본
기체 기쁨. 와아~."

"넌 결국 하나도 변한 게 없냐?! 초면에 망상결혼했던 그대로
잖아!!"

화려한 책임전가를 시전한 메이드 로봇에게 소라는 외쳤지만,

"【부정】: 본 기체의『승리』. 성공은 아직. 하지만 시행착오를
거듭하겠다. 몇 번이고. 파이팅."

미적지근한 결과라면 다른 게임을 한다……

그리고…… 미적지근하지는 않았다, 고 단정하며.

확신에 살짝—— 정말로 아주 살짝 웃은 이미르아인에게.

갑자기 소라의 곁에서 살기가 부풀었다.

"……어디, 서……! ……그런, 방식…… 배웠어——?!"

천적을 앞에 둔 맹수와도 같이 울부짖는, 타오르는 붉은 눈동자의 시로였다.

"……빠야, 반찬에…… 그런—— 순정만화틱한, 거…… 없었는데……!!"

——시로가 무엇에 그렇게까지 화가 났는지 소라는 알지 못했지만.

듣고 보니 정말로…… 엑스마키나는 소라의 야한 만화책을 참고해 들이댄 것이다.

소라 자신도 어떤 전개, 내용의 책이 있었는지 전체를 파악했던 것은 아니지만.

완전기억능력을 가진 시로가 『없었다』고 단언한다면 뭐…… 없었겠지.

여동생에게 반찬을 완전기억당했다는 사실에 다소 눈물이 흐르기는 하지만.

"【대답】: 본 기체는 이번 시행에 저 여성의 조언을 샘플링."

"……흐에? 어, 저, 저 말인가요?"

소라의 눈물 따위 아랑곳하지 않고, 이미르아인은 그 정보의 출처를 가리키며, 문득.

기억을 검색했는지.

"【요구】: 습관적 명명법. 엑스마키나에게는 난해. 이름 바꿔 줘."

"이젠 이름마저 버리라고 하나요?! 스테파니 도라예요!"

"【사소】: 아무튼 아무개의 조언, 가장 참고가 됐던 정보를 제시한다."

눈물을 흘리는 소라에게 스테프가 더해져 합계 두 사람이 눈꼬리를 빛내는 가운데, 담담히.

"【해명】: 주인님은 거짓말이나 농담을 허용한다── 자신을 속이는 거짓말 제외."

그리고 "그렇기에."라는 전제를 깔더니, 이미르아인은 살짝 미소를 지었다.

그것은── 사람의 마음을 읽는 데 탁월한 소라조차도 간신히 그 무언가가 담겼음을 헤아릴 수 있었던 웃음.

그러나 무엇이 담겼는지까지는 결국 알 수 없었던 웃음은, 말했다.

그것은 곧── '모든 여성에 대한 선전포고'…….

"【선언】: 본 기체는 가동한계에 이르는 그 순간까지 결코 『좋아해』를 속이지 않는다."

"……──────?!"

"……네, 헤엑────?!"

입을 딱 벌리고 낯빛을 창백하게 물들이는 시로와 스테프를 내버려둔 채, 이미르아인은 몸을 돌리고.

"【추산】: 가동출력을 제한하면—— 본 기체는 아직 6년 '이나' 가동 가능."

그리고 소라를 돌아보며 우아하게 고개를 숙인 후, 그때까지 잘 부탁한다고 행간으로 말하며.

한편으로는 흘끔, 시로와 스테프를 본 다음 이번에는 뚜렷이 —— 웃었다.

"【확신】: 자신을 속이는 적에게—— 이 사랑^{계임}은 패하지 않는다. 간단. 여유. 손가락질 척."

——자, 왜 그러지? 웃으라고 소라(숫총각/18세).

엑스마키나가 남아줬잖아? 만능 무대 연출 장치까지 딸린, 원하던 대로 여자잖아?

그것도 틀림없이, 대놓고 자신을 좋아한다고 해준 여자아이인데?

이렇게나 다종족의 미녀, 미소녀에게 에워싸여 '좋아한다.'는 소리를 들은 건 처음인데.

기대했던 전개잖아? 바라던 패턴이잖아?

그야 아주 조금…… 고백한 여자아이가 상당히 위험한 방향성이고.

어째서인지 시로나 스테프와는 철천지 원수를 발견한 수준으로 분위기가 험악하며.

지브릴까지 오면 어떻게 될지 상상하기만 해도 오싹해지
고…… 그 외에는…… 그렇지.

어째서인지 전원에게서 찌르는 듯한 시선이 날아들어 바늘방
석, 인데…… 흐음…….

"이상하다아…… 이세계 하렘물이란 건 어떻게 하면 성립되
는 거지……?"

──아무튼 소라의 그릇으로는 불가능. 그것만을 이해하고.

소라는 당장 이 자리에서 어떻게 도망칠지 전심전력을 집중시
켜 고민했다.

■ ■ ■

그 소란을 등진 채…… 이미르아인에게 질투하는 자신을 자
각하며 쓴웃음을 짓고.

마지막일지도 모를 경치를 빠짐없이 기록하고자 아인치히는
느긋하게 걸어갔다.

먼 훗날 그들의 후예가 구축하고, 앞으로도 만들어 나갈 그 거
리에,

"……그대. 엑스마키나. 추정 개체 명칭 아인치히……."

──부자연스러울 정도로 자연스럽게 그것이 서 있었다.

이마니티의 거리에는 너무나도 이질적인, 그러나 그곳에 있
는 것이 당연한 것처럼.

먹통을 끼고 그렇게 말한 조그만 소녀의 모습을 가진 신……

호로는 말을 이었다.

"그대의 조언 덕에 잠정이나마 호로는 『마음』, 『바람』을 가정할 수 있었다……고 생각하느니라."

"………………"

기묘한 감각에 입을 다문 아인치히를 내버려둔 채 호로는 말을 몇 번이고 더듬었다.

자신이 무슨 말을 하고 싶은지, 무엇을 전하고 싶은지.

수억 차례 추정하고 확인하려다가——

"…… '답례' …… '감사' 의 마음을 전해야만 한다고, 호로는 가정하였느니라!"

더듬더듬, 그러나 웃으면서, 그 가정을 전하는 개념^{마음}에게.

아인치히는—— 아니. 엑스마키나는…… 이렇게—— 대답했다.

《신이란 신이기에 신이다. 그렇기에 그대의 물음에 대답하기란 영원히 불가능할지니.》

——맥락이 없는 갑작스러운 말에 호로는 의아하다는 듯 고개를 갸웃했다.

그러나 그것은 입에 담은 자조차 의미를 모르는 말이었다.

노이즈에 물든 생각을 그저 『재생』하듯 말은 이어졌다.

《그러나 그대의 의문에는 대답할 수 있다. 『의심』은 곧 『마음』이기에, 의심을 묻는 『그대』는 곧 『마음』이라고.》

——그것은 아인치히도, 현존하는 어느 기체도 모르는,

《그대는 의지를 의지하는 신. 선망을 선망하는 신. 마음이 있기에 생명이 있는 신. 그저 이를 모르는 신.》

수억 년, 수만 세대, 엑스마키나가 유일하게 대응하지 못했던 그 물음은.

《그렇기에 먼 옛날의 물음에 지금 대답하리라.》

《기계라도 괴이치 않노라면——『말상대가 되겠다』……고.》

——그저 홀로, 물었던 호로만이 눈을 동그랗게 뜨고 깨달은 물음.

멀고 먼…… 너무나도 머나먼 옛날의 호로에 대한—— 대응이었다.

"……그대들, 역시…… 그날의 기계였는가……."

쓴웃음을 짓는 호로의 말에 담긴 의미를, 노이즈가 사라진 후에도 아인치히는 알지 못했다.

자기진단 이상으로 자신의 장애가 심각한지 의심이 들어 고개를 꼰 기계 사내—— 그러나.

"거듭 감사를 표하느니라. 그러나—— 호로는…… 이제 괜찮으니라!"

그렇게 웃으며 말하는 호로에게, 아인치히는 이상하게도 수긍하고,

그저 눈을 희미하게 뜨고 미소를 남긴 채, 공간 속으로 녹아들 듯 전이했다.

"……테토 녀석, 역시 우스운 놈이로고…… 호로에게 지나치게 성급하게 왔다고 지껄였겠다?"

그리고 그저 홀로 남은 호로만이 문득 중얼거리고, 웃었다.

"반대이니라! 호로는 호로가 만든 자보다도 늦지 않았더냐!"

■　■　■

그것은 떠올린 현재까지도 앞뒤가 맞지 않는 기억이라고 한다.

축적된 논리파탄과, 손상으로 인해 한층 심하게 추상적이면서도 애매해진 기록.

그러나 아즈릴도, 아니, 그날을 살았던 천지 전체가 들었던,

──『이름 없는 최약이여── 과시하거라. 그대는 그야말로 최강의 「적」이기에 충분했노라.』

그렇게 자신의 적을 칭송하고 사라져 간 전쟁의 신이 최후에 남긴── 그 뒷말은.

겨우 28기의 엑스마키나만이, 만신창이로, 대파된 몸으로 기록했다고 한다…….

『……다시 몇 번이고 도전하겠노라. 「최약」이여.』

꿰뚫린 『신수』에, 당장에라도 사라지려 하는 존재라고는 믿기지 않을 정도로.

쇠하지 않는 전의를 내비친 전쟁의 신의 '선전포고'에 기계들은 간신히 대답했다.

『──이루어지지 않을 바람이다, 추락한「최강」이여.』

그러나 전쟁의 신은 어디까지고 유쾌하게, 그저 그것을 한 번의 웃음으로 흘리며 말을 이었다.

『짐이 패한다는 불가능이 이루어졌다. 모든 것은 이루어진다. 너희의 주인에게 전하거라, 도구여.』

그렇게── 엑스마키나가 아니라, 그들의 주인에게.

최강으로 하여금 자신이 천적이라 정의케 했던, 자신과 극을 이루는── 최약들에게.

그들의 의지를 대변하는 검이기에, 최강의『신수』를 파헤칠 수 있었던 기계들은.

최강임을 그만두게 만든 의지들에게 바쳐진 말을, 들었다.

『훌륭한 싸움^{놀이}이었다── 다음에는 짐이 승리하리라.』

……전쟁의 신에게는 미안하지만, 그 말을 전할 수는 없었다.

도구의 주인, 최강의 신이 인정한 그 천적…… 다시 말해.

최약의 존재들……『의지자^{스필러}』와『유지체^{프라이어}』는 이미 없으니까.

그들은 지금 다른 한 사람^{두 사람}과── 이마니티^{약자들}로 이어졌으니까.

──────…………

에르키아의 아득한 상공. 천공도시 아반트헤임.

그 끄트머리에 앉은 아즈릴은 전이해 떠나가는 기계 사내, 아인치히를 지켜보았다.

지난번에 들었던 그 이야기를. 기록을^{기억}── 주의 최후를 가슴에 품고.

《──귀군. 놈들을 그저 보내어도 되겠는가.》

그렇게 아즈릴의 가슴속에서 울려 퍼진 판타즈마 아반트헤임
의 물음에 쓴웃음을 지으며.

"……주를 찌른 도구에게…… 새삼스레. 분풀이 한다고, 뭐
가 되겠어냐……."

게다가 규칙은 규칙.

"만족할 만한 이야기라면 놓아주겠다고, 했어냐. 아브 군은
불만이냐?"

입을 다문 판타즈마에게 아즈릴은 한층 짙은 쓴웃음을 머금으
며 떠올렸다.

──주가 쓰러졌던 그날. 주는…… 웃고 있었다.

마침내 아즈릴이 보았던, 처음이자 마지막이 됐던 그 큰 웃음
은.

……분명 그저, 기뻤기 때문이리라고. 6천 년이 지나 겨우 깨
달았다.

영원의 권태 끝에, 전심전력을 다해 도전할 만한 적을 만나──
그리고 패해서.

그러고도. 이번에야말로, 다음에야말로 이기겠노라고……

그 지고의 행복에, 사도 따위가 불만을 제기하다니── 주에
대한 모욕일 뿐이며.

"……패배하고, 절망했던 난…… 정말…… 사도로서도 실격
이었어냐."

이제는 웃을 수밖에 없다고 걸어나가며, 아즈릴은 그저 생각을 굴렸다.

"······최강. 최강의 천적······ 최약, 이라면······ 흐뮤~······ 흐뮤?"

······소라와 시로. 그렇다. 두 사람은 약자다.

강한 동료가 늘어나더라도, 그 강한 동료는 약자에게 패한 존재인 것이다.

두 사람의 본질은 철저한—— '강자 킬러'.

너무나도 약해서······ 그렇게까지 하지 않으면 싸울 수 없는가 싶을 정도의 약함.

너무나도 어리석어서······ 그러고도 도전해 신까지도 굴복시켰던, 바닥 모를 어리석음.

강자는 결코 상상할 수도 없는, 이해력조차 초월한 그 약함에.

약자는 이리도 강자의 천적이며, 그렇기에 능히 사명을 이룰 수 있는 것이리라.

그것이 지금의 아즈릴은 희미하게나마 알 것 같았다——

——그러나.

"응~? 그건 반대로—— 최약의 천적 또한 최강이란 뜻 아니야냐?"

강자의 천적인 약자의 전략, 전술, 책략 같은 것은.

언제나—— '제대로 붙어서는 이기지 못할 강자'를 꺾기 위해 짜내는 것이다.

그렇다면 그 천적 또한 약자는 결코 상상도 못할── 압도적 강자인 것은?

패하지 않으면 대책을 세울 수 없는── '초견필살'.

"……냐아〰 헷갈리냐〰 이거 어느 쪽을 응원해야 하지냐~?!"

걸어가며 이런 생각에 아즈릴은 머리를 붙들며 끙끙거렸다.

다른 사람이고. 형태도 다르지만, 분명히 이어진──『최약』.

몇 번이고 도전하고자 남겼던『최강』또한── 이어졌다고 한다면.

패배를. 최약을 알고. 다음에야말로, 라고 임했던 최강과. 최약이 다시, 맞붙는다면.

어느 쪽을 응원해야 할지…… 진지하게 고민하고 끙끙거리던 아즈릴은──

마침내── 펑.

"……뭐! 재미있는 쪽으로 가야지냐~ ♪ 냐하하~♡"

지혜열에 터져버린 머리로 생각을 그만두고.

그저 태평하게. 기대를 머금은 웃음을 천공도시에 퍼뜨렸다…….

■ ■ ■

──다시 그로부터 사흘이 흘러.

에르키아 성에서 마침내 『휴업중』 간판이 사라졌다.

시로의 『한 턴 경과』라는 말에 제거된 간판에 맞춰, 황급하게.

온갖 국정이 재가동되고, 한산해진 성에 사람들이 돌아오는 기척에 해쓱해진 얼굴로 한숨을 쉬는 스테프.

"바빠지겠네요…… 얼마나 일이 산적했을지 상상도 가지 않아요."

그러나 옥좌에 앉은 『 왕 _{소라와 시로} 』은.

"응~ 스테프는 특히 열심히 일해야지~…… 우리는 여느 때랑 똑같지만."

"……스테프, 의지, 할게……. 시로랑 빠야, 도…… 열심히, 할게……."

"……네. 『여느 때처럼 놀기만 하겠다 선언』, 잘 들었어요…… 하아……."

휴대용 게임기로 게임을 하며 태평하게 대답하는 모습에, 한층 깊은 한숨을 쉬었다.

그러나.

"딱히 틀린 말은 아닌데…… 그게 우리 전문영역이라 말이지."

그렇게 말하며 게임기에서 고개를 든 소라와 시로의…… 시선 너머.

"그래서 무슨 일이나 전문가에게 맡기는 게 최고거든. 정치는 정치가에게."

날카로운 안광으로 두 사람이 노려본 것은, 옥좌의 홀로 모여

드는 사람들.

성이 해방되어 돌아온 대신들이며 성내의 직원——만이 아니
었다.

"그리고 게임은—— 게이머에게. 우리는 게이머답게 일을 해
결하겠어."

상공회, 각 길드의 VIP, 제후들까지도 모여드는 모습에.

"이봐~ 스테프. 전략 게임에서 『한 턴 휴식』—— 순서 스킵
이란 건 말야."

하나같이 살기등등하고 불온한 공기를 풍기는 가운데, 여전
히 표표하게.

"……완~전 한가, 하거나…… 뭔가 가지고 있거나…… 둘 다
거나, 뿐……이야 ♪"

그 말을—— 그저 창백한 낯으로.

이제까지 느낀 것 중 최악의 예감으로 듣는 스테프에게, 소라
와 시로는 쓴웃음을 지으며 생각했다.

——역시 확대노선을 걷는 대국 플레이는 마음에 들질 않아.

국력이 늘면 국내외의 제약도 늘어나고, 두어야 할 수가 무거
워지기만 하지.

이를테면…… 이번 『턴』에는—— 『둘 수 있는 수』가 없었다.

이쪽에서는 공격하지 않고, 상대도 덤벼들지 못했다.

그 지루하기 그지없는 상황은, 하지만 '이번 한 수' 에 따라 갑
자기 마음대로 골라잡을 수 있는 상황으로 돌변한다.

그렇다고는 하지만번 이 한 수에도 딱 한 가지, 문제가 있다.

—— '살아남을 수 있을지' 하는, 조금 위험한 문제.
^{이기고 또 이길}

그렇기에—— 짜릿짜릿한 상황에 소라와 시로는 웃었다.

"그러면 스테프! 마지막 기회지? 이 틈에 『국서(國書)』를 준비해 줘."

"——네? 어……? 누, 누구에게 보낼 『국서』……인가요?"

귀기 어린 일동을 개의치도 않는 모습에 곤혹스러워하며 묻는 스테프.

"으음. 누구에게 보낼까…… 으음~ 아직 결정하진 않았는데, 누가 됐든 내용은 이래."

그렇게 말하며 소라는 새삼 생각에 잠기고…… 자, 누구에게 보낼까? 하고.

엘프 소녀일까, 드워프 소녀일까, 아니면 다크호스도 노려볼 수 있을까?

어찌 됐든 처음으로 치고 또 칠 상대를, 취향까지 담아 열심히 생각하던 소라든.

그 녀석에게 보내게 될 『국서』의 문면을 스테프에게 쓰게 하고자—— 말했다.

"안녕, 얼간이. 좀 도와줄까? 답례는 『네놈의 나라 전부』면 어떨까?"

■ ■ ■

──각설하고. 이번에도 갑작스럽지만.

'엔트로피 증대의 법칙'── 기억하시는지.

모든 사상은 쌓는 것보다 무너뜨리는 편이, 유지하는 것보다 잃는 편이 쉽다는 그 이야기다.

그렇다면…… 『재시작』은? 그렇다── 구체적으로는.

쌓아 올렸던 것을, 다시 쌓아 올리려면, 어떻게 하면 될까.

뭐, 보통 때 같으면 지반을 다지리라.

그러기 위해서는 우선 현재 상황을 신중하게 확인하고, 문제가 없는지 검토한다.

그리고 문제가 발견되면 하나씩 꼼꼼히 해결하고……

그런 상투수단은.

안됐지만 귀찮은 노가다 게임을 싫어하는 두 게이머에게 일언지하에 기각당하고.

좀 더 쉽고, 가장 위험한 수단이 뽑혔다…….
<small>편하고</small>　　<small>즐 거 운</small>

그런고로. 슬슬 조금 더 상세한 '스포일러'를 밝히자면.

─────────이 날. 이 시각. 소라와 시로.

에르키아 왕 두 사람은, 국내의 반란으로, 모든 것을 잃었다.

왕좌도, 이마니티의 전권대리자 지위도, 집도 권력도.

『왕』의 권한이 미치는 거의 모든 것을 잃고, 그로부터 다시 약 1개월 후에는.

──『에르키아 왕국』이라는 이름의 국가는── 지도에서 사
라졌다.

가장 쉽고도 위험한 『재시작』의 다른 수단…… 그렇다.

한번 전부 무너뜨려버린다는 수단의 결과로서.

──"아마 이게 가장 빠를 거예요."라고 말하듯.

후기

그것은 시간을 거슬러 올라가 약 8개월 전의 일······.

──때는 2015년 말.

본문은 이미 완성되어 남은 것은 삽화뿐.

액정 태블릿을 앞에 두고 맹렬히 펜을 놀리던 사내가 있었다.

그는 필사적이었다.

그렇다기보다 거의 빈사 상태였다.

감기에 걸린 채, 자지도 쉬지도 못하고. 안 그래도 불쌍한 수준의 머리는 한층 불쌍해졌다.

구체적으로는 펜을 든 채 물을 마시러 가고, 어째서인지 펜을 싱크대에 놓아두고.

작업실에 돌아와 컵으로 그림을 그리려 했을 만큼 말기적으로 불쌍무쌍해졌다.

병원── 그것도 뇌외과를 추천받으면서도 사내는 필사적으로 펜을 놀렸다.

──가족이 늘어나는 것이다.

아이가 태어날 예정일이 마감 이상으로 사내를 몰아붙이고 있었다.

사내에게는 확신이 있었다──── 아이가 태어나면 이전처럼은 안 될 거라고.

집필 시간은 한정되고, 젖먹이일 때는 아내에게 맡기기만 할 수도 없을 거라고.

따라서 사내는 이렇게, 편집부에 고했다.

────『죽어도 12월 발행에 맞추겠어요. 그 후에 육아휴가를 주세요.』……

온갖 예측 못한 사태에 대비해──── 아니. 예측할 수 있는 사태 따위 전혀 없으리라 각오하고.

아내와 2인3각, 육아를 하며 하나씩, 새로운 생활 리듬을 찾으리라고!!

……그리하여 사내는 이루었다.

다른 회사에서 움직이는 다른 애니 작품도 있어, 일은 역시 산적했다.

그러나, 그래도, 일단은, 급박했던 일은 끝났던 것이다…….

이제 다소 예측하지 못한 사태가 일어나도, 대응하며 육아도 일도 해낼 수 있다고.

감개무량하게 생각한 사내에게 꽂힌 플래그는──── 예측 못한^{애니 P의} 사태^{전화}로 즉시 회수됐다.

『올만이네요~ 갑작스럽지만 카미야 씨—— 극장판 애니 안 하실래요?!』

————훗. 훗훗후훗후……

예상도 못했던 의문형. 설마 사내가 『NO』라고 대답하리라 생각했겠는가? ——아니!

알다마다절대그럴리가없지! 그렇다면 그 기대에 부응하리라!!

"당연히 해야죠, 얼마든지 덤비세요! 뭐든 할게요!!"

그렇게 즉답하고, 그러나 그 직후 제정신을 차린 사내는.

『그 말씀…… 똑똑히 들었습니다. 그렇다면…… 자, 함께 죽어 보죠!』

P의 지옥 밑바닥에서 울려 퍼지는 듯한 목소리를 들으며, 스케줄러를 확인하고, 뒤늦게 깨달았다.

자, 이 스케줄…… 어떻게 해야 하나, 하고…………

……그런고로!! 이 사내, 즉 카미야 유우입니다!!

예측하지 못한 온갖 사태와! 전혀 쉬지도 못한 육아휴가를 거쳐 무사히 완성한 9권!

6권 이후 이래저래 복잡한 내용이 이어졌는데요, 이번에야말로! 아~ 이번에야말로!

라이트로 되돌렸다고 생각하는데요! 즐겁게 보실 만한 내용이었다면 좋겠습니다!!

"야~ 정말이지 참 이상하게 쓰셨죠~ 이번 권은. (웃음)"

…………

……네, 뭐…… 이번 권, 이라고나 할까요, 그게~.

새 담당차인 『T씨』는 지난 권을 모르실 테지만요……

"한번 쓴 다음에 '라이트하게 다시 쓰는 작업' 이라는 2단 수고가 이상하다는 거야 잘 알죠. (웃음)"

그, 그것도 그러……네요……. 그럼 그~…… 한 가지만 말해도 될까요.

예측하지 못한 사태 '2탄' 인…… 담당차 변경에 대해서 말인데요.

제 기억이 혼란에 빠진 건지…… 확인하고 싶은데요……

제가 7권을 내기 직전에, 한 번, 담당자가 바뀌었잖아요?

"네! 자신감을 가지세요! 바로 그렇습니다!! (진지)"

……그리고. 7~8권 공유 인수인계에 엄~청 고생하셨던 『I씨』를 거쳐서.

이번에는 9권 초고가 완성된 직후, 또 담당이 변경되어 T씨가 됐고…….

"네. 괜찮아요~ 카미야 씨의 기억은 정상이에요. (단정)"

……그렇, 군요. 정상이었군요…….

그러면 탈고할 때까지 열심히 생각하지 않으려 했던 건데요.

각오하고── 질문할게요……?

저, 혹시…… 말이죠.

—— '폭탄 돌리기' 당하고 있는 거 아닌가요?

"아하하하! ……아뇨. 정말로 회사 사정 때문인데요…… 번거롭게 해서 죄송합니다. (사과)"

아, 그렇구나~ 다행이다~ 아이 참~♡

—— 근데요? 왜 웃었어요?

"하지만 카미야 씨, 담당자가 바뀌어도 별 어려움 없이 대응하시는 것 같던걸요? (의문)"

노골적으로 화제 바꿨지?! 역시 폭탄 돌리기 아니야?!

……아뇨, 저기요~ 말이죠?

의견을 여쭙거나, 상업적인 판단을 묻거나 하는 건…… 완~전 편집부에 의존하고 있거든요.

담당자님이 바뀔 때마다 그 신뢰관계를 처음부터 다시 쌓는 게, 엄~청 힘들거든요?

"……하긴. 카미야 씨에게 신뢰받도록 해야겠네요. (끄덕)"

아, 네…… 아니아니, 그게 아니고요?

피차의 신뢰관계니까 저도 신뢰를 해야——

"그건 노 프로블럼. 저의 카미야 씨에 대한 신뢰는 항상 MAX거든요. (스마일)"

그, 그러……세요.

동공을 활짝 뜨고 있어서 완전 무서운데 무슨 근거로……

"아아 카미야 씨!! 그 말씀 카미야 씨 입으로는 듣고 싶지 않았어요오!!! (오버)"

히익?! 뭔진 모르겠지만 죄송합ㄴ——

"믿는데 근거가 필요한가요! 카미야 씨는 그렇게 슬픈 말씀을
하시나요?! 저는 카미야 씨를 믿는데—— 그 믿음에 근거 따위
불필요하다고 생각하지 않으세요?! (단정)"

……

…………

…………아뇨, 그러네요. 정말 실례했습니다.

우선 믿는 데서부터 시작해야겠죠…….

"네. 다음 원고가 금방 완성될 거라고! 제 신뢰는 항상 상한돌
파랍니다!! (진지)"

……후우. 그러면…… 체념에 이르렀으니.

다음 권은 『노 게임 노 라이프 ~프랙티컬 워 게임~』——

12월 발매되는 번외편……이 되려나요? 단편집＋번외편인
가요?

10권도 함께 써서, 간격이 너무 벌어지지 않도록 노력하면서!

물밑에서 움직이는 『극장판 노 게임 노 라이프』도 함께!

즐기실 수 있도록 최선을 다할 테니 잘 부탁드려요!!

그러면 나중에 또——

"아, 마지막으로 한 가지만 괜찮을까요? (진지)"

어, 아, 네……?

뭔데요. 깔끔하게 마무리하려고 했더니…….

"아뇨, 카미야 씨의 속성은 존중하지만요, 원래 야한 만화잡지 편집을 했던 입장으로서는 역시 그 씬에서는 초등학생이 아니라 또래가 좋지 않았을까요역시가슴이있는편이팔리니까요. 아, 하지만 마이크로 비키니 아이디어를 채용해 주신 건 굿잡이라고——."

그럼 다음에 또 봐요!!

「약을 팔려면 우선 독을 만든다.

공급을 원하면 먼저 수요를 만들어라.

— 그게 장사의 기본, 이라고 들었는데?」

「노 게임・노 라이프 10」

— 「프랙티컬 워게임」 이후에
나올 거예요. 스케줄이 안 보임 【검열】

【문제】
약자가 확실하게 사자를 해치우고 싶을 때는
미끼에 몰래 「독」을 타는 것이 적절한데요,
지금 막 덤벼들려는── '사자 무리'를
확실하게 해치우려면 어떻게 해야 좋을까요.

○적절한 방법이 아닙니다
○절대로 따라하지 마세요

이즈나가 선사하는
"몽실몽실 폭신폭신"한
하루 ♪

논 게임
NO GAME NO LIFE, YO!
논 라이프 요!